Anna S. Bastian

Warten auf den Morgenstern

Roman

Impressum
Anna S. Bastian
c/o AutorenServices.de
König-Konrad-Str. 22
36039 Fulda

www.anna-s-bastian.de
www.facebook.com/AnnaSusanneBastian

AnnaSusanneBastian@gmail.com

Cover:
© rudall30 - Fotolia.com
© Maksim Pasko - Fotolia.com

ISBN-13 978-1508925763
ISBN-10 1508925767

1. Teil

1. Kapitel

3. November 2014 – ganz früh morgens

Ein frustrierter Blick auf ihren Wecker bestätigte nur, was Ella ohnehin bereits geahnt hatte. Es war fast halb vier und sie lag immer noch wach. Seit mehr als drei Stunden versuchte sie nun schon, so still wie möglich dazuliegen und lauschte auf die Geräusche der Nacht. In ihrem weitläufigen Garten spielte der Wind mit dem Laub, das seit einigen Tagen in Rot- und Goldtönen um das Haus flog. In einer Ecke auf der Terrasse verfing es sich in einem Wirbel und verursachte ein kratzendes Geräusch, das sie daran erinnerte, spätestens morgen ein paar Stunden Gartenarbeit einplanen zu müssen. Eine Tätigkeit, die sie eigentlich liebte, aber im Moment konnte sie sich weder auf die Zeit an der frischen Luft noch auf den würzigen Geruch des Herbstes freuen.

Langsam und vorsichtig drehte sie ihren Kopf zur Seite, um nachzusehen ob der Mann neben ihr wirklich so tief schlief, wie sein ruhiger und gleichmäßiger Atem vermuten ließ. Konstantin lag auf dem Rücken und hatte das Gesicht leicht von ihr abgewandt. Trotzdem konnte sie seine Silhouette im nicht ganz dunklen Schlafzimmer gut erkennen. Ihr Blick glitt über die markante Linie von Nase und Kinn, die ihr so vertraut war. Schon bei ihrer ersten Begegnung hatte sie gedacht, dass er wie ein Graf aussah. Er hatte diese würdevollen Züge, die sie in ihrer Jungmädchenphantasie immer mit Adeligen verbunden hatte. Auch wenn er diese Ausstrahlung in den vielen Jahren ihrer Ehe nicht eingebüßt hatte, waren Ella anscheinend ihre jugendlichen Träumereien abhanden gekommen. An einen Adeligen musste sie bei seinem Anblick immer noch denken. Jedoch hatte Konstantin für sie mittlerweile eher etwas von Graf Dracula.

Ella schloss für einen Moment die Augen und spürte ein leichtes Brennen hinter den Lidern. Dann versuchte sie sich daran zu erinnern, wann er damit begonnen hatte, das Leben aus ihr herauszusaugen. Als sie sich vor vielen Jahren kennenlernten, war es doch im Prinzip genau andersherum. Damals fühlte sie sich mehr tot als lebendig, und er war es, der sie aus diesem grauen Tal der Traurigkeit wieder zurück in das farbenprächtige Leben geführt hatte. War es vielleicht doch ein gravierender Fehler gewesen, nach seiner ausgestreckten Hand zu greifen, um diesem Nebel aus Sorge und Zukunftsangst zu entkommen? Hatte sie es sich damit zu einfach gemacht? Zumindest fühlte es sich in ihrer damals scheinbar aussichtslosen Lage sehr richtig an.
Ella erinnerte sich noch gut daran, wie sie sich in das Gefühl des »Versorgt-Seins« hineingleiten ließ, wie in ein angenehm warmes Bad. Dieses Eintauchen in die wohlige Wärme tat so unendlich gut. Alles, was sie wahrnahm, waren die Vorzüge von Sicherheit und Luxus, die wie der schwere Duft eines Badeöls ihre Sinne betäubten. Mit Anfang zwanzig fehlte ihr noch der Weitblick, und die ungeklärte Situation, in die sie durch den plötzlichen Tod ihrer Eltern geraten war, überforderte Ella in mehrfacher Hinsicht.

Dabei war es für Ella kein ungewohntes Gefühl, dass ihre Eltern so plötzlich nicht mehr da waren. An ihre permanente Abwesenheit hatte sie sich sowieso schon lange gewöhnt. Als Ehepaar waren sie immer unzertrennlich und ein Ausbund von Harmonie, aber ihre Mutter hatte ihr schon früh erklärt, dass ihr berufliches Engagement ihnen keine Zeit für so ein banales Familienleben ließ. Was genau sie damit meinte, hatte Ella mit sechs Jahren nicht wirklich verstanden. Auf jeden Fall hieß es, dass ihre Mutter sie auch dieses Mal nicht ins Spielzimmer begleiten wollte, um sich mit ihr an den liebevoll mit rosa Puppengeschirr gedeckten Kindertisch zu setzen, weil sie wieder einen sehr wichtigen Geschäftstermin hatte.

In Ella entstand die Vorstellung, dass ein Leben als selbstständiges Architektenpaar ein Freibrief für ungehinderte Selbstverwirklichung war. Reisen, Geschäftsessen, Partys und in edler Garderobe in einem stilvollen Büro sitzen – so würde sie dann später auch leben wollen. Zuerst musste sie einfach nur die Zeit der Kinderhorte und Babysitter hinter sich bringen, im Internat nicht untergehen und irgendwie das Abitur schaffen. Sie passte sich an, fügte sich ein und träumte von einem zukünftigen Leben in Glanz und Glamour, in dem dann endlich ihre Bedürfnisse an erster Stelle stehen würden.
In den Ferien durfte Ella selbstverständlich immer an den Luxusreisen teilnehmen und auf Familienfotos posieren. Diese Bilder wurden anschließend hübsch gerahmt im Haus ihrer Eltern zur Schau gestellt und von den zahlreichen Gästen mit bewundernden Kommentaren gewürdigt. Von ihrer Mutter wurde Ella schon früh wie eine Freundin behandelt. Sie gab Beautytipps für das lange blonde Haar und zeigte ihr nicht nur, wie man ein dezentes Make-up auflegt, sondern auch, wie eine Dame sich kleidet, um den perfekten Eindruck zu hinterlassen. Mit ihrem Vater besuchte sie dann im stylischen Outfit Ausstellungen und Konzerte, und wenn sie als komplette Familie irgendwo auftauchten, waren sie immer ein echter Hingucker.
Zusammen mit ihren Eltern war sie wie eines dieser altmodischen Glanzbilder, die es früher gab. Die äußere Seite war hochglänzend, farbenprächtig und wunderschön, die leichten Kurven und Erhebungen im Papier zogen die Blicke an, manchmal glitzerten sie sogar – aber wenn man sie umdrehte, dann war da nichts als ein kaltes Weiß und ein paar Beulen und Dellen. Diese sind nicht zu vermeiden, weil nur so die Außenseite angemessen zur Geltung kommt. Die Beulen und Dellen in ihrer Seele hatte Ella immer in Kauf genommen. Natürlich wusste sie, dass es andere Familien gab, in denen auf die Gefühle der Kinder Rücksicht genommen wurde und emotionale Wärme selbstverständlich war, aber sie hatte sich im Laufe der Jahre mit dem kalten Weiß

arrangiert und konzentrierte sich nur einfach darauf, groß zu werden.
Das Architekturstudium gefiel ihr von Anfang an nicht besonders gut, aber eigentlich hatte sie niemals ernsthaft darüber nachgedacht, etwas anderes zu machen. Die mangelnde Begeisterung versuchte sie, mit Fleiß und Hartnäckigkeit auszugleichen. So ließ Ella ihr Leben einfach so dahinplätschern und hoffte, dass sich alles irgendwie finden würde.

Die Art, wie ihre Eltern so plötzlich und unerwartet aus dem Leben geschieden waren, hatte dann ausgezeichnet zu ihrem vorherigen Dasein gepasst. Selbst im Tod gaben sie ein nahezu perfektes Bild ab. Sie hatten das Wochenende, wie so oft, in einer Skihütte verbracht. Ein romantischer Abend zu zweit, mit einer Flasche edlem Rotwein vor dem Kamin war anscheinend das Letzte, was die beiden erlebt hatten. Die Experten der Schweizer Kantonspolizei erklärten Ella später, dass ein Defekt in der Heizung zu einer erhöhten Kohlenmonoxidkonzentration in der Raumluft geführt hatte. Es war sehr unwahrscheinlich, dass ihre Eltern etwas davon gemerkt hätten. Sie seien einfach nur müde geworden und eingeschlafen, um dann nie wieder aufzuwachen. Zur Untermauerung dieser Hypothese zeigte man Ella Fotos, auf denen zu sehen war, wie man ihre Eltern aufgefunden hatte. Ein Anblick, der sich tief in ihr Gedächtnis einbrannte.
Da war der wohlgeformte Körper ihrer Mutter, umhüllt von einem cremefarbenen Seidenpyjama, der mit angezogenen Beinen auf der dunkelbraunen Ledercouch lag. Eine beigefarbene Decke aus Fellimitat bedeckte sie bis zur Taille, und bei genauerem Hinsehen konnte man erkennen, dass sie Lippenstift aufgelegt hatte. Ihr Kopf ruhte auf dem Oberschenkel ihres Mannes, dessen muskulöse Beine auf einem gepolsterten Hocker abgelegt waren. Ellas Vater trug einen Schlafanzug aus rot-blau-kariertem Flanell, und sein Kopf lehnte gestützt von einem Kissen an der hölzernen Wand

des Wohnzimmers. Auf seinem Gesicht konnte Ella einen entspannten und zufriedenen Ausdruck erkennen, und wäre die bläuliche Verfärbung der Lippen und der Gesichtshaut nicht gewesen, hätte man wirklich glauben können, dass die beiden einfach nur schliefen. So war auch das letzte Foto, das von ihnen gemacht wurde, ein nahezu perfektes Bild. Man hätte es nicht besser inszenieren können.

Der aufkommende Verdacht hinsichtlich einer gezielten Manipulation an der Heizungsanlage wurde wieder fallen gelassen, als sich herausstellte, dass es keinerlei Zahlung aus einer Lebensversicherung geben würde. Sämtliche Versicherungen, die ihre Eltern abgeschlossen hatten, waren seit mehreren Jahren nicht mehr aktiv. Die Verträge ruhten, weil die Zahlungen vorübergehend eingestellt worden waren. Bei der Abwicklung des Nachlasses stellte sich heraus, dass ihre Eltern eigentlich immer weit über ihre Verhältnisse gelebt hatten. Ella erlebte diese Zeit wie in einem Nebel und musste mitansehen, wie ihr Elternhaus verkauft wurde, damit aus dem Erlös ausstehende Forderungen beglichen werden konnten. Der Steuerberater hatte ihr empfohlen, das Erbe sicherheitshalber auszuschlagen, weil man nicht wissen könnte, aus welcher Richtung noch finanzielle Ansprüche zu erwarten waren. Und da es eigentlich sowieso nichts zu erben gab, wäre sie so auf der sicheren Seite und würde zumindest nicht mit Schulden konfrontiert, die ihre Eltern zu Lebzeiten verursacht hatten. Also zog Ella zunächst zu einer Freundin, brach ihr Studium ab und hielt sich mit Gelegenheitsjobs über Wasser. Die Vorstellung, die sie sich von ihrem zukünftigen Leben gemacht hatte, war wie eine Seifenblase zerplatzt. Damals war sie 21 Jahre alt, und eigentlich sollten einem so jungen Menschen doch alle Türen offen stehen.

Als wenige Wochen später die Urnenbeisetzung stattfand, war klar, dass sie in Zukunft vollkommen auf sich allein gestellt sein würde. Während andere in dieser Situation viel-

leicht zwischen Trauer und Wut hin und her schwankten, erlebte Ella einfach nur ein dumpfes Gefühl der Benommenheit. Wie in Trance ließ sie es über sich ergehen, dass unzählige unbekannte Menschen ihr, im Rahmen der Trauerfeier, die Hand schüttelten und mit wohl gewählten Worten ihr Beileid zum Ausdruck brachten. Ella konzentrierte sich lediglich darauf, einen guten Eindruck zu machen – ganz so, wie ihre Eltern es ihr beigebracht hatten. Mit jeder Minute, die verging, wünschte sie sich weiter weg aus dieser unwirklichen Situation, in der ihre Perspektivlosigkeit so deutlich wurde wie nie zuvor.
Irgendwann stand sie schweigend und mit leerem Blick vor dem großformatigen Schwarzweißfoto ihrer Eltern, während sich die übrigen Trauergäste in gedämpftem Ton unterhielten. Aus den unsichtbaren Lautsprechern klang dezente Klaviermusik in Moll, und ein paar junge Serviererinnen trugen Tabletts mit Prosecco und kleinen Snacks herum. Ella war sich sicher, dass es ihren Eltern auf dieser stilvollen Veranstaltung gut gefallen hätte. Eigentlich erwartete sie sowieso, dass die beiden im nächsten Moment, etwas überrascht aber gut gelaunt, den Raum betreten würden und sich alles als ein großer Irrtum herausstellte. Aber sie kamen nicht – würden nie wieder kommen – ein Gedanke, an den Ella sich erst einmal gewöhnen musste.

Der weiche Klang seiner tiefen Stimme riss sie aus ihren verworrenen Gedanken: »Elisabeth – möchten Sie sich vielleicht ein wenig hinsetzen?« Mit ihrem richtigen Vornamen wurde sie sonst nur selten angesprochen. Für ihre Freunde und Kommilitonen war sie in den letzten Jahren immer nur Ella gewesen, und manche von ihnen wussten überhaupt nicht, dass ihr offizieller Name Elisabeth war. Nur ihre Eltern nannten sie Elisabeth und dementsprechend auch alle Menschen, die sie über ihre Eltern kannte. So markierten diese beiden Namen die zwei unterschiedlichen Welten, in denen sie lebte. Heute war kein Ella-Tag, und sie fragte sich, wann sie endlich dieses Leben der

Elisabeth wieder verlassen konnte, in dem sie sich nie wirklich zu Hause gefühlt hatte.

Zunächst erinnerte Ella sich nur dunkel daran, den Mann, der sie angesprochen hatte, vorher schon einmal gesehen zu haben. Ohne viel darüber nachzudenken, hatte sie auf nüchternen Magen gleich zwei Gläser des angebotenen Prosecco getrunken, was das Gefühl der Benommenheit in ihr auf unangenehme Weise verstärkte. Sie musterte den Mann vielleicht eine Spur zu lange und suchte im Nebel ihres Gedächtnisses krampfhaft nach einem Namen, der zu seinem aparten Gesicht passte. Er war eine imposante Erscheinung – groß, gutaussehend und athletisch gebaut, hatte dichtes dunkles Haar – und Ella schätzte ihn auf Mitte vierzig. Vermutlich war er, wie die meisten Anwesenden, ein Geschäftspartner ihrer Eltern, und sie waren sich deswegen bereits auf verschiedenen Feiern begegnet.
Der fürsorgliche Klang seiner Stimme löste zunächst Misstrauen in ihr aus, und sie fragte sich, warum er meinte, beurteilen zu können, dass sie sich vielleicht besser hinsetzen sollte. Als die Gesprächspause sich immer mehr in die Länge zog und drohte, unangenehm zu werden, antwortete sie eine Spur zu laut: »Danke, ich bin nicht müde.« Sie merkte selbst, dass ihre Worte wie die eines trotzigen Kindes geklungen hatten und überlegte, ob es angemessen wäre, sich dafür zu entschuldigen. Prüfend glitt sein Blick über ihr Gesicht, streifte den zarten Hals, verweilte auf ihren Schultern, und ein wissendes, trauriges Lächeln umspielte dabei seine Mundwinkel. »Das ist gut«, sagte er schließlich, »dann entführe ich Sie jetzt einen Moment an die frische Luft. Eine kleine Auszeit tut Ihnen bestimmt gut.« Es war die ruhige Bestimmtheit in seiner Stimme, die sie dazu brachte, den angebotenen Arm zu ergreifen und wortlos mit ihm das Gebäude zu verlassen.
Gemeinsam überquerten sie die Terrasse des Lokals, und als sie schließlich den angrenzenden Garten erreichten, ließ Ella sich einfach von ihm führen und wollte noch nicht einmal

wissen, wohin er mit ihr ging. Ihr Weg endete nach wenigen Minuten an einem kleinen Pavillon, in dem schwere gusseiserne Gartenmöbel standen. Obwohl es erst Ende März war, hatte irgendjemand schon Polster auf die Stühle gelegt, und als er sie mit einer sanften Geste aufforderte, sich zu setzen, fügte sie sich und sank fast schon dankbar in die weichen, dunkelgrün-weißgestreiften Kissen. Bis zu diesem Moment hatten sie kein weiteres Wort miteinander gesprochen, und deswegen zuckte Ella etwas überrascht zusammen, als er plötzlich das Wort an sie richtete.

»Mein Name ist Konstantin, und ich habe den Eindruck, Sie haben keinen Schimmer, woher Sie mich kennen.«

In Ella kroch ein ungutes Gefühl hoch. Würde er ihr jetzt erklären, dass ihre Eltern auch bei ihm Schulden hatten? Sie schloss die Augen für wenige Sekunden und legte sich in Gedanken schon die passenden Worte zurecht, mit denen sie ihm erklären wollte, dass bei ihr nichts zu holen sei. Dann hob sie den Blick, aber bevor sie zu einer Erklärung ansetzen konnte, ergriff er erneut das Wort.

»Es tut mir so unendlich leid, in was für eine schlimme Situation Sie durch dieses schreckliche Unglück geraten sind. Ich war in den vergangenen zehn Jahren sowohl geschäftlich als auch privat viel mit Ihren Eltern zusammen. In der letzten Zeit haben die beiden immer häufiger angedeutet, dass es gewisse finanzielle Engpässe gab – aber ich habe nicht gewusst, wie gravierend das Problem war.« Offensichtlich wusste Konstantin, was für ein finanzielles Desaster ihre Eltern ihr hinterlassen hatten und ahnte, dass auf Ella keine rosigen Zeiten zukamen. »Ihre Eltern haben mir in der Vergangenheit sehr geholfen«, fuhr er fort, »deswegen möchte ich jetzt etwas für Sie tun. Mir ist klar, dass dieses hier nicht der ideale Zeitpunkt ist, und ich sehe auch, dass Sie eigentlich nicht in der Verfassung für so ein Gespräch sind, aber angesichts der angespannten Situation erscheint es mir notwendig. Ich will Ihnen vorschlagen, bei mir zu arbeiten.«

Offenbar hatte er sich das Angebot, das er ihr am Ende seines kleinen Monologes in dem von der Frühlingssonne durchfluteten Pavillon unterbreitete, im Vorfeld bereits genauestens überlegt. Er bot Ella einen Job an – nichts Weltbewegendes – schließlich verfügte sie über keinerlei besondere Qualifikation. Zusammen mit zwei anderen Kollegen hatte Konstantin sich schon bald nach dem Studium als Bauingenieur selbstständig gemacht. Die Firma war nach der Überwindung erster Startschwierigkeiten beständig gewachsen und hatte sich auf dem Markt etabliert. Es wäre wohl nur so eine »Mädchen-für-alles-Sache«, aber zunächst sei vermutlich einfach nur wichtig, dass sie irgendeine Perspektive hätte. Alles andere würde sich dann schon mit der Zeit von selbst ergeben.
Nachdem er ihre Lebensproblematik so klar umrissen hatte, hielt Ella seinen Vorschlag für eine gute Lösung und nahm sein Angebot ohne langes Zögern an. Der angenehm warme Händedruck, der ihre Absprache besiegelte, fühlte sich so gut an, dass sie seine Hand am liebsten nicht mehr loslassen wollte. Als sie wenig später zu den Trauergästen zurückkehrten, wich Konstantin nicht mehr von ihrer Seite, und Ella war ihm dafür unendlich dankbar.

»Mädchen-für-alles« ist ein sehr dehnbarer Begriff. Konstantin hatte Ella in seiner souveränen Art den Kollegen und Mitarbeitern des Ingenieurbüros vorgestellt und keinen Zweifel daran gelassen, dass diese etwas diffuse Stellenbeschreibung Ella eine ganz besondere Position verschaffte. Die Art, wie die Sekretärin sie musterte, ließ schon am ersten Tag ahnen, dass die beiden keine Freundinnen werden würden. Aber das war auch nicht weiter nötig, denn Konstantin hatte Ella am liebsten an seiner Seite. Hin und wieder sagte er, dass sie ihre Zeit in der Firma einfach als Praxissemester betrachten solle und die Erfahrungen, die sie machte, sicher von Vorteil wären, wenn sie ihr Studium irgendwann wieder aufnähme.

Nach einer Weile begleitete sie ihn wie selbstverständlich zu allen Außenterminen, sie verbrachten ihre Mittagspausen miteinander und zunehmend häufiger auch ihre Abende. An den Wochenenden überraschte er sie oft mit Einladungen zu Ausflügen und Veranstaltungen. Dass sie sich dadurch immer näher kamen, störte Ella nicht im Geringsten. Das Gegenteil war der Fall – sie sonnte sich in seiner Aufmerksamkeit. Diese weiße Kälte, die sich in den vergangenen Jahren in ihr ausgebreitet hatte, begann allmählich zu verschwinden. Konstantin war einfach immer für sie da, wenn sie ihn brauchte. Er war Freund und Mentor, ebenso Bewunderer und Beschützer, er liebte es, sie zu überraschen, sie zu verwöhnen, er brachte sie zum Lachen und zum Staunen, und wenn ihr mal nach Weinen zumute war, dann legte er seinen starken Arm um ihre zarten Schultern, und sofort fühlte sich selbst die Traurigkeit nicht mehr so schlimm an. Nach zwei Monaten schliefen sie zum ersten Mal miteinander. Der Sex mit einem erfahrenen Mann eröffnete für Ella eine neue Dimension. Alles, was sie vorher in dieser Hinsicht erlebt hatte, erschien ihr plötzlich wie Spielerei. Mit Konstantin fühlte sich alles so echt und bedeutsam an, und Ella dachte, dass sie endlich im wahren Leben angekommen sei.

Über den gravierenden Altersunterschied von fast 25 Jahren machten sich nur die Außenstehenden Sorgen. Viele eigene Freunde hatte Ella ohnehin nicht mehr. Nach dem Tod ihrer Eltern wollte sie niemandem erklären müssen, warum sie so plötzlich in eine finanzielle Notlage geraten war und zog sich immer mehr zurück. Die wenigen Freundschaften, die darüber hinaus bestanden, litten dann sehr darunter, dass sich Ellas Welt plötzlich nur noch um Konstantin drehte. Kritische Einwände ihrer Freundinnen interpretierte sie gerne als Neid, denn Konstantin war ein Mann, der vieles zu bieten hatte. Ihm konnten die Mittzwanziger, mit denen ihre Freundinnen zusammen waren, wirklich nicht das Wasser reichen.

Vier Monate nach der Beisetzung packte Ella das Wenige, was ihr blieb, in ein paar Kartons und zog zu Konstantin. Ihr kleines Appartement, das sie zwischenzeitlich angemietet hatte, stand zu diesem Zeitpunkt sowieso mehr oder weniger leer, und somit erschien sein Vorschlag, zu ihm zu ziehen, vernünftig zu sein. Konstantin bat sie in diesem Zusammenhang darum, die Einrichtung seines Hauses einmal gründlich zu überarbeiten und ihren Bedürfnissen anzupassen. Damit meinte er, dass sie nicht nur das komplette Mobiliar austauschen, sondern auch alle notwendigen Umbau- und Renovierungsarbeiten in die Hand nehmen sollte. Gemeinsam besuchten sie unzählige Möbelausstellungen und ließen sich inspirieren, wälzten dicke Kataloge, und Ella versank für Monate in diesem umfangreichen Projekt, das am Ende fast ein ganzes Jahr in Anspruch nahm. In dieser Zeit reduzierte sie ihre Tätigkeit als »Mädchen-für-alles« immer mehr, bis sie schließlich gar nicht mehr mit Konstantin in die Firma ging. Als sich dann ein Ende der Renovierungen abzeichnete, kündigte Konstantin an, ein neues Projekt mit ihr besprechen zu wollen.

Für den Abend der Besprechung hatte er einen Tisch im besten Restaurant der Stadt reserviert. Ella hatte schon den ganzen Tag darüber nachgegrübelt, was sie wohl als nächstes planen sollte, und konnte es kaum erwarten, sich kopfüber in das angekündigte neue Projekt zu stürzen. Sprühend vor Energie fühlte sie sich voller Leben und Tatendrang. Konstantin war an diesem Abend besonders charmant und bestellte eine Flasche Champagner, was dazu führte, dass Ella leicht berauscht war, als endlich die Nachspeise serviert wurde. Auf ihr neugieriges Nachfragen hatte Konstantin geantwortet, dass dieses ein sehr besonderes Projekt sei, das ihre volle Aufmerksamkeit verdient hätte und er deswegen erst nach dem Essen mit ihr darüber sprechen wollte. Nachdem der Kellner endlich auch die Espressotassen abgeräumt hatte, blickte sie ihn erwartungsvoll an. Er hatte über den Tisch nach ihren Händen gegriffen und ihr dabei fest in die

Augen geblickt. Dann sagte er: »Du würdest mich sehr glücklich machen, wenn dein nächstes großes Projekt die Planung unserer Hochzeit wäre.« Anschließend war er aufgestanden, um in dem vollbesetzten Restaurant vor ihr auf die Knie zu gehen und ihr einen formvollendeten Heiratsantrag zu machen.
Natürlich hatte sie »Ja« gesagt und sich den sündhaft teuren Ring über ihren Finger streifen lassen. Damit hatte sie wirklich nicht gerechnet. Konstantin hatte vorher auch nie irgendwelche Andeutungen in diese Richtung gemacht. Heiraten war für sie bis zu diesem Abend nie ein Thema gewesen, und wenn Ella ehrlich mit sich war, dann fand sie sich mit 23 Jahren auch noch etwas zu jung für eine Ehe. Allerdings traute sie sich nicht, mit Konstantin über ihre Zweifel zu reden. Sie wusste, dass er niemals einen Antrag gemacht hätte, wenn es ihm nicht sehr ernst damit gewesen wäre. Schließlich war er mittlerweile fast 47 und somit in einem Alter, in dem man solche weitreichenden Entscheidungen nicht mehr auf die lange Bank schieben konnte.

Es war nicht die erste Nacht, in der Ella durch ihre Grübeleien wach gehalten wurde. Wie ein kitschiger Film zogen diese Bilder der Vergangenheit immer wieder an ihr vorbei, und zurück blieb zum Schluss nur dieses »Siehst-du!-Das-hast-du-nun-davon-Gefühl«. Besonders wenn abends zwischen Konstantin und ihr schlechte Stimmung geherrscht hatte, fand sie anschließend keinen Schlaf. Dabei kamen in ihrem Zusammenleben offen ausgetragene Streitigkeiten eher selten vor. Es waren diese subtilen Andeutungen und Fragen oder einfach sein Schweigen, welches ihr signalisierte, dass er unzufrieden mit seiner Frau war. An seiner Körperhaltung konnte Ella seine innere Anspannung immer schon deutlich ablesen und wünschte sich manchmal, dass er doch endlich mal seinen Mund aufmachen würde, um ihr klipp und klar zu sagen, was genau ihm denn jetzt schon wieder nicht passte.

Aber stattdessen ignorierte Konstantin sie scheinbar, beschäftigte sich alibimäßig mit irgendeinem Buch oder starrte stumm auf den Fernseher. An der sichtbaren Bewegung seiner Kieferknochen war leicht zu erkennen, wie er die Backenzähne immer wieder aufeinanderpresste. Aber sie biss die Zähne schließlich auch oft genug zusammen – wahrscheinlich häufiger, als ihr gut tat.
Den Drang, sich für ihr angebliches Fehlverhalten zu entschuldigen, hatte Ella schon lange abgelegt. Während sie als junge Ehefrau mit Mitte zwanzig noch viel Energie aufwendete, um ihrem Mann möglichst alles recht zu machen, hatte dieser Ehrgeiz im Laufe der Jahre doch deutlich nachgelassen. Früher war es ihr leicht gefallen, ihr Leben auf Konstantins Vorstellungen auszurichten, denn sie hatte bis dahin wenig Übung darin, zu spüren, wo genau ihre eigenen Bedürfnisse lagen. Aber jetzt war sie 35 und spürte zunehmend, was sie nicht wollte.

Weil Ella wusste, dass es mit dem Einschlafen auf diese Weise sowieso nicht klappen würde, verließ sie vorsichtig das Schlafzimmer und zog, ohne ein Geräusch zu machen, die Tür hinter sich zu. Als sie auf nackten Füßen lautlos die Treppenstufen hinabging, hörte sie, wie Morty sich sofort von ihrem Schlafplatz erhob und zum Absatz der Treppe trottete, wo sie schwanzwedelnd auf Ella wartete. Im Dämmerlicht der Stufenbeleuchtung, die durch den Bewegungsmelder aktiviert wurde, sahen die beiden sich an. Der sanfte Blick aus den dunkelbraunen Augen der tiefschwarzen Labradorhündin rührte Ella immer wieder aufs Neue. Morty schien genau zu wissen, wodurch Ella aus dem Bett getrieben wurde.
Sie strich dem Hund kurz über den Kopf und ging weiter in die Küche. Dort stellte sie den Wasserkocher an und angelte die Packung mit dem Kräutertee aus dem überfüllten Regal. Die Neugier verleitete sie viel zu oft dazu, neue Teesorten einzukaufen, die ihr dann letztendlich doch nicht schmeckten. Anstatt die Packungen dann konsequenterweise zu ent-

sorgen, hortete sie mittlerweile fast fünfzig Teevariationen in der Hoffnung, dass sie zu irgendeinem Anlass den einen oder anderen Teebeutel loswerden konnte. Morty hatte sich demonstrativ vor den Kühlschrank gesetzt und wollte damit verdeutlichen, dass sie auch zu dieser Uhrzeit grundsätzlich dazu bereit wäre, einen kleinen Snack einzunehmen. Sie beobachtete Ella mit einem hoffnungsvollen Blick, die aber lächelnd den Kopf schüttelte: »Um diese Uhrzeit essen Frauen nichts. Wir reißen uns zusammen und trinken Tee – selbstverständlich ohne Zucker. Ich könnte dir Vanille-Wildkirsche anbieten oder Ingwer-Zitrone, Brennnessel-Mango oder vielleicht Roibusch-Karamell?«
Die schwarze Hündin stand auf und bewegte sich ein paar Schritte in Ellas Richtung.
»Ich verspreche dir, … sobald es einen Tee mit Leberwurstgeschmack gibt, ich bin die erste, die ihn kauft.«
Ella goss das kochende Wasser in die Tasse und steuerte gefolgt von Morty das Sofa an. Bevor der Hund zum unbeholfenen Sprung auf das anthrazitfarbene Polster ansetzte, blickte er kurz zur Tür und kontrollierte, ob Konstantin in Sichtweite war. Dieser war nämlich rigoros dagegen, dass Morty das neue Möbelstück benutzte. Ella fand das albern, hatte sich aber mit Morty darauf geeinigt, dass der Hund nur in Konstantins Abwesenheit darauf liegen durfte. Es war nur eines von vielen Verboten, welches Konstantin in den letzten Jahren aufgestellt hatte und das von ihnen beiden geschickt unterlaufen wurde. So kamen alle auf ihre Kosten, und Konstantin freute sich, wenn er nicht auf Gegenwehr stieß.

Ella hatte keine Ahnung, wie ihr Mann sich das Leben mit einem Hund genau vorgestellt hatte. Vor ungefähr fünf Jahren war er von einem Geschäftstermin nach Hause gekommen und trug eine kleine pinkfarbene Transportbox, in der ein niedlicher, schwarzer Labradorwelpe saß. Angeblich war er bei dem Züchter zu einer Baubesichtigung gewesen und hatte zufällig erfahren, dass diese kleine Hündin zum

Verkauf stand. Den Entschluss sie mitzunehmen habe er ganz spontan getroffen, weil er das Gefühl hatte, dass Ella sich über eine neue Aufgabe freuen würde. Solche Alleingänge in punkto Entscheidungen waren bei Konstantin schon immer an der Tagesordnung gewesen. Nach einem Blick auf das kleine, tapsige Hundebaby beschloss Ella, ihm diese Geschichte zu glauben, obwohl sie sich kaum vorstellen konnte, dass ihr Mann kurzfristig eine solch weitreichende Entscheidung traf, ohne zuvor alle Vor- und Nachteile gründlich gegeneinander abzuwägen. Behutsam nahm sie das schwarze Fellbündel aus der Box und verliebte sich beim ersten Blick in die brauen Hundeaugen.
Laut Papieren hieß die Hündin Morpheus. Ella ärgerte sich über diesen merkwürdigen Namen und konnte sich auch nicht damit anfreunden, nachdem Konstantin ihr ausführlich erklärt hatte, dass der Züchter nun mal ein Faible für griechische Gottheiten habe. Morpheus sei als Gott der Träume außerdem in der Lage, den Menschen in jeder beliebigen Gestalt zu erscheinen – warum also nicht auch als Labradorhündin? Konstantin fand den Namen offensichtlich sehr passend, aber wenn Ella ein Problem damit hätte, dann könne sie sich selbstverständlich auch einen anderen Namen für das Tier überlegen. Schließlich wäre es ihr Hund. Da es in den Monaten zuvor häufig zu kleinen Unstimmigkeiten zwischen ihnen gekommen war, überlegte Ella zunächst, ob sie sich hinsichtlich des Hundenamens nicht besser unterordnen und diese abstruse Namensgebung einfach hinnehmen sollte. Aber sie konnte sich einfach nicht überwinden, den kleinen Hund so anzusprechen, und so wurde aus dem mythologischen Schwergewicht Morpheus die schlichte und liebenswerte Morty. Die Umbenennung quittierte Konstantin mit einer hochgezogenen Augenbraue, und es war ihm auch nach Jahren noch anzumerken, dass er diesen Namen nur mit Widerwillen benutzte.

Für Ella hatte die eheliche Harmonie zunächst immer höchste Priorität und dementsprechend gab es in den ersten

sieben Jahren nach ihrer Hochzeit auch kaum nennenswerte Konflikte. Allerdings nahm ihre Kompromissbereitschaft deutlich ab, als sie langsam auf die Dreißig zuging. Das Leben als Hausfrau erschien ihr zunehmend banal – vor allem, weil sie keine Kinder hatte. Während Konstantin am liebsten gleich in der Hochzeitsnacht einen Sohn gezeugt hätte, fühlte sich Ella damals noch viel zu jung, um Mutter zu werden. Sie war ja selbst fast noch ein Kind. Dieses war der einzige Wunsch, den sie ihrem Mann nicht erfüllen wollte. Auch Konstantins Argumentation, dass eine Vaterschaft nach seinem fünfzigsten Geburtstag für ihn nicht mehr in Frage käme, änderte nichts an ihrer Entscheidung.
Also blieben sie kinderlos und genossen alle Vorzüge, die diese Unabhängigkeit mit sich brachte. Mit Ende zwanzig empfand Ella ihre Kinderlosigkeit dann zum ersten Mal als einen Mangel und entschied sich, nach etwas anderem Ausschau zu halten, mit dem sie dieses aufkommende Gefühl der Leere füllen könnte. Sie hatte bereits diverse Träume und Phantasien geäußert – eine Ausbildung oder ein Studium in Betracht gezogen – aber dann kam Morty im pinkfarbenen Transportkorb, und plötzlich hatte Ella jede Menge zu tun.
Der Vorschlag, den Hund professionell ausbilden zu lassen, war von Konstantin gekommen. Also verbrachte Ella in den folgenden zwei Jahren jede Menge Zeit in Hundeschulen und erzog den folgsamen Labrador mit viel Liebe und Konsequenz zu einem verlässlichen Begleithund, der nicht von ihrer Seite wich. Natürlich hörte Morty auch auf Konstantin, aber sie ließ keinen Zweifel daran, wie ihre Sympathien verteilt waren. Konstantin schien das nicht weiter zu stören. Er war anscheinend froh darüber, dass seine Frau sich intensiv um das Tier kümmerte und seitdem Morty im Haus war, einen deutlich zufriedeneren Eindruck machte. Und wenn sie an den Wochenenden zu dritt ausgedehnte Waldspaziergänge unternahmen, dann waren sie fast so etwas wie eine kleine Familie.

Morty schreckte hoch, als Ella ihre Teetasse auf dem Tisch abstellte und blickte erwartungsvoll in ihre Richtung. Aber als die Hündin merkte, dass Ella lediglich nach dem Smartphone griff und sich damit auf dem Sofa zurücklehnte, machte sie es sich auch wieder auf den Kissen bequem und fiel schnell in einen tiefen Schlaf, der von einem gleichmäßigen Schnarchen begleitet wurde.

Vor ein paar Wochen hatte Ella eine neue App installiert, die seitdem jede Menge von ihrer freien Zeit in Anspruch nahm. Das war auch der Grund für die neuesten Spannungen zwischen ihr und Konstantin. Er konnte es überhaupt nicht leiden, wenn seine Frau ihm abends nicht die volle Aufmerksamkeit schenkte. Schließlich war er den ganzen Tag unterwegs, und deswegen erwartete er, dass Ella am Abend ganz und gar für ihn da war.

In den vergangenen drei Jahren hätte er sowieso schon jede Menge zurückstecken müssen, denn Ella hatte sich nach endlosen Diskussionen durchgesetzt und wieder angefangen zu studieren. Wäre es wenigstens so gewesen, dass sie ihr Architekturstudium wieder aufgenommen hätte – dafür hätte Konstantin sich vielleicht noch ansatzweise begeistern können. Aber sie wollte noch einmal ganz neu anfangen und hatte sich nach langem Überlegen dazu entschieden, Psychologie zu studieren. Eigentlich wusste sie noch gar nicht so richtig, was sie später mit ihrem Bachelorabschluss machen wollte. Aber in ihr war das Gefühl, noch was Bedeutsames mit ihrem Leben anfangen zu müssen, einfach immer größer geworden, und die Beschreibung des Studiengangs hatte ihr letztendlich am meisten zugesagt.

Obwohl Konstantin ihrer Entscheidung nach unzähligen Diskussionen zähneknirschend zugestimmt hatte, versuchte er nie, zu verbergen, wie sehr ihn ihre Neuorientierung störte. Aber mit der Zeit hatte sie sich daran gewöhnt, dass er nicht zufrieden mit ihr war, und irgendwann machte es ihr nichts mehr aus.

Ella öffnete die App, und der aufleuchtende Startbildschirm tauchte ihren Platz im dunklen Wohnzimmer in ein blaues Licht. Dieses Spiel, welches Konstantin gerne als Verschwendung kostbarer Lebenszeit betitelte, war ein Quiz. Eigentlich hatte sie erwartet, dass ihr Mann so etwas gut fand. Schließlich war er derjenige von ihnen beiden, der über eine weitgefächerte Allgemeinbildung verfügte und nicht nur auf jede Frage eine Antwort wusste, sondern diese auch gerne ausführlich darlegte. Die kleinen Vorträge, welche er gelegentlich dazu hielt, hatten mit der Zeit angefangen, Ella zu langweilen. Aber er war dann immer so in seinem Element, dass er nicht mehr auf das Interesse seines Gegenübers achtete.

Am Anfang hatte Ella ihm hin und wieder Fragen vorgelesen, die sie nicht beantworten konnte. Häufig war es dann gar nicht nötig gewesen, ihm die vier angebotenen Antwortmöglichkeiten zu nennen. Er wusste die richtige Lösung auch so. In der Kategorie »Macht und Geld« war er einfach unschlagbar. Genauso bei Fragen zu »Kunst und Kultur« und »Zeugen der Zeit«. Allerdings fing er schon bald an, sowohl die Fragestellungen als auch die Antwortmöglichkeiten zu kritisieren. Es bereitete ihm große Freude, Unstimmigkeiten aufzudecken, und er ließ sich dann lieber darüber aus, dass dieses Spiel schlecht gemacht sei, anstatt Ella innerhalb des Zeitlimits die richtige Antwort zu liefern.

Also verzichtete Ella bald darauf, ihn überhaupt etwas zu fragen. Es störte ihn sowieso zunehmend, dass seine Frau so viel Zeit in dieses Spiel investierte, obwohl er ihr schon mehrfach erklärt hatte, dass es sich dabei doch um eine sehr oberflächliche Angelegenheit handelte. Bei den schlecht recherchierten Fragen würde lediglich das Erinnerungsvermögen trainiert, und mit Allgemeinbildung hätte das Ganze doch wirklich nur am Rande etwas zu tun. Deswegen spielte Ella schon bald am liebsten, wenn Konstantin nicht in der Nähe war.

Da es sich bei diesem Quiz um ein Duell handelte, ging es darum, mehr richtige Antworten zu geben als der jeweilige Gegner. Zuerst war Ella ausschließlich gegen Leute angetreten, die sie durch ihr Studium kannte. Ihre Kommilitonin Theresa, mit der sie schon seit der Einführungswoche befreundet war, hatte sie zum Spielen überredet und ihr geholfen, die Gratisversion der App auf ihrem Smartphone zu installieren. Schon nach wenigen Tagen war Ella davon überzeugt, dass der Preis für die Premiumversion absolut gerechtfertigt war und gönnte sich dieses kleine Upgrade. Dabei nahm sie das ganze Spiel längst nicht so ernst wie einige ihrer Studienkollegen. Sie freute sich natürlich immer über ihre Siege und beobachtete gerne, wie sich dadurch ihre Spielstatistik verbesserte, aber insgesamt hielt sich ihr Ehrgeiz ziemlich in Grenzen.
Wenn Konstantin gewusst hätte, dass Ella mittlerweile auch gegen fremde Personen antrat, hätte er die App vermutlich eigenhändig gelöscht. Bei den Duellen gegen beliebige Spieler bekam sie durch das Programm irgendeinen anderen Nutzer der App als Gegner zugelost, und Ella fand es immer sehr spannend, auf wen sie dabei traf. Seitdem sie die Chatfunktion des Spiels gelegentlich benutzte, hatten sich auf diesem Weg schon einige nette Gespräche mit sehr interessanten Menschen entwickelt.
Dieser Chat funktionierte im Prinzip genauso wie WhatsApp, war aber wesentlich anonymer. Von ihren Gesprächspartnern wusste Ella lediglich den Spielernamen, und anstatt eines Profilbildes gestaltete man einen individuellen Avatarkopf – ein kleines Comicgesicht, das nach Belieben zusammengestellt wurde. Manche ihrer Kommilitonen liebten es, ihre Avatare besonders witzig oder abschreckend zu gestalten. Andere versuchten geradezu, ein kleines Abbild von sich selbst zu schaffen. Ella hatte sich, was das anging, nicht besonders kreativ gezeigt. Als Spielernamen hatte sie Ella eingegeben. Da das nicht ihr richtiger Vorname war, fand sie, dass dieses kein besonderes Risiko bedeutete. Und mit der Avatarfunktion experimentierte sie zuerst ein wenig

herum, um letztendlich an einer Blondine mit Sonnenbrille hängen zu bleiben, die ihr vielleicht sogar ein wenig ähnlich sah.

Mit einem kurzen Blick auf die Uhr wurde Ella klar, dass das Finden von aktiven Quizgegnern zu dieser Zeit vermutlich ein Problem darstellte. Immerhin standen noch ein paar nicht vollendete Spiele auf ihrer Liste, in denen die Spieler auf Ellas Rückspiel warteten. Unter Berücksichtigung des großzügigen Zeitlimits von 48 Stunden funktionierte das Quizduell wie Tischtennis. Drei Fragen zu einem Wissensgebiet werden zuerst beantwortet und daraufhin dem Gegner zugespielt, der dann dieselben Fragen auch beantworten muss. Anschließend wählt dieser im Gegenzug eine Kategorie aus, beantwortet dazu drei Fragen und schickt die an seinen Gegenspieler. Wie ein Tischtennisball fliegen die Fragen virtuell zwischen den Gegnern hin und her, und wenn beide Spieler alle 18 Fragen beantwortet haben, gewinnt derjenige, der die meisten richtigen Antworten gegeben hat.

Ella studierte die Liste der Gegner, die auf sie warteten. Es waren leider nur sieben. Nachdem der vorherige Abend so disharmonisch verlaufen war, hatte Ella keine Lust mehr, noch irgendwelche beliebigen Spieler herauszufordern. Von diesen sieben Gegnern waren drei Kommilitonen, die um diese Zeit ganz sicher schliefen und von denen deswegen kein Rückspiel zu erwarten war. Bei den restlichen vier handelte es sich um unbekannte Spieler. Vielleicht hatte sie bei einem von ihnen Glück.
Gegen diesen Typen mit der blonden Strubbelfrisur spielte Ella jetzt schon seit ein paar Tagen. Sein Avatar mit den Kopfhörern war in Kombination mit seinem Spielernamen wirklich ein toller Gag. Er nannte sich Samu und erinnerte sofort an einen finnischen Sänger, der in der letzten Zeit ziemlich häufig in den Medien präsent war. Am Anfang hatte sie deswegen vermutet, dass es sich bei ihm in Wirk-

lichkeit um einen Teenager und Fan der dazugehörigen Band handelte. Aber dafür spielte dieser Samu eindeutig zu gut. Wenn sie sich richtig erinnerte, dann konnte sie von ungefähr sieben Duellen nur eines gewinnen. Zum Ende eines jeden Spiels hatten sie sich wechselseitig immer wieder neu herausgefordert. Diese Option wurde vom Programm angeboten, und Ella wählte sie immer dann, wenn sich in den Spielen herausstellte, dass ihr Gegner die gleichen Wissenskategorien bevorzugte wie sie selbst.

Unschlüssig sah sie nochmal auf die Uhr. Es war fast vier, und wie zu erwarten hatte kein Gegner auf ihren Spielzug reagiert. Zuletzt beantwortete sie die Fragen, die Samu ausgesucht hatte und dachte anschließend darüber nach, dass es vernünftig wäre, wieder ins Bett zu gehen. Oder sollte sie es um diese Uhrzeit doch mit ein paar beliebigen Spielern versuchen? Was für Menschen waren das wohl, die genauso wie sie selbst gerade wach waren und sich die Zeit mit diesem Quiz um die Ohren schlugen? Senioren mit Schlafstörungen? Taxifahrer, die auf Kundschaft warteten? Menschen im Bereitschaftsdienst? Traurige, Unglückliche, Einsame, Rastlose? Sie spürte, wie die Neugier in ihr immer größer wurde. Warum sollte sie es nicht einfach herausfinden?

Mitten in dieser Überlegung signalisierte ihr Smartphone mit einer Vibration, dass soeben einer ihrer Gegner seinen Spielzug getätigt hatte. Erfreut schaute Ella auf das Display und stellte fest, dass ausgerechnet dieser Samu offensichtlich auch nicht schlafen konnte. Sie grinste in sich hinein und entschied, dass es nach sieben Spielen durchaus angemessen war, ein paar Worte miteinander zu wechseln.

Samu **Ella**

Guten Morgen :-)
Schon wach oder noch wach?

Guten Morgen :-)
Schon wach. Und selbst? Brauchen so hübsche blonde Frauen denn keinen Schönheitsschlaf?

Den brauchen sie definitiv. Aber sie sind flexibel und können auch tagsüber schlafen. ;-)

Klingt nach einem ziemlichen Lotterleben. ;-)

In der Tat. Und schuld ist diese App. ;-) Und warum bist DU so früh schon wach?

Um diese Uhrzeit gehe ich immer auf die Jagd nach hübschen, schlaflosen Blondinen. ;-)

Klingt ein bisschen psycho … oder nicht? Muss ich mir jetzt Sorgen machen? :-/

Nein :-D … sicher nicht. Das war ein Scherz. Ich bin die Harmlosigkeit in Person. :-)

Oh … prima …und ich kann mir jetzt aussuchen, was ich glaube … Blondinen-Jäger oder Langeweiler.

Zumindest ist die Blondine nicht auf den Mund gefallen. ;-)

Das ist sie ganz sicher nicht. :-) Blondinen werden deutlich zu oft mit herabgesetzten geistigen

Fähigkeiten in Verbindung gebracht. ;-)

Ach … du meinst, das entspricht nicht der Realität? ;-)

Die männliche Realität sollte eine gewisse Komplexität besser nicht überschreiten … oder? ;-)

Du bist frech! :-D

Das ist nur eine Begleiterscheinung. In erster Linie bin ich blond. :-)

Bist du wirklich blond?

*Du bist aber neugierig. :-)
Eigentlich eine Eigenschaft, die man auch eher uns Frauen unterschiebt.*

Neugier klingt immer so negativ. Ich bin lediglich daran interessiert, was für Frauen morgens um vier nicht schlafen. :-)

Das sind welche, die auf die Jagd nach harmlosen Typen gehen.

OK … ich denke, ich kann mich unter den gegebenen Umständen auch mal mit der Beute-Rolle arrangieren. ;-)

Einfach so? Ohne Gegenwehr???

*Ich denke schon. :-)
Macht mich das als Beute uninteressant?*

Wäre möglich. Du könntest mal ein Spiel verlieren … nur um mein Interesse wach zu halten. ;-)

Netter Versuch. :-D Aber du musst dein hübsches Blondinenköpfchen schon ein wenig anstrengen, wenn du gegen mich gewinnen willst.

Ja … das scheint mir auch so. :-) Aber erstmal leg ich mein hübsches Köpfchen jetzt noch ein wenig hin. Vielleicht funktioniert es ausgeschlafen etwas besser. :-)

Dann schlaf gut, Ella. Heißt du wirklich so?

Danke. Werde ich bestimmt. Ja … ich bin Ella. :-) Dir einen schönen Morgen, Samu. Dein Spielername?

Die Kurzform von Samuel.

OK :-)… Und wirklich auf Blondinenjagd um diese Uhrzeit?

Nein :-)
Ich warte auf den Morgenstern.

Ist es dafür nicht ein bisschen früh?

Nein. Es ist genau richtig. Für mich ist er soeben aufgegangen, liebe Ella.

Das freut mich. Dann bis bald, lieber Samuel. :-)

2. Kapitel

3. November 2014 – am Vormittag

Wider Erwarten fiel Ella im Morgengrauen noch in einen tiefen Schlaf. Als Morty einige Stunden später vorsichtig mit der Schnauze die angelehnte Zimmertür aufdrückte, schlug sie überrascht die Augen auf. Konstantin hatte dem Hund das Betreten des ersten Stockwerks strengstens untersagt und so ging Morty nur die Treppe hoch, wenn Konstantin nicht zu Hause war. Mit einem Ruck setzte Ella sich auf. Es war schon halb zehn und das Erste, was ihr in den Kopf schoss, war die Erkenntnis, dass sie genau in diesem Moment eigentlich in ihrer Vorlesung sitzen sollte. Rasch eilte sie, gefolgt von Morty, die Treppe herab ins Erdgeschoss. Ihr Smartphone lag immer noch auf dem Wohnzimmertisch. Eilig griff sie danach und sah gleich, dass schon eine Nachricht von Theresa angekommen war, in der diese sich besorgt erkundigte, ob alles in Ordnung sei. Hastig tippte Ella als Antwort ein kurzes »*Sorry … hab verschlafen*« ein.
Nachdem der erste Schreck sich gelegt hatte, beschloss Ella, nicht überstürzt das Haus zu verlassen, denn es war offensichtlich, dass sie es auf keinen Fall noch rechtzeitig bis zum nächsten Seminar, das um 10.15 Uhr begann, in die Uni schaffen würde. Vorwurfsvoll blickte sie Morty an: »Du hättest mich aber auch mal wecken können.«

Der Adrenalinstoß, der nach dem Aufwachen sehr unangenehm durch ihren Körper geschossen war, ließ allmählich nach. Seufzend strich Ella die wirren blonden Strähnen aus der Stirn und setzte sich an den gedeckten Frühstückstisch. Konstantin war schon immer ein Frühaufsteher gewesen und legte größten Wert auf ein ruhiges und ausgiebiges Frühstück. Für gewöhnlich leistete Ella ihm dabei Gesellschaft, auch wenn ihr Appetit sich morgens eher in Grenzen hielt.

Meist begnügte sie sich mit einer Tasse Tee, und dann sprachen sie darüber, was sie beide den Tag über erwartete.
An diesem Morgen hatte Konstantin beim Bäcker frische Croissants gekauft. Das machte er immer, wenn er die erste Runde mit dem Hund übernahm. Sein eigener Platz war bereits abgeräumt, und so saß Ella mit angezogenen Beinen alleine am Küchentisch und blickte versonnen in den herbstlichen Garten. Das nächtliche Chaterlebnis spukte ihr immer noch im Kopf herum. Mit etwas Abstand betrachtet kam ihr die ganze Aktion eigentlich reichlich albern vor – schließlich war sie kein Teenager mehr. Trotzdem fühlte sie ein leichtes Kribbeln in der Magengrube, wenn sie an die virtuelle Begegnung mit diesem Samuel zurückdachte.
Angesichts der fortgeschrittenen Uhrzeit beschloss Ella, auf ihren Morgentee zu verzichten und startete stattdessen den Kaffeeautomaten. Während das Gerät lautstark die Aufwärmphase einleitete, griff Ella nach ihrem Smartphone. Natürlich war es albern und nicht ihrem Alter angemessen, wenn sie sich diesen Chat noch einmal durchlas. Aber sie wollte einfach nur wissen, ob er wirklich so verlaufen war, wie sie es in Erinnerung hatte. Vielleicht hatte sie aufgrund ihres Schlafmangels ja einiges falsch interpretiert und sich dann alles in ihrem Kopf einfach nur so zurechtgebogen, dass eine nette Geschichte daraus wurde. Das wäre zwar etwas peinlich, aber schließlich wusste keiner davon, und sie würde auch ganz sicher niemandem von diesem kleinen kommunikativen Ausrutscher erzählen. Was dieser Samuel von ihr dachte, das konnte ihr ja sowieso egal sein. Schließlich war er ein Fremder, der für ihr reales Leben keinerlei Bedeutung hatte.
Mit der linken Hand nahm sie eine Tasse vom Regal und platzierte sie unter den Auslaufdüsen. Während der Kaffee mit leisem Zischen in die Tasse lief, startete sie die Quiz-App. Sie wollte einfach nur einen kurzen Blick darauf werfen, ihren Kaffee trinken und dann duschen gehen. Aber noch bevor die Tasse ganz gefüllt war, weiteten sich ihre Augen vor Überraschung, denn ein kleiner roter Kreis, in

dem eine weiße Eins stand, leuchtete ihr neben Samuels Avatar entgegen. Offensichtlich hatte er ihr heute Vormittag schon wieder etwas geschrieben. Oder wurde diese Nachricht vielleicht noch von ihm abgeschickt, nachdem sie sich am frühen Morgen voneinander verabschiedet hatten? Wann auch immer diese Botschaft von ihm angekommen war – der Anblick des kleinen, roten Kreises machte Ella gleichzeitig nervös und fröhlich. Aufgeregt öffnete sie das Chatfenster und las: *Hoffentlich hast du noch ein wenig schlafen können. Ich wünsche dir einen guten Tag, mein Morgenstern.* :-)

Ellas erster Impuls war, sofort eine Antwort einzutippen. Aber nachdem sie die ersten drei Worte geschrieben hatte, hielt sie inne. Es war sicherlich nicht klug, sich ein zweites Mal von ihrer Impulsivität davontragen zu lassen. Sie löschte das geschriebene »*Vielen Dank. Ich* « und scrollte in dem geöffneten Chatfenster so weit wie möglich nach oben. Der Kommunikationskanal der Quiz-App hatte den Nachteil, dass nur wenige Seiten des Chats auf Ellas Smartphone gespeichert wurden. Die Macher des Spiels maßen der integrierten Chat-Möglichkeit offensichtlich keine besondere Bedeutung zu, und so wurden ältere Nachrichten automatisch gelöscht. Natürlich hatte der Chat auch für Ella keine wirkliche Bedeutung. Trotzdem würde sie sich ziemlich ärgern, wenn sie ihre nächtliche, virtuelle Begegnung mit Samuel nicht vom Anfang bis zum Ende nachlesen konnte. Schließlich wollte sie nur herausfinden, ob ihre Wahrnehmung etwas mit der Realität zu tun hatte. War sie möglicherweise etwas zu aufdringlich gewesen? Oder im schlimmsten Fall sogar peinlich?
Mit einem hörbaren Ausatmen stellte sie fest, dass alles noch da war. Rasch glitten ihre Augen über die ersten eigenen Zeilen, und bei Samuels Erwiderung konnte sie ein Lächeln nicht unterdrücken. Er war ihr schon nach diesen ersten Sätzen sympathisch. Daran änderte sich auch nichts, wenn sie es mit etwas zeitlichem Abstand ein zweites und ein drittes Mal las. Mit der Lektüre des weiteren Chatver-

laufs verfestigte sich das Lächeln in Ellas Gesicht. Es war genauso, wie sie es in Erinnerung hatte. Dabei konnte sie gar nicht benennen, was ihr daran so gut gefiel. War ihre Schwäche für Schlagfertigkeit und Sprachwitz der Grund dafür, dass sie immer noch in der Küche saß und mittlerweile schon viel zu lange mit einem Grinsen im Gesicht aus dem Fenster sah? Nach dem Lesen des Chats war ihre Laune so gut wie schon lange nicht mehr. Ella beschloss, dass diese Zeilen nicht verloren gehen durften, und machte kurzerhand ein paar Screenshots. So war diese nette virtuelle Begegnung ab jetzt auf Fotos gebannt, und sie konnte bei Bedarf alles noch ein weiteres Mal nachlesen.

Zufrieden ließ sie das Smartphone sinken und griff nach ihrer Kaffeetasse, deren Inhalt mittlerweile schon ziemlich abgekühlt war. Ella schüttete die lauwarme Flüssigkeit ins Spülbecken und füllte die Tasse erneut. Dann setzte sie sich wieder an den Frühstückstisch und überlegte, ob ihr eine Antwort einfiel, die dem bisherigen Verlauf des Chatgesprächs gerecht wurde. Dabei nippte sie an ihrem Kaffee und schob sich kleine Stücke des Croissants in den Mund. Nach einer Weile begann sie zu schreiben.

Samu **Ella**

Hoffentlich hast du noch ein wenig schlafen können. Ich wünsche dir einen guten Tag, mein Morgenstern. :-)

Vielen Dank. :-) *Den wünsche ich dir auch. ... Dein Morgenstern hat noch geschlafen … leider etwas zu lange.*

Zu gerne hätte Ella irgendetwas Witzigeres geantwortet, aber ihr fiel beim besten Willen nichts ein. Obwohl sie von ihrer lahmen Formulierung selbst ein bisschen enttäuscht war, schickte sie das Geschriebene ab. Schließlich reichte es auch, wenn sie sich höflich für den netten Vormittagsgruß bedankte. Abgesehen davon wurde es dringend Zeit, unter die Dusche zu gehen, wenn sie es bis zwölf zur Uni schaffen wollte. Mit wenigen Handgriffen räumte sie den Tisch ab und eilte die Treppe hoch. Unter der Dusche fragte sie sich die ganze Zeit, ob er wohl auf ihre Nachricht antworten würde. Einen wirklichen Anlass hatte sie ihm dafür schließlich nicht gegeben.

Bis sie eine knappe Stunde später das Haus verließ, zwang sie sich dazu, das Smartphone zu ignorieren. Schließlich wollte sie die Bahn erwischen, mit der sie dann pünktlich zur nächsten Vorlesung die Uni erreichte. Dass Ella seit Beginn des Studiums wenn möglich öffentliche Verkehrsmittel benutzte, war Konstantin von Anfang an ein Dorn im Auge. Er konnte einfach nicht nachvollziehen, warum seine Frau es vorzog, sich mit unzähligen Menschen in eine Bahn zu setzen, wo sie es doch in dem schicken Wagen, den er für sie ausgesucht hatte, viel bequemer haben könnte. Ella erklärte ihm wohl immer wieder, dass der Weg für sie mit der Bahn viel stressfreier sei, aber dann schüttelte er nur den Kopf und meinte, dass sie dadurch jeden Tag fast eine Stunde länger unterwegs wäre. Seine Berechnung stimmte allerdings nur, wenn es keinen Stau gab, was aber auf dieser Strecke die Regel war. Außerdem genoss Ella es, voll und ganz in das studentische Leben einzutauchen, und dazu gehörte es einfach auch, öffentliche Verkehrsmittel zu benutzen. Das machten fast alle ihre Kommilitonen genauso. Außerdem nutzte sie die Zeit in der Bahn gerne zum Lesen, und neuerdings war es das perfekte Zeitfenster für ihr Quizduell.

Um die Mittagszeit waren die Straßenbahnwaggons in Richtung Uni nicht voll, deswegen fand Ella schnell einen Platz am Fenster und griff, ohne weitere Zeit zu verschwenden, nach ihrem Smartphone. Sie öffnete die App, und als sie feststellte, dass Samuel ihr offensichtlich geantwortet hatte, freute sie sich und war unglaublich gespannt, was er ihr dieses Mal geschrieben hatte.

Zu lange geschlafen??? Das wundert mich nicht. :-) … Wegen meiner einschläfernden Wirkung auf Frauen werde ich von vielen beneidet. ;-) Was machst du denn jetzt? Vermutlich wirkt mein Zauber noch, und du hast dich wieder hingelegt. :-)

Nein. Deine Langzeitwirkung lässt noch zu wünschen übrig. Ich bin hellwach. Dabei ist man als Stern doch eigentlich eher nachtaktiv, oder?

Das kann man so nicht sagen. Sie sind einfach nur nicht so gut zu sehen. Aber du bist ja blond und strahlst demnach auch am Tag. :-)

Ja klar. Ich strahle ganz unglaublich. ;-)

Und was macht man als Blondine so, nachdem man den Vormittag verschlafen hat? …Frisör? Maniküre?

Ja … genau … und danach gehe ich Schuhe kaufen. ;-)

Auch wenn die Vorstellung mich amüsiert … ich nehme dir das Blondchenimage nicht ab.

Ach … das ist interessant. :-) Und warum nicht?

Keine Ahnung … männliche Intuition.

Das amüsiert mich jetzt. :-D
Männliche Intuition??? Was soll
das denn bitteschön sein???

Du bist mittags ja genauso frech
wie früh morgens … ich dachte, das
legt sich im Laufe des Tages. :-D

Da muss ich dich leider enttäuschen.

Du bist alles andere als
enttäuschend. :-)

Sehr charmant. Dankeschön. :-)
Leider muss ich jetzt Schluss
machen.

Warum? Was hast du vor?

Meine Vorlesung fängt gleich an.

Oh …Du bist noch so jung???
Irgendwie hatte ich das Gefühl,
du bist schon etwas älter.

Älter als was?

Naja … wenn man studiert, dann
ist man meistens Anfang bis Mitte 20
… oder?

Meistens schon. Ich gehöre aber
zu den Ausnahmen. :-)

Heißt das, du bist doch älter???
Also lag ich auch hier mit meiner

Intuition richtig. :-)
Verrätst du mir, wie alt du bist?

Ich bin 35 … und jetzt erst mal eine Weile offline. Bis später. :-)

Dann viel Spaß bei deiner Vorlesung.
Pass schön auf. ;-)

Ella ließ das Smartphone in die Tasche ihrer warmen Steppjacke gleiten und eilte die Treppe hoch zum Vorlesungsraum. Sie hatte den Chat wirklich erst im letzten Moment beendet. Auf dem Weg von der Straßenbahn bis zur Uni war sie zum Eintippen ihrer Antworten immer wieder stehen geblieben und brauchte deswegen für die Strecke viel länger als üblich.
In der Menge der Studenten fiel sie trotz ihres Alters nicht weiter auf. Bereits im ersten Semester hatte sie sich einen studentischen Kleidungsstil zugelegt, der sie zu einer von ihnen machte. Konstantin hatte das, wie so vieles, ganz und gar nicht gefallen.
Am Anfang ihrer Beziehung hatte Ella die Tricks der Mode genutzt, um sich älter zu machen. Sie trug bevorzugt klassische Kombinationen, Blusen, Perlenketten, immer chic und nie jugendlich, obwohl sie das zu diesem Zeitpunkt eigentlich noch war. Konstantin lobte die Garderobe seiner Frau bei jeder Gelegenheit vielleicht deswegen, weil so der deutliche Altersunterschied zwischen ihnen weniger offensichtlich wurde.
Mit Beginn des Studiums hatte Ella dann plötzlich das Gefühl, dass diese biederen Klamotten vollkommen unpassend waren. Also stellte sie ihr Outfit ziemlich ruckartig um, trug nur noch Jeans und Shirts und sah nach zwölf Jahren Ehe plötzlich jünger aus, als auf den Bildern von ihrer Hochzeitsreise. Konstantin hatte Ella schon mehrfach vorgeworfen, dass er neben ihr wie ein alter Mann aussah. Eines Morgens, an dem sie sich ihr langes blondes Haar zu zwei Zöpfen

geflochten hatte, zog Konstantin sie ärgerlich vor den großen Flurspiegel, stellte sich daneben und sagte sarkastisch: »Sieh es dir an! Vater und Tochter. Das ist es, was ich meine.«
Damals hatte sie den Blick gesenkt, war zurück ins Bad gegangen und hatte die Zöpfe wieder gelöst. Konstantins Worte hätten treffender nicht sein können.

In einer der hinteren Reihen erblickte Ella ihre Freundin Theresa, die einen Platz für sie freigehalten hatte. Auf ihrem Weg nach hinten grüßte Ella ein paar bekannte Gesichter und ließ sich mit einen Seufzer auf dem Stuhl nieder. Für eine Erklärung war keine Zeit mehr, denn im gleichen Moment begann der Dozent zu sprechen. Theresas fragender Blick verdeutlichte, dass sie im Anschluss an die Vorlesung alles genau erfahren wollte, was zu Ellas Verspätung beigetragen hatte.
Als sie dann 90 Minuten später zusammen in dem kleinen Café auf dem Campusgelände saßen, fragte Theresa: »Was war los? Verschlafen ist ja so gar nicht dein Ding. Hattest du wieder mal Stress mit Konstantin?«
Ella nippte an ihrem Getränk und blickte ihrer Freundin ins Gesicht. »Eigentlich nichts Spektakuläres. Er war nur sauer, dass ich abends zuviel mit meinem Smartphone gespielt habe.«
»Quizduell?« Theresa grinste: »Ja, das ist echt eine furchtbare Sucht. Und dich scheint es ja wirklich ganz übel erwischt zu haben. ... Und dann? Habt ihr wieder die halbe Nacht diskutiert, oder was?«
»Nein. Über das Diskutieren sind wir mittlerweile hinaus. Wir haben uns eine Weile angeschwiegen, und dann ist er ins Bett gegangen.«
»Und dann konntest du mal wieder nicht schlafen. Das kennen wir ja schon. Wirklich Ella ... du musst dir dringend ein dickeres Fell zulegen. So etwas hält man auch nicht ewig aus.«

Theresas besorgter Blick ruhte auf ihrer Freundin. Eigentlich hätte Ella jetzt gerne von ihrer nächtlichen Begegnung mit Samuel erzählt. Aber irgendwie fand sie nicht die richtigen Worte. Dabei war Theresa ihre absolute Vertrauensperson. Über die Probleme mit Konstantin wusste sie schon lange Bescheid, und Ella war sich vollkommen sicher, dass auch dieses kleine Chat-Geheimnis gut bei ihr aufgehoben wäre. Trotzdem schämte sie sich ein bisschen. Vor allem gab es ja auch gar nicht so viel zu erzählen. Sie hatte nur eine Weile mit einem Typen im Quizduell gechattet. Na und? Dass sie mittlerweile schon etwas unruhig wurde und sich auf die Rückfahrt nach Hause freute, weil sie dann eventuell das Gespräch vom Mittag fortsetzen könnte, klang bestimmt ziemlich teenagermäßig. »Ja – Ein dickes Fell ist genau das, was ich brauche. Ist im Winter ja auch echt praktisch.« Ella grinste ihre Freundin schief an und lenkte das Thema in eine andere Richtung. Im Moment war ihr einfach nicht nach einer Beichte zumute.

Eine halbe Stunde später saß Ella wieder in der Bahn. Theresa hatte als Mutter von drei Kindern einen engen Zeitplan. Wenn ihre Bande um 16 Uhr aus der Schule kam, wollte sie immer zu Hause sein. Ellas Zeitfenster war an diesem Nachmittag auch begrenzt. Schließlich hatte sie sich vorgenommen, im Garten das Laub zusammenzuharken, bevor es dunkel wurde. Aber die nächsten 30 Minuten waren frei von jeglichen Verpflichtungen, und somit erlaubte sie sich nochmal einen Blick auf den Chat mit Samuel. Beim Lesen der Zeilen lächelte sie wieder vor sich hin und beschloss, dass auch ihr zweites Gespräch nicht der automatischen Löschung zum Opfer fallen durfte. In Zukunft würde sie alle Gespräche mit ihm per Screenshot festhalten. Natürlich war das albern – aber sie wollte sich dafür nicht rechtfertigen. Nicht einmal vor sich selbst.
Anschließend brauchte Ella drei Anläufe, bis sie endlich eine Chatnachricht verfasst hatte, die ihr gefiel und mit der sie ihr Gespräch auf der Rückfahrt fortsetzen wollte. Sie

hoffte sehr, dass Samuel ihr überhaupt antworten würde. Vermutlich gab es auch in seinem Leben Dinge, die wichtiger waren, als der virtuelle Chat mit einer Unbekannten.

Samu **Ella**

Ich habe sehr gut aufgepasst. Es ging um männliche Intuition. Studien haben ergeben, dass die Intuition bei Männern unterentwickelt ist. ;-)

Was ist das für eine Vorlesung gewesen? Grimms Märchenstunde für Blondinen? ;-)

Du hältst also weiterhin an der These »Männer verfügen über Intuition« fest?

Unbedingt. Dein Männerbild ist ein wenig erschreckend. Was studierst du eigentlich? Feminismus? ;-)

Haha … nein. Warum fragst du? Aufgrund deiner Intuition kannst du es doch sicher erahnen. ;-)

Da verwechselst du aber Intuition mit Hellseherei. … Ich bin doch kein Scharlatan. :-)

Das ist schon mal eine wichtige Info. Wenn du kein Scharlatan bist, was bist du dann, Samuel?

Aha … ich habe endlich dein Interesse geweckt??? :-)

Hast du. :-)
Also: Alter / Beruf / Schuhgröße???

Zumindest kannst du klar formulieren, was dich interessiert. Vom »Drum-Herum-Reden« hast du auch noch nichts gehört, oder? ;-)

Das ist mir zu mühsam. :-) Was ist los? Hast du kein Herz für Blondinen?

Ich habe definitiv ein Herz für Blondinen. Alter: 34 Jahre, Kommunikationsdesigner, Schuhgröße: 44 ½

Kommunikationsdesigner??? Ich dachte, du machst was mit Sternen. Hat was mit Marketing zu tun, oder? Wo arbeitest du?

Richtig :-) … ich arbeite im Marketing. Ich bin bei einer großen PR-Agentur in London angestellt. :-)

Echt??? Du spielst jetzt aus London?

Nein. Im Moment bin ich wegen einer Abschlusspräsentation in Deutschland.

Und wo in Deutschland?

Frankfurt.
Und wo wohnst du?

Ich wohne in Hamburg.

Und was studierst du da?

Psychologie

Klingt interessant.
In welchem Semester bist du?

Erst im 5. Semester … keine Sorge,
ich bin keine Langzeitstudentin. ;-)

Und ging es in deiner Vorlesung
wirklich um männliche Intuition?

Nein … war ein Witz ;-)

Ich habe auch gelacht. :-)
Deine erheiternde Art gefällt mir.

Ich würde dich gerne weiter
erheitern, aber leider muss ich jetzt
noch was erledigen. Wünsche dir
einen schönen Nachmittag.
Bis bald. :-)

Alles klar, Ella. :-) Dann bis später.

Zufrieden lehnte Ella sich auf ihrem Platz in der Straßenbahn zurück. Sie war mit dem Ausgang des Gespräches ausgesprochen zufrieden. Dieser Samuel schien wirklich ein netter Typ zu sein. Kein Wunder, dass sie sich über jeden Satz von ihm freute. Beschwingt stieg Ella aus der Bahn und machte sich gut gelaunt auf den Weg nach Hause. In London war sie natürlich bereits mehrfach gewesen. Die

Stadt hatte ihr schon immer gut gefallen und war ja auch nur einen Katzensprung weit entfernt. Wie er dort wohl lebte? Möglicherweise war er verheiratet und hatte Kinder. Ella merkte, wie diese Idee ihrer euphorischen Stimmung einen kleinen Dämpfer verpasste. Die Vorstellung, dass Samuel als dynamischer Single einen unkonventionellen Lebensstil pflegte, gefiel ihr da irgendwie deutlich besser. Im nächsten Chat würde sie das Gespräch einfach mal unauffällig in diese Richtung lenken. Allerdings merkte sie auch, dass sie entsprechende Gegenfragen nicht so gerne beantworten würde. Entschieden schob sie diesen Gedanken weit von sich. Für den Moment wollte Ella einfach nur das angenehme Gefühl genießen, dass sich während der Rückfahrt in ihr ausgebreitet hatte. Man konnte natürlich immer alles haarklein analysieren und zerdenken – aber in ihrem realen Leben gab es zur Zeit so viele Komplikationen, da würde ein wenig Träumerei bestimmt nicht schaden.

Als sie die Haustür aufschloss, begrüßte Morty sie stürmisch. Die Hündin war hocherfreut, dass Ella sie sofort in den Garten ließ und wenige Momente später in Gummistiefeln und bewaffnet mit einem Laubbesen folgte. Während der schwarze Labrador übermütig über den Rasen tollte, welcher von einer dicken Blätterschicht bedeckt war, stand Ella einen Moment auf der Terrasse und hielt ihr Gesicht in die tiefstehende Sonne. Mit geschlossenen Augen atmete sie den Geruch des Herbstes ein und fühlte sich jung und lebendig. Ein heiseres Bellen von Morty, die irgendwo einen Ball gefunden hatte und diesen voller Begeisterung vor Ellas Füße legte, ließ sie die Augen wieder öffnen. »Aber nur ein Mal«, sagte sie zu dem Hund, »es wird früh dunkel, und ich habe hier jede Menge zu tun.«
Mit Schwung warf sie den Ball weit in den hinteren Teil des Gartens und beobachtete, wie Morty begeistert die Verfolgung aufnahm. Dann begann sie damit, das Laub zu großen Haufen zusammenzukehren. Die Intensität, mit der sie

schon den ganzen Nachmittag an ihre neue Chatbekanntschaft dachte, ließ zum Glück endlich ein wenig nach.

Als nach einer guten Stunde Konstantin nach Hause kam, war der größte Teil des Herbstlaubs schon in braunen Papiersäcken verpackt. Er hatte seine Frau eine Weile aus der Entfernung beobachtet, und als er dann ebenfalls in Gummistiefeln auf sie zukam, trug er einen zufriedenen Ausdruck in den Augen. »Da warst du aber ganz schön fleißig. Zur Belohnung führe ich dich heute Abend zum Essen aus.«

Ella blickte ihm ins Gesicht und versuchte zu erkennen, in was für einer Stimmung er war. Seine Einladung zum Essen klang zumindest versöhnlich. Vermutlich hatte er ein schlechtes Gewissen. »Oh, das ist schön. ... Und wohin?«

»Ich denke, der neue Italiener in der Innenstadt wäre eine gute Idee. Da hatte ich letzte Woche ein Geschäftsessen. Der Fisch war hervorragend.«

Ihre Wangen waren von der Gartenarbeit gerötet. Eigentlich hatte Ella sich den weiteren Verlauf des Abends anders vorgestellt. Wenn sie mit Konstantin ausging, dann gab es wahrscheinlich keine Gelegenheit mehr, um mit Samuel zu chatten. Aber natürlich war ihr klar, dass sie den Vorschlag ihres Mannes nicht ausschlagen durfte, wenn sie vermeiden wollte, dass sich die Missstimmung in ihrer Ehe weiter ausbreitete. Also überspielte sie ihre mangelnde Begeisterung mit einem Lächeln und nickte. »Klingt gut.«

»Wie lange brauchen wir hier noch?«, fragte er und nahm ihr den Laubbesen aus der Hand. Bei der Berührung ihrer Finger zuckte Ella leicht zusammen.

»Mehr als eine halbe Stunde wird es nicht mehr dauern ... und dann zieh ich mich um.«

»Das passt ja gut. ... Aber mach dich chic. Es ist keine Studentenkneipe.«

3. Kapitel

4. November 2014 – am Morgen

Samu **Ella**

Guten Morgen, Ella. :-) Ich habe dich gestern vermisst.

Guten Morgen, Samu :-)
Ich bin doch ein Morgenstern …
da hat man am Abendhimmel doch gar nichts zu suchen. ;-)

So einfach kannst du dich leider nicht rausreden ;-)
Der Morgenstern ist genau genommen auch der Abendstern.

Na prima …
Da ist die Schizophrenie bei mir ja quasi vorprogrammiert. ;-)

In beiden Fällen handelt es sich übrigens um die Venus und somit nicht um einen Stern, sondern um einen Planeten. :-)

Aaah … du gehörst zu den Typen, die diese elenden Sonnensystemfragen in der Kategorie Labor immer richtig beantworten. Stimmt, oder?

Stimmt :-) … Allerdings sind die Fragen hier im QD auch wirklich nicht schwer.

Nicht schwer??? Du meinst, als Morgenstern sollte mir klar sein, wer von meinen Kollegen der Sonne am nächsten ist oder zu den Gasriesen gehört? Sorry … aber das kann ich mir wirklich nicht merken. Ich bin halt ein Blondinenstern. ;-)

Also für das Reihenfolgeproblem gibt es doch diesen netten Spruch. Der ist sogar blondinenkompatibel.

Was für ein Spruch?

Der Planeten-Reihenfolge-Spruch: Mein (Merkur) Vater (Venus) erklärt (Erde) mir (Mars) jeden (Jupiter) Samstag (Saturn) unseren (Uranus) Nachthimmel (Neptun).

Das ist ja super. Spätestens wenn ich mit diesem Trick mal ein Spiel gegen dich gewinne, ärgerst du dich, dass du ihn mir verraten hast.

Ich finde es mehr als angemessen, dem Morgenstern zu verraten, welche Position er einnimmt.

Ist ja fast die Favoritenposition. ;-)

Bei mir ist es die Favoritenposition. Merkur ist mir lange nicht so sympathisch. :-)

Du wirfst ja am frühen Morgen mit Nettigkeiten nur so um dich. … Machst du das immer so?

Ja … Im Prinzip schon. :-)
Stört dich das?

Nein … überhaupt nicht. :-) Gute Laune am Morgen ist was Tolles. Da freut sich deine Familie sicher.

Ich lebe alleine.

Dann profitieren zumindest deine Arbeitskollegen von dieser Eigenschaft. Was ist das für eine Agentur, für die du in London arbeitest? Und was machst du da?

»Blue-Trust Communications«. Ich bin auf die Gestaltung von Internetauftritten spezialisiert.

Und was machst du jetzt hier in Deutschland?

Wir haben auch deutsche Kunden. Ich betreue hier gerade ein Projekt.

Klingt interessant. Dann reist du also häufiger hin und her?

Das Meiste wird natürlich online erledigt … aber ungefähr einmal im Monat bin ich hier. :-)

London ist eine tolle Stadt. Lebst du gerne dort?

Ja. Sehr gerne. :-)
Warst du schon mal da?

Klar. :-) Schon oft.
Und heute? Hast du frei?

Wieso frei?

Weil du chattest, anstatt zu arbeiten.

Haha … Du meinst, das können nur Studenten??? ;-)

Selbst Studenten können das nicht immer. Ich muss jetzt Schluss machen. Meine Vorlesung fängt gleich an. :-)

Alles klar. Machs gut … mein Morgenstern. Bis später. :-)

Ja. Bis später. :-)

Während der Vorlesung fiel es Ella äußerst schwer, sich zu konzentrieren. Samuel lebte also tatsächlich allein. Und den Namen seines Arbeitgebers hatte er ihr auch verraten. Ausgerüstet mit dieser Information würde sie zu Hause ein wenig Stalking betreiben und sich die Homepage der Firma einmal ansehen. Wenn ihm das nicht recht wäre, dann hätte er ihr sicher nicht den Namen seines Arbeitgebers verraten. Ihre Gedanken kreisten unaufhörlich um Samuel, und die Worte des Dozenten zogen an ihr vorüber, ohne dass sie etwas davon mitbekam. Scheinbar hatte ihr Chatpartner sie gestern Abend vermisst. War das nicht eine etwas eigenartige Offenbarung? Schließlich kannten sie sich nicht einmal zwei Tage. Allerdings musste Ella zugeben, dass es ihr genauso gegangen war. Der Abend im Restaurant hatte sich endlos in die Länge gezogen. Nachdem sie dann endlich spät abends nach Hause gekommen war, fand Ella keinen unbeobachteten Moment mehr, in dem sie den Chat mit Samuel hätte fortsetzen können. Da sie keinen Streit mit Konstantin provozieren wollte, ließ sie ihr Smartphone deswegen scheinbar unbeachtet auf der Küchentheke liegen. Leicht gefallen war ihr das nicht.

Auf dem Weg in die Mensa holte Theresa sie schnaufend ein. »Meine Güte …«, lachte sie, »stehst du unter Drogen? Ich habe dich während der Vorlesung beobachtet. Wo warst du denn mit deinen Gedanken?«
Entgeistert blickte Ella auf: »Du hast mich beobachtet? Ich habe dich drinnen gar nicht gesehen und dachte, du kommst erst um zehn.«
»Ach … ich war heute Morgen mal wieder viel zu spät dran … habe schräg hinter dir gesessen. Alles in Ordnung?«
»Klar. Alles bestens.«
Misstrauisch kniff Theresa die Augen zusammen. »Ich würde mal behaupten … Das ist glatt gelogen!«
Die beiden Frauen kannten einander schon ziemlich gut, aber Ella wollte ihre Beichte noch ein wenig aufschieben und versuchte es mit einem Ablenkungsmanöver. »Ich war gestern Abend mit Konstantin zum Essen aus und es ist ein bisschen spät geworden.«
»Versöhnungsessen mit anschließendem Versöhnungssex?«
»Nein, nur das Essen.«
»Schade«, sagte Theresa mit echtem Bedauern in der Stimme, »ich hätte es dir gegönnt.«
Dass Konstantin und Ella nur noch ausgesprochen selten miteinander schliefen, wusste Theresa schon eine ganze Weile. Ella hatte es ihrer Freundin irgendwann einmal anvertraut, als diese sich darüber beschwerte, dass ihr Mann André in puncto Sex schlicht unersättlich war. Der Verzicht auf die körperliche Zweisamkeit fiel Ella wirklich sehr schwer und nach dem gestrigen Restaurantbesuch hatte sie tatsächlich kurz überlegt, ob sie mal wieder versuchen sollte, Konstantin zu verführen. Aber er hatte sie in der Vergangenheit einfach schon so oft abgewiesen, dass sie lieber auf eine weitere frustrierende Erfahrung verzichten wollte.
Theresa ließ nicht locker. »Wo warst du denn dann gerade mit deinen Gedanken?«

Ella wusste, dass ihre Freundin nicht so schnell aufgab, wenn sie eine Geschichte witterte. Aus dieser Nummer würde sie jetzt nicht mehr rauskommen. Sie rollte mit den Augen und holte tief Luft. »Es ist eigentlich eine total alberne Geschichte.«

»Alberne Geschichten liebe ich besonders. … Ich will selbstverständlich jede Einzelheit davon hören. Worum geht es?«

»Um Quizduell.«

Irritiert hoben sich Theresas Augenbrauen, aber sie sagte nichts, sondern blickte Ella weiter auffordernd an.

»Ich chatte dort neuerdings mit so einem Typen, und der ist eben sehr nett«, fuhr Ella fort.

»Ja … der muss ja überdurchschnittlich nett sein, wenn der so eine Wirkung auf dich hat. Was schreibt er denn so?«

»Eigentlich nichts Besonderes.« Ella zuckte hilflos mit den Schultern. »Es ist einfach nur witzig mit ihm.«

»Witzig? … Verstehe. … Und was weißt du über ihn?«

»Nicht sehr viel. Nur die Eckdaten: 34 Jahre, Single, lebt in London und arbeitet dort bei einer Marketingagentur als Kommunikationsdesigner.«

Theresas Blick wurde schmaler. »Und mit dem chattest du also … und dann zieht ihr nebenbei so ein Duell nach dem anderen durch? Oder wie muss ich mir das jetzt vorstellen?«

»Na ja … das Spielen hat maximal noch Alibifunktion. Er gewinnt sowieso immer, mittlerweile spielen wir nur noch so ein, zwei Runden und den Rest der Zeit chatten wir, ohne zu spielen.«

Theresas Blick verbohrte sich immer tiefer in Ellas Gesicht. »Und es ist so dermaßen witzig mit ihm, dass du eine komplette Vorlesung total weggetreten Löcher in die Luft starrst?«

»Ach … was weiß ich. Er hat halt immer Zeit, wenn ich in der Bahn sitze.« Ella verbarg ihr Gesicht in den Händen, weil sie merkte, dass ihr die Schamesröte in die Wangen geschossen war. »Und er nennt mich seinen Morgenstern.«

»Seinen was?«

»Morgenstern … weil wir uns zum ersten Mal früh morgens im Chat unterhalten haben.«
»So so.« Theresa musste sich ziemlich beherrschen, um ernst zu bleiben. »Er nennt dich also seinen Morgenstern. Sonst noch was?«
»Wusstest du, dass der Morgenstern auch gleichzeitig der Abendstern ist?« Bei den Worten fing Ella selbst an zu kichern. »Ich hab doch gesagt … es ist eine alberne Geschichte.«

»Also wirklich Ella – Wenn hier jemand mal eine alberne Geschichte verdient hat … dann du. Amüsiere dich ruhig mit ihm. Flirtet er mit dir?«
Ella nahm die Hände vom Gesicht und nickte zaghaft. »Ich fürchte, er tut es. Ich sollte besser auf Distanz gehen, oder?«
»Bist du irre? … Auf keinen Fall. Diese kleine Aufheiterung kannst du dir ruhig gönnen. Hast ja sonst nicht viel zu lachen.« Bei diesen Worten wurde Theresas Blick ernst. »Keine persönlichen Daten preisgeben und den Dingen seinen Lauf lassen. Sei mal nicht so oberkritisch.«
»Ich bin nicht oberkritisch. Ich bin verheiratet.«
»Ja, das bist du«, seufzte Theresa, »und trotzdem bist du immer noch ein eigener Mensch. Also bleib locker.«

Als Ella sich auf den Heimweg machte, war sie fest entschlossen, Theresas Rat zu beherzigen. Locker bleiben, genießen und dem Ganzen nicht zu viel Bedeutung beimessen. Sie öffnete das Chatfenster der App und schrieb einen kurzen Gruß an Samuel. Wie immer musste sie nicht lange auf eine Antwort warten. Innerhalb kürzester Zeit hatte sich zwischen ihnen so etwas wie eine Vertrautheit entwickelt. Sie waren ohne große Vereinbarung in einen andauernden Dialog eingetreten, der hin und wieder für Stunden unterbrochen, aber nie beendet, wurde. Er fragte sie nach ihrem Tag in der Uni und machte Witze über das anstrengende Studentenleben, und Ella versuchte immer mehr Informationen über ihn zusammenzutragen.

In ihrem Kopf hatte sie bereits ein Bild von diesem Mann, der sie in den vergangenen zwei Tagen so oft zum Lachen gebracht hatte. Zu Hause angekommen, wollte sie dieses Bild jetzt dringend mit der Realität abgleichen. Gespannt setzte sie sich an den Schreibtisch und gab »Blue-Trust Communications« in die Suchmaschine ein. Mit einem Klick war sie auf der Homepage der Londoner Firma, und ein weiterer Klick brachte sie auf die Infoseite mit den Mitarbeiterprofilen. Ellas Blick flog über die zwanzig abgebildeten Gesichter. Ob er seinem Quizduell-Avatar wohl irgendwie ähnlich sah?
Im unteren Drittel blieb sie am Foto eines Mannes mit weizenblondem Haar hängen. Er sah nicht wie Mitte dreißig aus. Die Lachfältchen um seine grünen Augen gaben seinem Lausbubencharme eine besondere Note, und das markante Kinn verlieh der jugendlichen Erscheinung genau die richtige Prise Männlichkeit.
Ella fühlte sich nicht gut dabei, Samuel hinterherzuspionieren, aber ihre Neugier war einfach viel zu groß, um der Versuchung zu widerstehen. »Wenn du das wirklich bist, dann habe ich aber einen echten Glücksgriff getan«, murmelte sie und zog den Cursor auf das Foto. Sofort öffnete sich ein Fenster mit Angaben zur Person. Samuel Laurenz – Digital Marketing. »Treffer«, flüsterte Ella und freute sich darüber, dass sie mit ihrer Vermutung richtig gelegen hatte.
Die Tatsache, dass Samuel ihr auch optisch ausgesprochen gut gefiel, verstärkte allerdings das schlechte Gewissen, das sie wegen ihres Chats im Allgemeinen und dieser Stalkingaktion im Besonderen quälte. »Diese kleine Aufheiterung kannst du dir ruhig gönnen«, hatte Theresa zu ihr gesagt. War er das? Eine kleine Aufheiterung? Auf jeden Fall war er ein ziemlich hübscher Kerl. Gekoppelt mit seiner sympathischen Art, ihr zu schreiben, mit Sicherheit keine ungefährliche Mischung. An der Uni liefen natürlich auch jede Menge netter Typen herum, aber die waren in der Regel alle deutlich jünger als Ella, und im Gespräch wurde ihre

Unreife häufig so offensichtlich, dass sie diese »Jungs«, die sich gelegentlich für sie interessierten, immer nur milde belächeln konnte. Bei Samuel war das vollkommen anders. Natürlich konnte man einen virtuellen Chat nicht mit einem realen Gespräch vergleichen. Aber sie spürte, dass sie mit ihm absolut auf einer Wellenlänge war. Von diesem guten Gefühl wollte sie mehr.

Samu **Ella**

Hi Samu :-)… Was machst du gerade? Kann ich dich ein wenig von der Arbeit abhalten?

DU??? … Definitiv immer!!! :-)
Was ist los? Hast du Langeweile?

Eigentlich habe ich noch was zu tun. Ich gönne mir nur eine kleine Pause.

Was musst du denn heute noch tun?

Auf meinem Schreibtisch liegt ein Stapel Texte, die gelesen werden wollen. Außerdem muss ich noch etwas einkaufen.

Einkaufen? Was??? Schuhe?

Scherzkeks :-) … Nein Lebensmittel. Es sei denn, du schickst mir ein leckeres Rezept für Schuhe … :-P

DU kannst kochen? Was???
Ravioli erhitzen???

Das Einzige, was sich gleich erhitzt, ist mein Gemüt … wenn du mich weiter so provozierst. ;-)

Ach komm, Ella … das weiß doch jeder. Blondinen können nicht kochen! Die schmeißen was in die Pfanne und hoffen. ;-)

Ach … Du kennst diese Technik? Aus eigener Erfahrung, nehme ich an. ;-)

Oh nein … da irrst du gewaltig. Ich bin ein begnadeter Koch. :-)

Wirklich??? Was ist denn deine Spezialität? Außer Angeben? ;-)

Ich brauche nicht erwähnen, dass ich ALLES gut kann. ;-)… Besonders gelobt wird mein Lammkarree. :-)

Hmm … lecker. :-) Jetzt hab ich Hunger bekommen … und einen Minderwertigkeitskomplex ;-)

Was wirst du denn heute Abend Schönes kochen?

Es läuft vermutlich auf Spaghetti Bolognese hinaus.

Für wie viele Personen?

Für zwei.

Für dich und deinen Freund?

Für mich und meinen Mann.

Dann gib dir mal Mühe. Liebe geht durch den Magen. Bis später.

Ja … Bis später.

Von Ellas guter Laune war plötzlich nicht mehr viel übrig. Bedeutete ihre ehrliche Auskunft an dieser Stelle das Ende einer wundervollen Freundschaft? Bisher hatte Samuel nicht gewusst, dass Ella eine verheiratete Frau war. Für eine Sekunde hatte sie tatsächlich darüber nachgedacht, diese Wahrheit zu verschweigen, weil sie befürchtete, dass sonst alles enden könnte. Aber Ella hatte wegen dieser ganzen Sache sowieso schon ihrem Mann gegenüber ein schlechtes Gewissen. Das wollte sie nicht auch noch unnötig steigern, indem sie zu Samuel unehrlich war. Es war nun mal so – Sie war eine verheiratete Frau und die Tatsache, dass Samuel alleine lebte, bedeutete schließlich auch nicht zwingend, dass er frei war. Wenn es sich mit ihren Chats jetzt durch ihre Ehrlichkeit erledigt hatte, dann war das vielleicht auch ganz gut so. Einerseits wäre es natürlich schade, aber andererseits war es auch wirklich nicht nötig, ihr Leben komplizierter zu machen, als es sowieso schon war.

Kurzerhand änderte Ella ihren Plan und verließ den Platz am Schreibtisch. Nach dieser Wendung würde sie sich sowieso nicht mehr konzentrieren können. Auf dem Weg zum Einkaufen blickte sie immer wieder auf das Display ihres Smartphones, das neben ihr auf dem Beifahrersitz lag. Keine Nachricht von Samuel. Jetzt war es vermutlich schon vorbei, bevor es so richtig begonnen hatte. Mechanisch schob sie den Einkaufswagen durch die Gänge des Supermarkts, und es fiel ihr schwer, sich an die fehlenden Zutaten für das Abendessen zu erinnern. Den Einkaufszettel hatte sie bei ihrem spontanen Aufbruch offensichtlich zu Hause auf dem Küchentisch liegenlassen. Sie war durch den Wind.

Das konnte Ella wirklich nicht leugnen. Zu blöd, dass sie Theresa bereits von der Geschichte mit Samuel erzählt hatte. Jetzt konnte sie nicht einmal so tun, als ob nichts gewesen wäre, denn spätestens am nächsten Tag würde ihre Freundin einen Bericht über die neuesten Ereignisse erwarten. Umso länger sie darüber nachdachte, dass ihr Chat mit Samuel vielleicht keine Fortsetzung haben würde, desto trauriger wurde sie.

Mit hängenden Schultern stand sie etwas später in der Küche und hörte, dass ihr Mann nach Hause kam. Der würzige Geruch der Nudelsoße zog durch das Haus, und als Konstantins Kuss ihre Wange streifte, blickte sie aus den Augenwinkeln zum hundertsten Mal verstohlen zu ihrem Smartphone hinüber. Die Konversation beim Abendessen war zäh, und mit jeder Stunde, die verging, steigerte sich Ellas Niedergeschlagenheit.

Gleichzeitig ärgerte sie sich über sich selbst. Was hatte sie sich da nur eingebildet? Und warum machte sie ihr persönliches Wohlbefinden plötzlich von einem virtuellen Unbekannten abhängig? Sie war eine erwachsene Frau. Eine verheiratete erwachsene Frau. So etwas hatte sie doch wirklich nicht nötig und würde deswegen sofort damit aufhören, schmachtend ihr Telefon zu beobachten. Für solch ein unreifes Verhalten war sie eindeutig zu alt.

Im dezent beleuchteten Wohnzimmer saß Ella schließlich auf der Couch und versuchte krampfhaft, dem Spielfilm zu folgen, den Konstantin für sie ausgewählt hatte. Er selbst war schon vor einer Weile in seinem Sessel eingenickt. Morty lag zu ihren Füßen und warf hin und wieder einen sehnsüchtigen Blick auf den freien Platz neben Ella. Es würde sicher nicht mehr lange dauern, bis Konstantin das Feld räumte und der Hund sich verbotenerweise auf den gepolsterten Lieblingsplatz legen konnte.

Eine halbe Stunde später lag Morty dann tatsächlich glücklich schnarchend neben ihr. Ella hatte den Fernseher ausgeschaltet und beantwortete mit mäßigem Erfolg Quizfragen.

Samuels Rückspiel war immer noch nicht erfolgt. Sie könnte ihm natürlich trotzdem einfach eine Nachricht schreiben. Warum sollte er zwingend das Gespräch weiterführen? So weltbewegend war ihre Eröffnung, dass sie verheiratet war, nun auch wieder nicht gewesen. Anstatt Samuel zu schreiben, wechselte Ella auf die Anzeige der gesammelten Screenshots. Nachdenklich betrachtete sie die Bilder ihrer vergangenen Chat-Gespräche und begann zu lesen. Dass es mittlerweile schon so viele waren, verdeutlichte nur, wie intensiv sie sich in den letzten Tagen ihrer neuen Bekanntschaft gewidmet hatte.
Dann war es fast schon Mitternacht, und Ella saß einfach nur da und grübelte darüber nach, was sie tun sollte. Eigentlich war es nicht ihre Art, die Initiative zu ergreifen – genauso wie es nicht ihre Art war, einem Mann hinterherzulaufen. Aber sie würde sich schon keinen Zacken aus der Krone brechen, wenn sie sich bei ihm meldete. Vielleicht freute Samuel sich sogar, von ihr zu hören. Beim Lesen ihrer bisherigen Gespräche war ihr klar geworden, dass sie den Kontakt zu ihm nicht kampflos aufgeben wollte. Dieses Gefühl, wirklich etwas zu wollen, hatte Ella schon so lange nicht mehr gespürt, dass sie selbst von der Intensität ihrer Emotion überrascht war.

Samu	**Ella**
	Hi Samuel :-) *Jetzt bin ich mal als Abendstern unterwegs. Bist du noch wach?*
Ja …. bin ich. :-) Du offensichtlich auch. Abendsternzeit ist eigentlich schon vorbei. Was ist los? Bist du noch nicht müde?	
	Wie jetzt? Abendsternzeit vorbei? Müde? Ich? … Nicht die Spur. :-)

In der Nacht ist die Venus nie zu sehen. Nur am Abend oder am Morgen. :-) Woran liegt es, dass du nicht müde bist? Oder ist das immer so?

Nein. Das ist nicht immer so. Ich bin heute einfach irgendwie unruhig.

Kann ich etwas dazu beitragen, dass das wieder besser wird? :-)

Tust du gerade. Danke. :-)

Es ist mir eine Freude. :-) Ich muss aufpassen, dass ich nicht zu schnell wirke.

Warum?

Dann schläfst du ein und lässt mich alleine zurück.

Beruhigt-Sein und Einschlafen ist doch nicht das Gleiche. Ich kann gleichzeitig wach und ruhig sein.

Was hatte dich denn beunruhigt? Lagen dir die Spaghetti schwer im Magen?

Vielleicht ein wenig. Dir auch?

Ja … vermutlich … aber jetzt habe ich alles verdaut, und es geht mir wieder gut. :-)

Mir auch. :-)

Weißt du Ella … das hier ist keine leichte Kost. Nicht für mich und für dich anscheinend auch nicht.

Du meinst, so etwas muss man mit Vorsicht genießen?

Mit größter Vorsicht. Sonst fühlt man sich am Ende schrecklich unwohl.

Im Moment fühle ich mich aber alles andere als unwohl. :-)

So geht es mir auch. :-) Ich hätte nie geglaubt, dass so etwas überhaupt möglich ist.

Ja, es ist schon ziemlich verrückt.

Als angehende Psychologin solltest du diesem Phänomen vielleicht auf den Grund gehen.

Ich fürchte, dazu fehlt mir die emotionale Distanz.

Obwohl die Distanz in unserem Fall ja zumindest geographisch gegeben ist.

Nähe ist keine Frage der Entfernung.

Da kann ich dir nicht widersprechen.

Es war diese unfassbare Nähe, die Ella einerseits unendlich glücklich machte und sie gleichzeitig auch verängstigte. War das, was sie mit Samuel erlebte, Wirklichkeit? Konnte man es mit realen Begegnungen vergleichen? Oder nutzte sie diese Anonymität des Chats, um sich ihren Gesprächspartner so auszumalen, wie sie ihn am liebsten hätte?

Die nächste Woche verging, und ihr virtueller Kontakt folgte immer mehr einem festen Ablauf. Ein Guten-Morgen-Gruß, das Was-hast-du-heute-vor-Gespräch, die Fahrten in der Bahn, welche für Ellas Empfinden viel zu schnell vorüber gingen, und die gemeinsamen Nachtstunden, in denen sie sich vertraut austauschten, wie zwei Menschen, die einander etwas bedeuten.
Für Ellas Eheleben bedeutete dieser neue Tagesrhythmus eine gewisse Herausforderung. Erstens musste sie natürlich sicherstellen, dass Konstantin auf gar keinen Fall ihr Smartphone in die Finger bekam. Während sie ihn bis dahin immer gerne um Rat gefragt hatte, wenn irgendwelche technischen Probleme auftauchten oder sie neue Apps installieren wollte, achtete sie jetzt peinlich darauf, dass sich keine Gelegenheit ergab, zu der er ihr Telefon benutzte. Auch wenn es sehr unwahrscheinlich war, dass er dann ausgerechnet die Quizduell-App öffnen würde – sie wollte das Risiko nicht eingehen, dass er durch irgendeinen dummen Zufall ihren Chat mit Samuel entdeckte. Außerdem gab es ja auch die unzähligen Screenshots, die Ella immer noch sammelte und die Konstantin auf gar keinen Fall entdecken sollte. Die zweite Schwierigkeit war, dass sie nun jeden Abend alleine im Erdgeschoss des Hauses zurückblieb, wenn ihr Mann hinauf ins Schlafzimmer ging. Zwar war das vorher auch immer wieder mal vorgekommen – aber nicht mit dieser Regelmäßigkeit. Zunächst hoffte Ella, dass es Konstantin gar nicht besonders auffallen würde. Aber so einfach machte er es ihr leider nicht. Nach wenigen Tagen erkundigte Konstantin sich mit skeptischem Blick, was sie denn noch Wichtiges zu tun habe, und es war

deutlich zu spüren, dass er zunehmend misstrauisch wurde. Vermutlich kannte er seine Frau nach all den Jahren einfach zu gut, als dass sie diese große Veränderung in ihrem Leben tatsächlich komplett vor ihm verbergen konnte.

Samu **Ella**

Mein Abendstern :-) … *Alles gut?*

Abgesehen davon, dass meine zarten Finger gerade schockgefrostet werden … Alles super :-)

Schockgefrostet??? Was machst du? Räumst du das Tiefkühlfach auf? ;-)

Nein :-D … *Abendrunde mit Morty. Hier ist es eiskalt … gleich friert mein Zeigefinger vermutlich am Display fest.* ;-)

Es gibt jetzt doch diese praktischen Smartphone-tauglichen Handschuhe. Soll ich dir welche zu Weihnachten schenken?

Ich schätze, bis Weihnachten ist es zu spät ;-)*… also zumindest für Fingerhandschuhe mit 10 Fingern.*

Dann sag Morty, sie soll sich beeilen. Ich möchte nicht, dass du am Ende nicht mehr schreiben kannst, weil alle Finger abgefallen sind. ;-)

Keine Sorge. :-) …So schnell lasse ich mich nicht vom Schreiben abhalten. :-)

Ich stell mir gerade vor, wie du die Tastatur mit der Nase bedienst. :-D

Ich dachte wohl eher an die Spracheingabe … aber lasse deinen merkwürdigen Phantasien ruhig weiter freien Lauf. ;-)

Besser nicht.

Na … so schlimm werden die ja hoffentlich nicht sein.

Unterschätze mich nicht.

4. Kapitel

11. November 2014 – am späten Nachmittag

Wie lange sollte das noch so weiter gehen? Den Gedanken, dass früher oder später irgendetwas passieren würde, das alles veränderte, blendete Ella rigoros aus. Ihr Kopfkino arbeitete ununterbrochen, und es verging kein Tag, ohne dass sie sich Samuels Foto auf der Homepage von »Blue-Trust« anschaute.

Diese beiden Kosenamen, die er für sie gewählt hatte, gefielen Ella inzwischen richtig gut. Anfangs war sie davon immer leicht befremdet gewesen, aber mittlerweile mochte sie die Vorstellung, dass sie für Samuel sowohl der Morgenstern als auch der Abendstern war. Genau das gab ihrem Chat diese vertraute Note, die sie über alle Maßen liebte.

In der Buchhandlung nahe der Uni hatte sie dann diesen besonders passenden Schlüsselanhänger gefunden. Ein mattsilberner Stern, der von beiden Seiten graviert war. Auf der einen Seite stand »Ich bin dein Morgenstern« und auf der anderen »Ich bin dein Abendstern«. Natürlich zögerte sie keinen Moment und kaufte ihn. Als die Verkäuferin ihn in eine edle schwarze Box legte, fragte Ella sich, ob sich jemals die Gelegenheit ergeben würde, Samuel dieses kleine Geschenk zu überreichen. In ihrer Phantasie hatte sie sich schon hundertmal mit ihm in London getroffen. Ganz freundschaftlich – auf einen Kaffee – mehr erlaubte sie sich nicht. Sie wollte diesen Menschen, mit dem sie tagtäglich soviel Zeit verbrachte, nur zu gerne einmal in Wirklichkeit sehen. In ihren Chat-Gesprächen gab es dahingehend niemals Andeutungen. Manchmal schien es fast so, als ob sie beide um dieses Thema einen großen Bogen machten. Aus ihrer Position heraus wäre der Vorschlag für ein Treffen sowieso mehr als unangebracht gewesen, und Samuel umging das Thema vermutlich, weil er die Gegebenheiten so akzeptierte, wie sie nun mal waren.

Gerade als sich das Gefühl, ihn etwas besser zu kennen, in Ella festgesetzt hatte, kam es ohne Vorwarnung zu einer Veränderung. Zu Beginn konnte sie gar nicht eindeutig benennen, was anders zwischen ihnen war. Aber ihr Gespräch lief ohne Vorwarnung in eine ganz andere Richtung, und dann trat die Situation ein, die Ella sich so oft erträumt und trotzdem nie gewünscht hatte.

Samu	**Ella**
	Hi Samu :-) Alles gut?
Klar … alles bestens :-) *Wie geht es dir?*	
	Keine besonderen Vorkommnisse. Ich habe Ewigkeiten mit Morty beim Tierarzt gesessen …nun ist alles gut überstanden. :-) Nur das Warten war blöd.
Oh … Was hat er denn? *Ist er krank?*	
	Ich hab doch erzählt, dass wir zum Impfen gehen. Übrigens ist Morty eine SIE!!! Was ist los? Geht es dir wirklich gut?
Natürlich. Mir geht es super. :-) *Sorry, ich war nur unkonzentriert.*	
	Unkonzentriert? Auf was konzentrierst du dich denn? Habe ich Konkurrenz bekommen?
Konkurrenz? Du? Wo denkst du hin? Und was machst du jetzt?	

Keine Ahnung … ich muss mich auf ein Referat vorbereiten … aber mir fehlt die Lust. Ich dachte, du heiterst mich vielleicht ein wenig auf. :-)

Das mache ich sehr gerne. :-)
Was soll ich tun? Vorbeikommen?

Denkst du nicht, dass das vielleicht etwas zu lange dauert? Oder verfügt man als Kommunikationsdesigner neuerdings über einen Privatjet? ;-)

Leider nicht. :-/ … Ich könnte aber mal einen Antrag stellen. ;-)

OK … diese Vorstellung heitert mich auf :-) Ich versuche mal, hier vorwärts zu kommen. Bis später.

Alles klar.

Mit einem merkwürdigen Gefühl in der Magengegend blickte Ella auf das Display. Die Tatsache, dass Samuel etwas vergaß, was sie ihm zuvor erzählt hatte, irritierte sie. Das war bisher noch nicht vorgekommen. Vielleicht hatte er momentan besonders viel zu tun. Schließlich war er beruflich in Frankfurt und außerdem stand auch seine Rückkehr nach London kurz bevor. Warum sollte er also nicht andere Sachen im Kopf haben als Mortys Impftermin. Trotzdem blieb eine Irritation in Ella zurück. Und dann war da auch noch sein merkwürdiger Vorschlag, bei ihr vorbei zu kommen. Scherze dieser Art hatten sie beide bisher immer peinlich vermieden, und nun erwähnte er es so ganz lapidar nebenbei.
Ella wurde aus ihren Gedanken gerissen, als sie hörte, dass Konstantin das Haus betrat. Mit einem Blick auf die Uhr stellte sie fest, dass ihr Mann an diesem Tag sehr früh dran

war. Schnell legte sie das Smartphone auf den Schreibtisch und ließ es unter einem Stapel Kopien verschwinden. Konstantin sollte besser denken, dass sie gerade konzentriert arbeitete. Als er kurz darauf das Arbeitszimmer betrat, zwang Ella sich zu einem Lächeln und drehte sich mit ihrem Stuhl zu ihm um. »Du bist früh dran. Ist alles in Ordnung?«

Sein Blick glitt über ihren Schreibtisch und blieb dann am Monitor des Laptops hängen. »Blue-Trust-Communications? Klingt interessant. Was ist das für eine Seite?«

»Ach … ich recherchiere etwas zum Thema Marketingstrategien. Da wird viel mit Suggestionen gearbeitet. Wusstest du das?« Sie hoffte, dass er den nervösen Unterton in ihrer Stimme überhörte.

Ohne auf ihre Frage einzugehen, ging Konstantin zum Fenster und sah in den Garten. »Wir bekommen heute Abend Besuch. Phillip und Luise haben sich spontan bei uns eingeladen. Ich konnte es nicht mehr abwürgen. Kriegst du das noch organisiert?«

Ella schluckte. Phillip war einer der wenigen Studienfreunde, zu denen Konstantin noch Kontakt hatte. Da er in München lebte, sahen die beiden sich extrem selten. Dass Phillip mit seiner Frau im Herbst nach Hamburg kommen wollte, war tatsächlich immer mal wieder im Gespräch gewesen. Trotzdem war Ella nun von dieser plötzlichen Ankündigung extrem überrascht. »Zum Abendessen? Ich habe gar nichts im Haus.«

»Wir lassen etwas vom Chinesen liefern.«

»OK … und wann kommen sie?«

»Gegen sieben.«

Ella blickte auf ihre Armbanduhr. Es war Viertel nach sechs. Schnell überlegte sie, ob das Wohnzimmer in einem angemessenen Zustand war. Vermutlich war es besser, vorher noch einmal durchzusaugen. »Brauchen wir noch Wein?«, fragte sie und stellte sich neben ihn ans Fenster.

»Nein. Im Keller sind noch einige Flaschen. Ich fürchte, es wird ein langer Abend. Du kennst die beiden ja.«

Konstantin sprach aus, was Ella von vornherein befürchtet hatte. Die Besuche von Phillip und Luise zogen sich immer extrem in die Länge. Am leichtesten waren diese Stunden zu ertragen, wenn man versuchte, genauso viel Rotwein wie die beiden zu trinken. Dann hatte man wohl am folgenden Tag einen Kater, aber die endlosen Gespräche über Aktien und Immobilien rauschten dann irgendwie einfach an ihr vorbei. An diesem Abend wollte Ella jedoch unbedingt einen klaren Kopf behalten. Erstens hatte sie am nächsten Tag schon früh ein wichtiges Seminar, das sie nicht verpassen durfte, und zweitens wollte sie irgendwann im Verlauf des Abends noch mit Samuel chatten. Das Ass in ihrem Ärmel war Morty. Konstantin war schon vor Jahren aufgefallen, dass seine junge Frau sich bei diesen Endlostreffen mit den deutlich älteren Freunden ziemlich langweilte. Deswegen hatte er ihr, als Morty noch ganz klein war, großzügigerweise vorgeschlagen, den Hund als Alibi für eine Auszeit zu benutzen. Phillip und Luise wussten glücklicherweise nicht, dass es abends zur Not auch reichte, Morty einfach in den Garten zu lassen. Ella hatte dieses Manöver immer gerne in Anspruch genommen, und Konstantin würde somit gar nicht auffallen, dass sie diese Zeit auch noch anderweitig nutzte.

Samu **Ella**

Wäre nicht schlecht, wenn du mich mit deinem Privatjet mal kurz einsammeln könntest … Mir ist gerade nach Flucht zumute. ;-)

Der Abendstern braucht einen Privatjet??? OK … Ich werde sehen, was ich tun kann. Wovor willst du fliehen?

Kennst du diese Besucher, die nicht merken, wenn es Zeit ist, nach Hause zu gehen???

Oh ja … die kenne ich. Davon habe ich einige in der Verwandtschaft. GRU-SE-LIG !!! ;-)

Das ist heute mein schweres Los.

Mein aufrichtiges Beileid. Hast du dich auf dem Klo eingeschlossen, um mir das jetzt zu schreiben??? ;-)

Nein. Sie denken, Morty braucht spät abends immer noch einen gaaaanz langen Spaziergang. ;-)

Du bist ja mit allen Wassern gewaschen. ;-) Wie geht es Morty? Hat sie die Impfung tapfer über sich ergehen lassen?

Hat sie. Weißt du doch schon.

Ach so. … Wie lange kannst du dich denn auf diese Weise davonstehlen?

Ich bin schon wieder auf dem Rückweg. Man sollte die Naivität der Gäste vermutlich nicht überstrapazieren.

Ist mir auch lieber, wenn du nachts nicht endlos alleine durch die Gegend turnst.

Ich bin nicht alleine. Ich habe einen großen schwarzen Hund dabei. :-)

Trotzdem keine beruhigende Vorstellung. Geh besser rein, mein Abendstern. Wir sehen uns hier morgen wieder. Gute Nacht. :-)

Gute Nacht, Samu. Schlaf gut. :-)

Ihre Finger waren steif vor Kälte, als sie versuchte, die Knöpfe der dunkelblauen Daunenjacke zu öffnen. So musste Ella zunächst einen Moment im Hausflur darauf warten, dass wieder Leben in ihre unbeweglichen Hände zurückkehrte. Als sie sich hinkniete, um die kalten Finger auf die von der Fußbodenheizung erwärmten Fliesen zu legen, hörte sie gedämpfte Stimmen aus dem Wohnzimmer. Durch den raschen Temperaturwechsel begannen ihre Hände zu schmerzen und die Fingerkuppen kribbelten, aber Ella ignorierte dieses unangenehme Gefühl und dachte an das Gespräch mit Samuel zurück. Auch an diesem Abend erschien er ihr reichlich zerstreut. Hoffentlich war nicht mangelndes Interesse an ihrer Person der Grund dafür. Mit Sicherheit gab es in Samuels Leben auch noch andere Frauen, die seine Aufmerksamkeit beanspruchten. Sowohl virtuelle als auch welche, die physisch für ihn greifbar waren. Obwohl sie wusste, dass es ihr nicht zustand, spürte Ella einen Anflug von Eifersucht.
Morty hatte sich inzwischen in den Flur gesetzt und blickte sie mit schief gelegtem Kopf an. Plötzlich öffnete sich die Wohnzimmertür. Konstantin stand mit einer leeren Weinflasche in der Hand vor ihr, und man konnte an seinem Gesichtsausdruck erkennen, dass er sich bemühte, die merkwürdige Szene zu begreifen, die er vor sich sah.
»Ist alles in Ordnung? Was machst du da?«

»Meine Hände waren so kalt, dass ich meine Knöpfe nicht aufbekommen habe.« Sie lächelte entschuldigend und fühlte sich ertappt. »Habe ich etwas verpasst?«
»Hattest du keine Handschuhe?« Konstantin überging ihre Frage, die ohnehin nicht ernst gemeint war.
»Ich hatte sie vergessen.«
Für einen Moment ruhte sein Blick auf ihrem Gesicht und es schien, als ob er auf eine weitere Erklärung warten würde. So zusammengekauert vor ihm auf dem Boden fühlte sie sich zunehmend unwohl. Umständlich stand Ella auf und begann etwas ungeschickt ihre Jacke zu öffnen. Als sie dann nach einer kleinen Ewigkeit das Kleidungsstück von ihren Schultern streifte, fiel einer ihrer Handschuhe aus der Seitentasche und landete vor Mortys Pfoten. Der andere steckte immer noch gut erkennbar in ihrer Jackentasche. Weinrote Kaschmirwolle – nicht smartphonetauglich. Für eine Sekunde hielt Ella die Luft an.
»Oh … da sind sie ja.«
Aber Konstantin erwiderte nichts. Er hatte sich bereits abgewendet und stieg die Kellertreppe hinab – vermutlich um eine neue Flasche Wein zu holen. Es würde ein langer Abend werden.

Samu **Ella**

Hallo mein Morgenstern :-)
Hast du den gestrigen Abend gut überstanden?

Guten Morgen Samuel :-) *Naja … so gut wie möglich in Rotwein ertränkt. Das bezahle ich heute mit Kopfschmerzen.* :-(

Musst du denn heute in die Uni?
Oder gönnst du dir einen freien Tag?

Kann ich mir leider nicht erlauben.
Ich muss gleich unter die Dusche.
Was ist mit dir? Geht es nicht bald zurück nach London?

Doch. In zwei Tagen.

Und? Hast du bis dahin viel zu tun?

Ja … das habe ich. Es stehen noch ein paar wichtige Termine an.

Freust du dich schon darauf, wieder dort zu sein?

Natürlich.

Was bedeutet deine Rückreise eigentlich für uns, Samuel?

Wie meinst du das?

Na ja … ich frage mich, was aus uns wird …wie geht es weiter, wenn du wieder in London bist?

Kommt drauf an.

Worauf kommt es an?

Willst du, dass wir so weiter machen?

Mir würde auf jeden Fall etwas fehlen, wenn wir es nicht täten.

Das geht mir genauso, Ella.

OK … ein bisschen Zeit haben wir ja noch. … Ich muss mich beeilen. Bis später.

Die Tatsache, dass Samuel in zwei Tagen nach London zurückkehren würde, machte Ella zunehmend unruhig. Auch wenn sie vorher schon gegeneinander gespielt hatten, war ihr Chat erst in Gang gekommen, als Samuel in Deutschland war. Wie würde es sein, wenn er wieder zu Hause bei seinen Freunden war? War es möglich, dass er die ganze Zeit nur mit ihr chattete, weil er hier in Deutschland Langeweile hatte?

Nach dem Duschen war der Spiegel im Badezimmer beschlagen. Mit dem Handtuch wischte Ella ein Stück davon trocken und betrachtete ihr Gesicht. Der lange Abend hatte seine Spuren darin hinterlassen, aber ihre mädchenhafte Ausstrahlung war immer noch sichtbar. Ob sie ihm wohl gefallen würde? Samuel hatte keine Ahnung, wie seine Chatpartnerin aussah, und trotzdem schien er sie zu mögen. Ganz unabhängig von ihrem Äußeren. Dieses intensive Gefühl der Verbundenheit zwischen ihnen beiden war von seiner Seite aus nicht auf Äußerlichkeiten aufgebaut. Ella hatte es schon immer gestört, dass viele Männer sie gleich in eine Schublade steckten, wenn sie als wohlproportionierte blonde Frau mit blauen Augen irgendwo auftauchte. Aber Samuel mochte sie für das, was sie schrieb – zumindest hatte sie das Gefühl, dass ihm etwas an ihr lag. Würde dieses Mögen wohl ausreichen, um ihren Kontakt auf Dauer aufrechtzuerhalten? Auf jeden Fall wollte Ella jeden freien Moment in den kommenden beiden Tagen nutzen, um ihre Freundschaft weiter zu vertiefen und es ihm damit ziemlich schwer machen, sie zu vergessen, wenn er wieder zurück in London war.

Samu **Ella**

Wann fliegst du eigentlich genau zurück nach Hause?

Hi Ella :-) *In zwei Tagen. Also am Freitag … nachmittags. So gegen 15 Uhr. Wieso fragst du? Willst du mitkommen?* ;-)

Verlockende Vorstellung. :-) *Aber daraus wird wohl nichts. Leider.* :-(

Du verpasst eine individuell auf deine Vorlieben abgestimmte Stadtführung … und ich würde auf einer Shoppingtour auch deine Taschen tragen. :-D

Na … hoffentlich überschätzt du dich da nicht. Meine Shoppingtouren arten zuweilen ziemlich aus. :-)

Du meinst, ich sollte vorher noch ein wenig trainieren, damit ich nicht unter der Last deiner Einkaufstüten zusammenbreche? :-D

Keine Ahnung :-) … *Wenn du so ein schmächtiges Kerlchen bist … dann wäre das zumindest kein Fehler.* ;-)

Schmächtiges Kerlchen??? Ich??? Nein … wohl eher nicht. :-D …*Bist du eigentlich gar nicht neugierig darauf, wie ich aussehe?*

Warum denkst du, dass ich das nicht schon lange weiß?

Heißt das … du weißt es?

Ja.

Woher? Habe ich dir ein Foto geschickt?

Wenn … dann würdest du dich doch wohl daran erinnern, oder?

Ja natürlich. Also …. hast du jetzt ein Bild von mir?

Ich konnte der Versuchung nicht widerstehen und war auf der Homepage deiner Firma. Tut mir leid … ich war neugierig. :-/

Auf der Seite von Blue-Trust?

Ja. … Schlimm???

Quatsch … Nein … kein Problem :-)
Allerdings hast du jetzt ja wirklich einen ziemlichen Wissensvorsprung. Findest du das gerecht?

Ich bin auf keiner Website. Also kann ich mich nicht revanchieren.

Dann revanchierst du dich eben, indem du einen Kaffee mit mir trinkst. :-)

In London? Ich denke, das wäre vielleicht ein bisschen aufwändig

Nicht in London. Hier in Frankfurt.
Ich lade dich ein. :-)

Du weißt, dass das auch weit weg ist. Da fährt man von Hamburg aus nicht mal eben für eine Tasse Kaffee hin. Auch nicht, wenn man so nett eingeladen wird. :-)

Ja … da hast du allerdings recht. Wir könnten uns aber in der Mitte treffen. Was hältst du davon?

In der Mitte? Und wo?

Keine Ahnung. Such dir was aus.

Ich denke drüber nach. Aber nicht jetzt. Mein Seminar fängt an. Bis später.

OK … dann bis später. :-)

Mit klopfendem Herzen blickte Ella auf das Display. Diese Entwicklung hatte sie soeben vollkommen aus der Fassung gebracht. Samuel wollte sie treffen. Morgen – irgendwo zwischen Frankfurt und Hamburg, und sie sollte sagen wo genau. Im Laufschritt eilte sie durch die langen Gänge der Uni und erreichte etwas abgehetzt den Seminarraum. Theresa lehnte mit einer dampfenden Teetasse im Flur an der Wand und unterhielt sich mit ein paar Leuten. Ohne zu zögern unterbrach Ella das Gespräch und zog die verblüffte Theresa hastig in eine ruhigere Ecke.

»Er will sich mit mir treffen.«

In Theresas Gesicht war deutlich zu erkennen, wie sie versuchte, diese Information in den richtigen Kontext einzuordnen. »Nicht so schnell, Ella. … Es ist noch früh

… und mein Hirn ist noch nicht voll einsatzfähig. … Wer will sich mit dir treffen?«
»Samuel! … Er hat es mir gerade geschrieben. Er will sich mit mir treffen.« Ella sah ihre Freundin mit geweiteten Augen an, und diese fing allmählich an zu begreifen, über was sie beide da sprachen.
»Reden wir hier über den Chat-Samu? Den schnuckeligen Kerl aus dem Quizduell, wegen dem du seit mindestens einer Woche Tag und Nacht wie irre auf deinem Smartphone rumtippst?«
»Wenn du es so zusammenfassen willst … Ja … genau um diesen Samuel geht es. Theresa … Er will mich treffen! Mir ist ganz schlecht vor Aufregung.«
Freundschaftlich legte Theresa den Arm um Ellas Schultern. »Ach komm, Süße. Jetzt entspann dich erst mal. Wann soll dieses Treffen denn überhaupt stattfinden?«
»Morgen.« Ella schluckte. »Ich soll sagen, wo.«
»Morgen?« Mit gerunzelter Stirn betrachtete Theresa ihre Freundin. »Ist er denn hier in Hamburg?«
»Nein. Er hat vorgeschlagen, dass wir uns irgendwo in der Mitte treffen. Und ich soll sagen, wo. Ach, Theresa. Es ist ja nicht so, dass ich das nicht will – was ja sowieso schon ziemlich schlimm ist – aber jetzt kommt das alles so plötzlich. Vorher war nie die Rede davon … und jetzt ist morgen die einzige Chance.«
Im nächsten Moment mussten sie ihr Gespräch unterbrechen, weil das Seminar begann. Dabei hätte Ella sich diese ganze Veranstaltung auch schenken können, denn in ihrem Kopf rasten tausend Gedanken und alle drehten sich um das Treffen mit Samuel. Dabei war es gar nicht der Vorschlag allein, der sie so aus der Fassung brachte. Das ganze Drum-Herum machte sie irgendwie nervös.
Während Ella bisher das Gefühl hatte, ihn gut zu kennen, passte diese spontane Aktion einfach so ganz und gar nicht zu dem Bild, das sie sich bisher von Samuel gemacht hatte. Andeutungen in diese Richtung hatte es vor-

her nie zwischen ihnen gegeben. Und seitdem er wusste, dass sie verheiratet war, schien es auch unausgesprochen zwischen ihnen klar zu sein, dass ihre Bekanntschaft den virtuellen Rahmen niemals verlassen durfte. In ihrem letzten Gespräch hatte Samuel nun alle diese ungeschriebenen Gesetze einfach ignoriert. War es vielleicht die bevorstehende Abreise, die ihn plötzlich in Zugzwang brachte?
In Gedanken ließ Ella den vergangenen Morgen noch einmal an sich vorbeiziehen. Zu gerne hätte sie sich die Screenshots von den Chats dazu auf ihrem Smartphone angesehen. Aber das ging während des Seminars natürlich nicht. Ihr Morgengespräch hatte sich darum gedreht, wie es mit ihnen weitergehen würde, wenn Samuel wieder in London wäre. Sie selbst hatte dieses Thema angestoßen. Samuel hatte für ihren Geschmack etwas sehr zurückhaltend reagiert, aber schon signalisiert, dass er sich eine Fortführung ihres Kontakts wünschte. Vielleicht hatte ein weiteres Nachdenken über dieses Gespräch dann zu seinem plötzlichen Sinneswandel geführt. Warum sollte er die letzte Gelegenheit auf ein kurzfristiges Treffen mit ihr auch ungenutzt verstreichen lassen? Deswegen machte der Vorschlag einer spontanen Verabredung natürlich Sinn. Trotzdem fühlte es sich auch ein wenig danach an, als ob er ihr ganz plötzlich die Pistole auf die Brust setzen würde. Ella brauchte Theresas Ratschlag so dringend wie nie zuvor.

»So Ella, … das klingt ja alles ganz schön spannend.« Theresa grinste, aber ihre Augen blickten trotzdem ernst. »Dein Samu hat gesagt, dass er dich treffen will. Und das gleich morgen.«
»Ja … Auf einen Kaffee.«
»Warum hat er es denn jetzt plötzlich so eilig?«
»Er fliegt übermorgen zurück nach London.«

»Verstehe.« Theresa stieß geräuschvoll Luft aus. »Die erste Frage, die du dir beantworten musst, ist ›Willst du dich mit ihm treffen?‹«

Nach einer kleinen Pause flüsterte Ella: »Ja … ich will.« Beide Frauen fingen gleichzeitig an zu lachen, und damit löste sich ein wenig von der Spannung, die Ella quälte.

»Damit ist das zumindest schon mal geklärt. Und wo soll dieses Treffen nun stattfinden?«

»Das soll ich festlegen. Ich glaube, ihm ist gar nicht bewusst, wie weit Hamburg von Frankfurt entfernt ist.«

Theresa zückte ihr Smartphone und startete eine Routenplaner-App. »Ziemlich genau 500 km. Für mal eben einen Kaffee ist das eine ziemlich weite Anreise.«

»Das habe ich ihm auch gesagt.« Ella seufzte. »Deswegen hat er vorgeschlagen, dass wir uns irgendwo in der Mitte treffen könnten. Die Entscheidung, wo genau, überlässt er mir.«

Wieder tippte Theresa etwas in die Smartphonetastatur.

»Kassel liegt ungefähr in der Mitte … oder Göttingen. … Ja genau … Göttingen. Eine schöne Studentenstadt. Irgendwie musst du ja deinen Ausflug auch vor deinem Mann rechtfertigen.«

Betreten senkte Ella den Blick. In der Aufregung hatte sie den Gedanken an Konstantin total verdrängt. Er durfte natürlich auf gar keinen Fall von dieser Aktion erfahren. Da wäre ein Besuch des psychologischen Instituts in Göttingen die perfekte Tarnung. Die Fahrzeit von gut zwei Stunden erschien ihr erträglich.

»Du könntest nicht zufällig mitkommen?«, fragte Ella leise und schaute ihre Freundin bittend an.

»Morgen geht gar nicht. Ich muss mit den Kids zum Kieferorthopäden. Wenn ich das verschiebe, dann kriege ich für dieses Jahr garantiert keinen neuen Termin mehr. Sorry … aber das geht wirklich nicht.«

»Ach … ist schon OK. Ich brauche ja auch kein Kindermädchen.«

»Und wenn du so viel Angst davor hast, dann solltest du es sowieso nicht machen. Was sagt denn dein Bauchgefühl?«
»Mein Bauchgefühl sagt: ›Nutze die Chance. – Sie kommt so schnell nicht wieder‹. Aber mein Kopf sagt mir: ›Es ist mehr als dumm, sich für eine Tasse Kaffee mit einer virtuellen Bekanntschaft vier Stunden ins Auto zu setzen‹.«
»Vier Stunden. So weit ist Göttingen aber nicht weg.«
»Zwei hin und zwei zurück. … Für ein Blind Date mit einem Typen, der am nächsten Tag nach London abhaut, ist das eine ziemlich weite Strecke.«
»Wenn er dir nicht wichtig ist, … warum denkst du dann überhaupt darüber nach?«
»Ich habe nicht gesagt, dass er mir nicht wichtig ist. Ich weiß nur nicht, wo das überhaupt hinführen soll. Unterm Strich habe ich durch diese Aktion letztendlich nichts als Ärger.«
»Ja … das kann allerdings wirklich passieren. Oder er ist deine große Liebe, und es gibt ein wahnsinniges Happy End.« Theresa grinste.
»Klar … das passiert ja laufend. Warum nicht auch mir.« Der Sarkasmus in Ellas Stimme war unüberhörbar. »Die große Liebe im Quizduell getroffen – Ein virtuelles Märchen für Erwachsene.«
»Mach mal keine Witze. Das hat es wirklich schon gegeben.« Theresa ließ sich vom äußerst skeptischen Seitenblick ihrer Freundin nicht beirren und setzte ihren Bericht fort. »Also meine Schwester studiert doch in Bochum. … Die hat da ein Praktikum in einer Erziehungsberatungsstelle gemacht … und da hat eine gearbeitet, die ihren Traum-Typen tatsächlich im Quizduell kennengelernt hat.«
»Wirklich? Eine richtige Happy-End-Geschichte?« fragte Ella lahm.
»Soviel ich weiß, schon. Das waren, glaube ich, auch total unterschiedliche Menschen, die im wahren Leben garantiert niemals zueinander gefunden hätten. Ohne den

Quizduell-Chat hätten die bestimmt nie ein Wort miteinander gesprochen. Sie war so eine ganz brave Sozialarbeiterin und er ein etwas abgefahrener Typ … Zeitungsredakteur, mit einer Vorliebe für Gedichte und Heavy Metal. Auf jeden Fall hat diese Frau dann groß Abschied gefeiert, weil sie zu ihrer Quizduell-Liebe gezogen ist …. nach Stuttgart, glaube ich … und dabei haben alle ihre Kollegen sie natürlich ein bisschen damit aufgezogen. Sie musste so alberne Quizduell-Fragen beantworten und kreative Chatnachrichten verfassen. … War wohl eine ziemlich witzige Verabschiedung. Deswegen hat meine Schwester überhaupt soviel von der ganzen Geschichte mitgekriegt und es mir dann später erzählt … weil ich ja auch Quizduell spiele.«
»Und dann hat die Brave ihren unkonventionellen Quizduell-Prinzen geheiratet, und wenn sie nicht gestorben sind – dann leben sie noch heute?«
Die Ironie in Ellas Stimme ignorierend sprach Theresa weiter. »Geheiratet wohl nicht … zumindest bis dahin nicht. … Aber ich glaube, sie war schwanger, als sie zu ihm gezogen ist.«
Ella schluckte. »Und? … Was soll ich jetzt mit dieser Information anfangen?«
»Das kannst du selbst entscheiden. Sollte nur ein Beispiel dafür sein, dass nicht automatisch alles zum Tode verurteilt ist, was virtuell seinen Anfang findet.« Mit einem mütterlichen Blick schaute Theresa Ella an. »Du kannst den einfachen Weg gehen und ihm sagen, dass du keine Zeit für ein Date in Göttingen hast. Oder du guckst ihn dir morgen einfach mal an. Auch wenn er nicht deine große Liebe ist … es ist bestimmt kein Fehler, einen netten Bekannten in London zu haben.«
»Das heißt … du würdest hinfahren?«
»Klar. Würde ich. …Und wenn ich du wäre dann erst recht.«

Samu **Ella**

Hi Samu :-)

Hi Ella :-)
Na? Wie sieht es aus mit unserem Date? Hast du dir was überlegt?

Ja. Habe ich. Für mich wäre Göttingen ganz gut. Ist das für dich machbar?

Ja … ich denke, das kriege ich hin. Mittags wäre für mich ideal. So um 13.00 Uhr. Hast du eine Location ausgesucht?

Ja … habe ich :-) Ein Bistro in der Innenstadt. Am Nikolaikirchhof. Ganz nah bei der Universitätskirche.

OK. Ich geb es einfach ins Navi ein.

Hast du ein Auto hier in Deutschland?

Ich leih mir das von meinem Vater. :-)
Kommst du mit dem Zug?

Nein. Ich komme auch mit dem Auto.

Super. Ich freu mich schon auf dich. :-) … Dann bis morgen.

Ja. Bis Morgen.

Nervös schloss Ella die Haustür auf. Was sollte denn jetzt dieses »Bis morgen« bedeuten? Hatte sie als sein Abendstern heute ihren freien Abend? Natürlich war es eine komische

Situation, miteinander zu chatten, wenn sie sich am nächsten Tag sehen würden. Auf jeden Fall klang es so, als ob er an diesem Abend keine Zeit mehr für sie haben würde. Vermutlich hing das mit seiner bevorstehenden Abreise zusammen. Trotzdem löste dieses »Bis morgen« eine gewisse Irritation bei ihr aus. Es würde der erste Abend seit langem werden, an dem sie nicht miteinander chatteten. Aber dafür würden sie sich schließlich bald schon sehen. Eigentlich konnte sie kaum glauben, dass sie dieses tatsächlich vorhatte. Unterschiedlichste Gefühle wirbelten wie ein Tornado durch ihren Kopf. Da mischten sich Unsicherheit und Vorfreude mit Angst und einem schlechten Gewissen.
Erst nachdem sie ihre Stiefel ausgezogen und die Jacke aufgehängt hatte, nahm sie die Geräusche aus dem Obergeschoss wahr. Da Morty nach einer kurzen Begrüßung abwartend und ruhig neben ihr stand, schloss Ella sofort aus, dass es sich um einen Einbrecher handelte und machte sich auf den Weg in den ersten Stock. Konstantin stand im Ankleidezimmer und räumte systematisch Kleidungsstücke in einen Koffer. Hektisch suchte Ella in ihrem Gedächtnis nach einem Grund für diese Aktion. Leichte Panik stieg in ihr auf. Hatte es möglicherweise irgendetwas mit ihrer Verabredung zu tun? Das Herz schlug ihr plötzlich bis zum Hals, und ihre Stimme klang spröde. »Guten Abend. Fährst du weg?«
»Nach Berlin.«
»Aha … Habe ich den Termin vergessen, oder ist das was Spontanes?«
Konstantin antwortete, ohne den Kopf zu heben oder seine Tätigkeit zu unterbrechen. »Nein, du hast nichts vergessen. Ich springe für einen Kollegen ein, der krank geworden ist. … Er fällt wohl für längere Zeit aus. Mein Flieger geht morgen um 8.15 Uhr. Kannst du mich zum Flughafen bringen?«
»Klar. Kein Problem. Wie lange bleibst du weg?«

»Zwei Nächte. Samstagvormittag komme ich wieder zurück. Dann kannst du mich bitte wieder abholen. … Und bei dir? …. Alles in Ordnung?«
Zum ersten Mal blickte er sie an. Der Ausdruck seiner Augen war vollkommen neutral. Vermutlich war er in Gedanken schon in Berlin oder noch in seiner Firma. Auf jeden Fall war er nicht bei ihr, denn sonst hätte er vielleicht die innere Anspannung seiner Frau wahrgenommen.
»Soll ich uns jetzt etwas kochen, oder willst du erst später essen?«
»Später. Ich muss noch telefonieren. Im Büro geht es ziemlich drunter und drüber. Kann sein, dass ich gleich nochmal rüberfahre. Am besten essen wir so gegen acht.«
»Diese spontane Dienstreise machte natürlich alles viel einfacher«, dachte Ella, als sie leichtfüßig die Treppe hinunterlief. Angesichts der neuen Situation beschloss sie, Konstantin nicht zu sagen, dass sie am nächsten Tag nach Göttingen fahren würde. Später ging sie leise in ihr Arbeitszimmer und suchte in der Schublade des Schreibtischs nach der kleinen schwarzen Geschenkbox, die sie dort im hintersten Winkel aufbewahrte. Vorsichtig öffnete sie den Deckel: »Du bist mein Abendstern«. Dann verschloss sie die kleine Schachtel wieder und legte sie in ihre Handtasche. Theresa hatte angeboten, sich am nächsten Tag um Morty zu kümmern. Damit stand ihrer Begegnung mit Samuel eigentlich nichts mehr im Weg. Außer ihr schlechtes Gewissen und die Angst, einen großen Fehler zu begehen.

Es war schon spät, und sie war gerade dabei, die Rollläden im Erdgeschoss runterzulassen, um anschließend ins Bett zu gehen, als eine Nachricht von Samuel bei ihr ankam. Natürlich freute sie sich darüber, obwohl sie auch ziemlich überrascht war. Schließlich war er es gewesen, der sich so souverän bis zum nächsten Tag verabschiedet hatte. Vermutlich war es ihm genauso wie ihr gegangen, und dem Abend schien ohne den vertrauten »Gute-Nacht-Chat« irgendetwas zu fehlen.

Samu **Ella**

Hallo mein Abendstern. Ich hoffe, du hattest noch einen schönen Tag. :-)

Hallo Samu … ja, den hatte ich. Und du? Wie war dein Tag? :-)

Alles so weit in Ordnung. :-) Ich wollte dir nur noch eine gute Nacht wünschen.

Irgendwie habe ich gedacht, dass du heute keine Zeit mehr für mich hast. Ich freue mich aber sehr, dass ich heute noch etwas von dir höre. :-) Was machst du gerade?

Nichts Besonderes. Ein paar Vorbereitungen für morgen.

Vorbereitungen für morgen? Was gibt es denn noch vorzubereiten?

Ich habe vor meiner Abreise noch ein paar Termine.

Und wann finden die statt? Vor oder nach unserem Date?

Das steht jetzt noch nicht fest. Die Leute hier sind immer für eine Überraschung gut.

Du kannst mir dann ja morgen davon erzählen. Sei mir nicht böse. Aber ich muss morgen ganz früh raus. Wenn ich jetzt nicht schlafen gehe, dann fallen mir morgen auf der Autobahn womöglich die Augen zu.

Daran möchte ich auf keinen Fall schuld sein. Schlaf gut Ella.

Schlaf auch gut, Samuel. Dann bis morgen. Ich freue mich schon. :-)

5. Kapitel

13. November 2014 - am Morgen

Während die Fahrt zum Flughafen ohne Komplikationen verlaufen war, gestaltete sich der Weg zurück nach Hause für Ella als eine nervliche Zerreißprobe. Obwohl sie sich eigentlich lieber sofort von ihrem Mann verabschiedet hätte, war sie noch mit ihm ins Flughafengebäude gegangen und hatte einen Kaffee mit ihm getrunken. Konstantin hatte diesen Wunsch sehr deutlich geäußert, und angesichts der Tatsache, dass sie sich erst zum Wochenende wiedersehen würden, gab sie nach kurzem Zögern nach. Anschließend begleitete sie ihren Mann dann noch zum Gate. Zeitgleich mit ihnen verabschiedete sich ein junges Paar mit einer innigen Umarmung und einem zärtlichen Kuss voneinander. Die zierliche junge Frau hatte Tränen in den Augen, als der Mann sich widerstrebend von ihr löste, und er warf ihr immer noch Kusshände zu, nachdem er die Sicherheitskontrolle bereits hinter sich gebracht hatte. Die Verabschiedung zwischen Ella und Konstantin fiel vergleichsweise nüchtern aus. Seine Lippen streiften kurz ihre Wange, und ihr war das auch recht so. In Gedanken war sie sowieso schon ganz woanders.

Auf dem Weg nach Hause reihte sich dann ein Stau an den nächsten. Auch wenn sie mit Samuel erst für mittags um eins in Göttingen verabredet war, sollte Ella spätestens um zehn auf der Autobahn sein. Vorher wollte sie sich noch die Haare waschen, und sich ein bisschen hübsch zu machen würde vermutlich auch nicht schaden. Zum Schluss musste sie Morty noch bei Theresa abgeben. Mit jeder Minute, die verging, wurde Ella nervöser. Aber Samuel schien es auch nicht anders zu gehen. Gestern Abend war er schon wieder irgendwie merkwürdig gewesen und hatte zerstreut und angespannt auf sie gewirkt. Vermutlich hatte er mit Blind Dates genauso wenig Erfahrung wie sie.

Um kurz nach neun warf Ella einen letzten prüfenden Blick in den Spiegel. Was sie sah, gefiel ihr, und Ella hoffte, dass Samuel das Gleiche denken würde. Bevor sie die Haustür hinter sich zuzog, warf sie schnell noch einen kontrollierenden Blick in ihre Handtasche. Die kleine schwarze Box mit dem Geschenk für Samuel lag neben den Papiertaschentüchern. Dieser Stern war doch wirklich eine wundervolle Erinnerung an ihre einzigartige virtuelle Begegnung, und Ella freute sich, dass ihr Geschenk Samuel nun nach London begleiten würde. Zusammen mit Morty eilte sie zu ihrem Auto. Für den Weg zu Theresa würde sie vermutlich eine knappe halbe Stunde brauchen. Aber dafür konnte sie von da aus relativ problemlos auf die Autobahn fahren. Bisher lag sie richtig gut in der Zeit und drehte fröhlich das Radio etwas lauter. Die Melodie von »Somewhere Over the Rainbow« breitete sich im Innenraum ihres Wagens aus. Ella schloss nicht aus, dass sie möglicherweise genau dahin unterwegs war – »where dreams come true …« – vielleicht ging ihr kleiner Ausflug ja tatsächlich geradewegs dorthin, »wo Träume wahr werden«.

Lächelnd parkte sie 25 Minuten später am Straßenrand vor Theresas Haus und ließ Morty aus dem Auto springen. Die Hündin hatte eine Schwäche für den chaotischen Haushalt mit den drei Teenagern, die niemals müde wurden, Tennisbälle durch die Gegend zu werfen. Theresa stand grinsend im Türrahmen und wich geschickt aus, als Morty an ihr vorbei ins Haus schoss.
»Du bist früh dran. Hast du noch Zeit für einen Kaffee?«
»Um Gottes Willen. … Mein Ruhepuls liegt vermutlich bereits bei 95. Wenn ich jetzt noch einen Kaffee trinke, dann explodiere ich.«

»Hast dich aber nett zurecht gemacht.« Theresa musterte ihre Freundin ausgiebig. »Und alles nur für eine Tasse Kaffee … oder bestellst du dir lieber einen Baldriantee?«
Ella wurde rot. »Man tut was man kann. …Baldriantee ist vermutlich ein ziemlich gute Idee.«
Theresa lachte und wollte gerade zu einer Erwiderung ansetzen, als die hörbare Vibration von Ellas Smartphone das Gespräch unterbrach. Neugierig warf Ella einen Blick auf das Display und runzelte die Stirn.
»Eine Nachricht von Samu«, murmelte sie halblaut und öffnete das Chatfenster.
»Aha … und? Was gibt es denn jetzt noch so Dringendes zu sagen?« Theresa beobachtete ihre Freundin und erkannte an deren Mienenspiel sofort, dass etwas nicht stimmte. »Sag schon, Ella … Was schreibt er?«
Enttäuscht reichte Ella ihr das Smartphone. »Hier … Lies selbst.«
Theresa schaute auf das hingehaltene Display und las mit halblauter Stimme: »Hier gibt es Komplikationen. Ich muss unser Date leider canceln. Sorry.«
Mit einem tiefen Seufzer legte sie ihrer Freundin mütterlich den Arm um die Schultern und zog sie in den Hausflur. »Komm rein, Süße. Ich koch dir einen Baldriantee.«

Nach den ganzen Stunden der Anspannung fühlte es sich für Ella wie ihr ganz privater Weltuntergang an. Zusammengesunken saß sie wenig später in der Küche ihrer Freundin und kämpfte mit den Tränen.
»Ich weiß gar nicht, warum es mich so trifft. Vermutlich weil ich mich einfach so unglaublich darauf gefreut habe. … Alles schien so perfekt zu sein. Zu perfekt vermutlich. War ja klar, dass irgendetwas dazwischen kommen musste.«
»Es tut mir so leid. Aber sei doch froh, dass seine Nachricht dich noch hier erreicht hat. Stell dir vor, er hätte eine halbe Stunde später geschrieben. Während der Fahrt bekommt man doch meistens gar nicht mit, was auf dem Telefon alles

ankommt. Da wärst du vielleicht bis Göttingen gefahren, um dann zu erfahren, dass er gar nicht kommt.«

»Du meinst … ich habe noch Glück gehabt?« Ella schniefte.

»Ja … das meine ich. Und so brauchst du Konstantin heute Abend über deinen Ausflug auch keine erfundene Story aufzutischen … Ist doch auch nicht schlecht.«

»Das wäre ja noch nicht einmal nötig gewesen. Er ist ab heute für drei Tage in Berlin. Deswegen passte es ja perfekt. Ach, Theresa … ich glaube, das war meine einzige Chance, Samuel zu treffen.«

»Aber hast du nicht gesagt, dass er immer mal wieder nach Deutschland kommt?«

»Ja … schon … aber …« In Ellas Augen sammelten sich Tränen.

»Aber was?«

»Er war in letzter Zeit ohnehin etwas merkwürdig. … Keine Ahnung, ob das mit unserem Treffen zusammenhing.«

»Merkwürdig?« Theresa lehnte sich mit der Tasse in der Hand auf ihrem Stuhl zurück und pustete vorsichtig den Dampf weg. »Was meinst du mit merkwürdig?«

»Na ja … er war einfach nicht mehr so wie vorher. Also schon … aber dann auch wieder nicht. Es ist irgendwie schwer in Worte zu fassen.«

»Ist er aufdringlich geworden? Anzüglich?«

»Nein!« Mit großen Augen schüttelte Ella energisch den Kopf. »Was du wieder gleich denkst. Samuel ist so höflich und gut erzogen. So etwas würde er niemals tun.«

»Was meinst du denn dann mit komisch?«

»Ach … vermutlich bilde ich es mir sowieso nur ein. Aber manchmal war er in letzter Zeit einfach anders als sonst. Irgendwie kurz angebunden und erschreckend direkt.«

»Du meinst … er war desinteressiert?«

»Nein.« Ella seufzte tief. »So kann man das auch nicht nennen. Ich vermute, es hat was mit seiner Rückkehr nach London zu tun.«

»Vielleicht hat er ja eine Freundin zu Hause sitzen … oder einen Freund.«

»Meinst du, er will mich auf Sparflamme setzen … damit er mehr Zeit für … wen auch immer hat?«
»Keine Ahnung. Hätte er sich dann mit dir treffen wollen? … Wohl kaum. Wie ist er denn, wenn er nicht gerade seine Kurz-angebunden-Phase hat?«
Bei der Erinnerung verklärte Ellas Blick sich innerhalb von Sekunden. »Er ist ein unglaublich aufmerksamer Zuhörer … witzig, eloquent … er bringt mich so oft zum Lachen … und er hat immer Zeit für mich … na ja … hatte immer Zeit für mich.« Aber dann fiel ihr schlagartig wieder ein, warum sie gerade in Theresas Küche saß. »Komplikationen«, schnaubte sie trotzig, »was meinst du? Ist das nur eine faule Ausrede?«
»Wäre möglich. … Aber wenn dein Samu es war, der das Treffen unbedingt wollte, dann macht so eine Ausrede keinen Sinn. Oder kam der Vorschlag von dir?«
»Von mir? … Natürlich nicht! Hätte ich mich doch nie getraut, und irgendwie passte diese ganze Aktion sowieso nicht so richtig zu der Zeit vorher. Eigentlich war von einem möglichen Treffen niemals die Rede gewesen. Nicht mal eine Andeutung in diese Richtung hat es gegeben. Und dann musste plötzlich alles so Hals über Kopf geplant werden.«
»Klingt für mich ja irgendwie nach Torschlusspanik, oder?« Theresa beugte sich mit diesem wissenden Ausdruck im Gesicht nach vorne und sah ihre Freundin eindringlich an.
»Du meinst, weil er morgen fliegt?«, fragte Ella zögernd.
»Klar. … Ihm ist bestimmt wirklich etwas Wichtiges dazwischen gekommen. Ein Date mit einer so wundervollen Frau verpasst man doch nicht. Das war bestimmt höhere Gewalt.« Einfühlsam tätschelte sie Ellas Arm, als sie merkte, dass die Tränen schon wieder über deren gerötete Wangen liefen.
Geräuschvoll zog Ella die Nase hoch und begann umständlich in ihrer Handtasche nach Taschentüchern zu suchen. Aber stattdessen kramte sie schniefend die kleine schwarze Schachtel mit dem Schlüsselanhänger hervor und legte sie

vor Theresa auf den Tisch. »Ich habe dir doch mal erzählt, dass er mich seinen Morgenstern nennt. Erinnerst du dich?«
»Und ob ich mich erinnere.« Theresa lächelte versonnen. »Sehr poetisch, dein Samu.«
»Ich bin sein Morgenstern und sein Abendstern.« Schon wieder fingen die Tränen an zu fließen.
»Ich weiß … Das ist super romantisch, Ella. Er ist schon ein echter Charmeur.«
»Ich habe das hier letztens für ihn gekauft.« Mit diesen Worten schob Ella die Schachtel über den Tisch. »Damals sah es nicht einmal so aus, als ob wir uns jemals treffen würden. Aber es passte einfach so gut … und ich hätte es ihm heute so gerne gegeben … damit er mich in London nicht vergisst.«
Vorsichtig nahm Theresa den Schlüsselanhänger in die Hand und betrachtete ihn von allen Seiten.
»Ein wunderschönes Geschenk. Das wird ihm bestimmt gefallen.«
»Aber er wird es ja nicht bekommen. Morgen fliegt er … und dann ist er weg.«
»Dann bringe es ihm doch einfach nach Frankfurt.«
Irritiert blickte Ella ihre Freundin an. »Wie jetzt? Ich kann es ihm nicht nach Frankfurt bringen. Ich weiß doch gar nicht, wo er wohnt.«
»Weißt du denn, wann er fliegt?«
»Ja … schon … aber …« Langsam begann Ella zu begreifen, worauf Theresa hinaus wollte. »Du meinst, ich soll zum Flughafen fahren?«
»Warum nicht?« Ein breites Grinsen im Gesicht, spann Theresa den Gedanken weiter. »Dann seht ihr euch wohl nur kurz … aber das ist vielleicht besser als gar nichts. Er sieht, mit wem er es zu tun hat. Du gibst ihm dieses hier.« Bei diesen Worten schwenkte sie den Metallstern hin und her. »Na, Süße? Wie hört sich das an?«
»Wie sich das anhört?« Endlich hatte Ella aufgehört zu weinen. »Vollkommen verrückt hört sich das an. Ich fahre von Hamburg nach Frankfurt, um fünf Minuten mit einem

Typen zu sprechen, den ich aus einem virtuellen Chat kenne?«

»Na ja … viel verrückter als heulend in meiner Küche zu sitzen, weil ein Typ, den du aus einem virtuellen Chat kennst, eine Verabredung abgesagt hat, ist das, ehrlich gesagt, aber auch nicht«, sagte Theresa trocken.

Die nächste Stunde verbrachten die beiden Frauen mit Recherchen am Computer. Nachdem sie den Flug gefunden hatten, den Samuel vermutlich nehmen würde, schauten sie sich die Fahrtstrecke auf einem Routenplaner an. Mit einem durchgehenden ICE wäre Ella deutlich besser bedient, aber die einzigen Züge, die da in Frage kamen, hatten so ungünstige Ankunfts- und Abfahrtszeiten, dass sie sich nach langem Hin und Her für die Fahrt mit dem Auto entschieden.

»Und wie rechtfertige ich diesen ganzen Aufwand vor mir selbst?«, fragte Ella, als sie den Computer endlich heruntergefahren hatten.

»Das kann ich dir sagen.« Theresa blickte ihre Freundin ernst an. »Dieser Samuel hat dir ganz gehörig den Kopf verdreht. Seit fast zwei Wochen läufst du durch die Gegend und malst dir aus, was für ein toller Typ er ist. Aber trotz all der schönen Worte kann man nicht ausschließen, dass dieser Mann eine totale Pfeife ist.«

»Und jetzt soll ich das morgen auf die Schnelle herausfinden?«

»Du sollst dir nur einen ersten Eindruck verschaffen. Du hast eine unglaublich gute Menschenkenntnis, Ella. Wenn ihr wirklich auf einer Wellenlänge seid, dann wirst du das merken.«

2. Teil

6. Kapitel

3. November 2014 - ganz früh morgens

Mit wenigen geübten Handgriffen richtete er das Teleskop nach Osten und blickte probehalber durch die Linse. Wie immer war er zu früh dran – aber die gewohnte Schlaflosigkeit hatte ihn aus dem Bett getrieben, und es würde noch eine ganze Weile dauern, bis sie sich blicken ließ. Wenn die aufziehende Bewölkung ihm nicht sowieso einen Strich durch die Rechnung machte. Leise seufzend setzte er sich in den Sessel am Fenster und blickte in die Dunkelheit. Tiefschwarz hoben sich die kahlen Bäume vom klaren Nachthimmel ab, der von unzähligen Sternen übersät war. Bei ihrem Anblick spürte er die Faszination, die für ihn davon ausging. Es war diese gewaltige Unendlichkeit und das Wissen darum, dass es noch so viel Unbekanntes gab, das entdeckt werden wollte. Diese unvorstellbaren Raum- und Zeitdimensionen des Universums machten ihm immer wieder klar, wie klein und unbedeutend das alles war, was sich hier auf der Erde und ganz speziell in seinem Leben abspielte.

Nachdem er eine Weile einfach nur da gesessen und den Himmel betrachtet hatte, griff er nach seinen Unterlagen, die neben ihm auf dem kleinen Holztisch lagen. Die genauen Zeitpunkte aller Venusaufgänge der letzten Wochen waren darauf notiert und von ihm mit kleinen Beobachtungsprotokollen ergänzt worden. Noch gute zwanzig Minuten waren demnach zu überbrücken. Zeit genug, um schnell ein paar Fragen zu beantworten.
Beim Starten der App leuchtete das Display ihm blau entgegen. Die Uhrzeit war nicht ideal – das ahnte er. Aber da ohnehin nicht sehr viel Zeit blieb, reichte es auch, einfach nur eine Runde gegen die wartenden Gegner zu spielen, auch wenn keiner von ihnen um vier Uhr morgens auf

seinen Spielzug reagieren würde. Konzentriert tippte er auf die Antwortfelder. Manchmal ärgerte ihn die unkorrekte Formulierung einer Frage oder dass bei den angebotenen Antwortmöglichkeiten etwas als richtig galt, das nach seiner Erkenntnis offensichtlich falsch war. Letztendlich entschied er sich aber dafür, dass es sich lediglich um ein Spiel handelte und er die eingebauten Unzulänglichkeiten auch einfach als erhöhten Schwierigkeitsgrad betrachten könnte. War es nicht eine interessante Herausforderung, eine Frage zu lesen, die richtige Antwort zu kennen und sich dann daran erinnern zu müssen, was in diesem Quiz anzutippen war, um das grüne Licht für eine richtige Antwort zu bekommen?
In seinem Leben stand das Licht in den letzten Jahren leider nicht besonders oft auf Grün. Deswegen genoss er die grüne Welle, auf der er mühelos durch diese virtuelle Welt der Wissensgebiete surfte, und war durchaus bereit, auch mal ein Auge zuzudrücken.

Nachdem die letzten drei Fragen beantwortet waren, blickte er erneut aus dem Fenster. Es war tatsächlich das eingetreten, was er befürchtet hatte. Der Himmel hatte sich komplett zugezogen, seine Beobachtungen würden also nicht stattfinden. Enttäuscht sah er auf das Display des Smartphones und dachte darüber nach, ein paar beliebige Spieler zu einem Quizduell herauszufordern. Alle seine laufenden Duelle bildeten unter der Überschrift »Warten auf« eine lange Liste von Spielernamen, deren Inhaber sich um diese Uhrzeit sicher noch im Tiefschlaf befanden. Aber genau in dem Moment, als er seinen Finger auf das leuchtend grüne Feld mit der Aufschrift »Neues Spiel starten« legen wollte, spielte wider Erwarten jemand zurück. Sowohl überrascht als auch erfreut studierte er den Avatar. Diese Blondine mit Sonnenbrille war ihm bisher gar nicht aufgefallen und auch der Name Ella kam ihm nicht bekannt vor. Offensichtlich war er wohl nicht der einzige Spieler, der sich zu dieser frühen Morgenstunde mit dieser Quiz-App die Zeit vertrieb. Bevor er die neuen Fragen las und beantwortete, dachte er

darüber nach, was für ein Mensch sich wohl hinter dem hübschen Blondinen-Avatar verbarg. In der virtuellen Welt war es so einfach, jung und schön zu sein, jedoch sah die Realität in vielen Fällen dann doch ganz anders aus. Er war mit den Realitäten des Lebens bestens vertraut und verdrängte erfolgreich die Fetzen unliebsamer Erinnerungen, welche sich in seinem Kopf zu regen begannen.
Die Realität sollte jetzt aber nicht sein Problem sein. Ihm gefiel die Vorstellung, noch vorm ersten Morgengrauen gegen diese Blondine zu spielen. Noch besser würde ihm gefallen, gegen diese Blondine zu gewinnen. Der Punktestand sagte ihm, dass die Wahrscheinlichkeit dafür sehr hoch war. Deswegen wartete er gespannt, ob sie gleich nochmal zurückspielen würde. Ihre Antwort ließ auf sich warten, doch gerade als er anfing ungeduldig zu werden, erschien neben ihrem blonden Kopf ein kleiner roter Kreis, in dem eine weiße Eins stand. Mit erhobenen Augenbrauen blickte er auf diese Anzeige und versuchte sich daran zu erinnern, was das zu bedeuten hatte. Bisher war das richtige Beantworten der Fragen die einzige Herausforderung gewesen, die er zu bewältigen hatte. Nach kurzem Nachdenken begann er zu verstehen. Über dieses Symbol gelangte man zur Chatfunktion des Spiels, und vermutlich zeigte der Kreis an, dass dort eine Nachricht eingegangen war. Interessiert tippte er auf das Sprechblasenfeld und las:

Ella **Samu**

Guten Morgen :-)
Schon wach oder noch wach?

Diese Frage ging eindeutig an ihn und es wäre sehr unhöflich, nicht darauf zu antworten. Etwas unbeholfen tippte er deswegen eine Antwort ein, die ihm jedoch so unangemessen kurz erschien, dass er sie kurzerhand um eine Gegenfrage erweiterte.

Ella **Samu**

Guten Morgen :-)
Schon wach. Und selbst? Brauchen so hübsche blonde Frauen denn keinen Schönheitsschlaf?

Zufrieden schickte er seine Botschaft ab und starrte gespannt auf das Display. Würde sie jetzt sofort wieder antworten oder lief das mit diesem Chat genauso wie mit dem Spiel und es vergingen möglicherweise Stunden, bis eine Reaktion erfolgte? Als nach wenigen Augenblicken tatsächlich eine neue Nachricht einging, war er nicht nur hocherfreut, sondern auch fest entschlossen, das Gespräch so zu führen, dass diese Blondine ihm den zähen, grauen Morgen ein wenig verkürzte.

Ella **Samu**

Den brauchen sie definitiv. Aber sie sind flexibel und können auch tagsüber schlafen. ;-)

Klingt nach einem ziemlichen Lotterleben. ;-)

In der Tat. Und schuld ist diese App. ;-) *Und warum bist DU so früh schon wach?*

Um diese Uhrzeit gehe ich immer auf die Jagd nach hübschen, schlaflosen Blondinen. ;-)

Klingt ein bisschen psycho … oder nicht? Muss ich mir jetzt Sorgen machen? :-/

Das war nicht gut. Er durfte sie auf gar keinen Fall verschrecken, sonst wäre es mit dieser kleinen, netten Unterhaltung vielleicht schneller vorbei, als ihm lieb war. Also entschied er sich dazu, ein wenig zurückzurudern.

Ella **Samu**

Nein :-D … *sicher nicht. Das war ein Scherz. Ich bin die Harmlosigkeit in Person.* :-)

Oh … prima …und ich kann mir jetzt aussuchen, was ich glaube … Blondinen-Jäger oder Langeweiler.

Zumindest ist die Blondine nicht auf den Mund gefallen. ;-)

Das ist sie ganz sicher nicht. :-) *Blondinen werden deutlich zu oft mit herabgesetzten geistigen Fähigkeiten in Verbindung gebracht.* ;-)

Ach … du meinst, das entspricht nicht der Realität? ;-)

Die männliche Realität sollte eine gewisse Komplexität besser nicht überschreiten … oder? ;-)

Du bist frech! :-D

Sie gefiel ihm – das konnte er nicht leugnen. Ihre verbale Unerschrockenheit weckte in ihm einen kommunikativen Ehrgeiz. Gleichzeitig meldete sich aber auch sein Gewissen. War es in Ordnung, was er da tat? Aber schon ihre nächste Nachricht ließ ihn seine Zweifel beiseite schieben.

Schließlich war sie hier die treibende Kraft. Er hatte eigentlich nur geantwortet.

Ella **Samu**

Das ist nur eine Begleiterscheinung.
In erster Linie bin ich blond. :-)

Bist du wirklich blond?

Du bist aber neugierig. :-)
Eigentlich eine Eigenschaft, die man auch eher uns Frauen unterschiebt.

Neugier klingt immer so negativ.
Ich bin lediglich daran interessiert, was für Frauen morgens um vier nicht schlafen. :-)

Das sind welche, die auf die Jagd nach harmlosen Typen gehen.

War das die Wahrheit? War er in das Visier einer Jägerin geraten? Obwohl ihm dieses Gedankenspiel gefiel, spürte er Skrupel, sich darauf einzulassen. Wie weit würde sie gehen? Die Geschwindigkeit, mit der sie es schaffte, ihre Antworten zu schreiben, könnte ein Indiz dafür sein, dass sie so etwas häufiger machte. Denn er selbst mühte sich mit dieser kleinen Tastatur des Smartphones doch ziemlich ab. Konzentriert tippte er seine Erwiderung ein und hielt den Atem an, als er sie abschickte.

Ella **Samu**

OK … *ich denke, ich kann mich unter den gegebenen Umständen auch mal mit der Beute-Rolle arrangieren.* ;-)

Einfach so? Ohne Gegenwehr???

Ich denke schon. :-)
Macht mich das als Beute uninteressant?

Wäre möglich. Du könntest mal ein Spiel verlieren … nur um mein Interesse wach zu halten. ;-)

Netter Versuch. :-D Aber du musst dein hübsches Blondinenköpfchen schon ein wenig anstrengen, wenn du gegen mich gewinnen willst.

Ja … das scheint mir auch so. :-)
Aber erstmal leg ich mein hübsches Köpfchen jetzt noch ein wenig hin. Vielleicht funktioniert es ausgeschlafen etwas besser. :-)

Offensichtlich würde er sie nicht mehr lange halten können. Seine Gedanken überschlugen sich, als er fast schon verzweifelt versuchte, den Abschied hinauszuzögern.

Ella **Samu**

Dann schlaf gut, Ella. Heißt du wirklich so?

Danke. Werde ich bestimmt. Ja … ich bin Ella. :-) Dir einen schönen Morgen, Samu. Dein Spielername?

Die Kurzform von Samuel.

OK :-)… Und wirklich auf Blondinenjagd um diese Uhrzeit?

Nein :-)
Ich warte auf den Morgenstern.

Ist es dafür nicht ein bisschen früh?

Nein. Es ist genau richtig. Für mich ist er soeben aufgegangen, liebe Ella.

Das freut mich. Dann bis bald, lieber Samuel. :-)

Wie im Fieber hatte er die Worte in die Smartphonetastatur eingetippt und lächelnd ihre letzte Nachricht gelesen. Seine Begeisterung für diese Form der virtuellen Kommunikation war mit jeder Zeile, die er schrieb, und mit jeder Nachricht, die er erhielt, gewachsen. Obwohl es dann zum Schluss doch etwas aus dem Ruder gelaufen war. Wie hätte er es so plötzlich erklären können, ohne alles Vorherige zu zerstören? Auch wenn er die Euphorie, welche diese überraschende Begegnung ausgelöst hatte, noch spürte, lag ihm am Ende ein bitterer Nachgeschmack auf der Zunge und verdarb das köstliche Gefühl, das sich zuvor in ihm ausgebreitet hatte.

Im dunklen Wohnzimmer sitzend ruhte sein Blick auf der gläsernen Oberfläche des Displays, das mittlerweile automatisch erloschen war. War es ein Fehler, sich auf diesen Chat einzulassen? Hatte der hübsche blonde Avatar ihn dazu verleitet? Vor seinem inneren Auge erschien Ella – die Blondine mit Sonnenbrille. Der Funke war direkt übergesprungen, ohne dass er sich dagegen wehren konnte. Sie hatten vom ersten Moment an dieselbe Sprache gesprochen, und für die Dauer ihrer virtuellen Zweisamkeit fühlte er sich so gut wie schon lange nicht mehr.
Es war nicht seine Absicht gewesen, sie anzulügen. Genau genommen war es ja noch nicht mal eine Lüge. Er hatte lediglich ihre Frage beantwortet – wahrheitsgemäß beantwortet und dann war der Moment, in dem er es hätte richtigstellen können, auch schon vorbei gewesen.

Ruckartig stand er auf und ging in die Küche. Der Himmel war immer noch wolkenverhangen, und trotzdem war aus dem Dunkel plötzlich und unerwartet dieser Stern für ihn aufgegangen. Er sollte dem Ganzen vermutlich nicht zuviel Bedeutung beimessen. Trotzdem kreisten seine Gedanken unablässig um dieses virtuelle Gespräch, und endlich konnte er ein wenig besser nachvollziehen, warum seit einiger Zeit so viele Menschen mit über Smartphones gebeugten Köpfen durch ihr Leben gingen.

Samuel hatte ihm das Chatten ausdrücklich gestattet. Unter gewissen Auflagen selbstverständlich – aber das war eine logische Konsequenz, die sich aus der Situation ergab. Zuerst hatte Samuel ihm einfach nur die Fragen vorgelesen – bevorzugt aus den Kategorien »Zeugen der Zeit« und »Im Labor«. Die Beantwortung machte Spaß, und schließlich ließ Johannes sich das Spiel erklären. Ein idealer Zeitvertreib und er freute sich, wenn er sah, dass er Samuel helfen konnte. Als dieser dann gestern, bereits am zweiten Abend nach seiner Ankunft aus London, abends spontan ausging, um ein paar alte Freunde zu treffen, drückte er Johannes einfach sein Smartphone in die Hand und schlug ihm vor, doch auch mal ein paar Runden zu spielen. Vermutlich war es das schlechte Gewissen, was ihn dazu veranlasste, gemischt mit der Hoffnung, seine Spielstatistik zu verbessern, wenn Johannes eine Weile auf seinem Account spielte.
Aus Gründen, die Johannes kaum nachvollziehen konnte, war es für Samuel scheinbar wichtig, seinen statistischen Rang zu verbessern. Dieser ergab sich aus der Summe der Punkte, die man für gewonnene Spiele erhielt. Niederlagen wurden hingegen meistens mit einem Punktabzug bestraft. Die Spieler mit den meisten Statistikpunkten wurden sogar in einer Bestenliste als Top 50 veröffentlicht. Auf die Frage, ob das denn erlaubt sei, einfach unter einem anderen Namen zu spielen, fing Samuel an zu lachen. Johannes hätte keine Ahnung, was die wirklichen Cheater im Quizduell so treiben würden. Da sei das, was sie beide täten, der reinste

Kindergarten. Am nächsten Morgen wollte Samuel ihm diese Sache mit dem Cheating dann ganz in Ruhe erklären. Fürs Erste wäre es nur wichtig, dass Johannes gut spielte, und für den Fall, dass er chattete, dürfte er natürlich nicht erzählen, dass er auf einem fremden Account unterwegs war. Die anfänglichen Zweifel, die Johannes zu Beginn deswegen plagten, legten sich mit jedem gewonnenen Duell.

In Gedanken kehrte Johannes wieder zu seiner Chatbekanntschaft zurück. War es nötig, Samuel davon zu erzählen? Mit dieser Vorstellung fühlte Johannes sich nicht besonders wohl und spürte, dass er diese Begegnung lieber für sich behalten würde. So wie er auch diese Ella gerne für sich behalten würde. Noch schlief Samuel. Aber weil er schon früh zu einem Termin in die Stadt wollte, würde er spätestens in einer halben Stunde aufstehen. Johannes hatte keine Ahnung, ob er dann sein Smartphone mitnehmen würde. Falls er noch etwas zu dem Chat hinzufügen wollte, dann würde es er jetzt tun müssen. Deswegen startete er die Kaffeemaschine und ging zurück ins Wohnzimmer. Er wollte dieser Ella einfach noch schnell irgendetwas Nettes schreiben. Nur als Zeichen, dass ihr Gespräch noch nicht zu Ende war. Als er die Quiz-App startete, hörte er, wie Samuel die Dusche anstellte. Es blieb nicht viel Zeit, um sich eine geistreiche Formulierung zu überlegen. Seine Augen überflogen die letzten Zeilen des Chats. Er tippte, schüttelte den Kopf und löschte es wieder. Auch der zweite Versuch genügte seinen Ansprüchen nicht. Schließlich hörte er, dass Samuel die Dusche abstellte, wurde nervös – tippte ein drittes Mal ins Chatfenster und schickte die Nachricht endlich ab. Als er dann las, was er geschrieben hatte, rollte er mit den Augen. »Viel zu pathetisch«, dachte er. Rasch legte er das Smartphone zurück auf den Tisch und ging in die Küche, um die Kaffeetassen zu füllen, denn er hörte, wie Samuel das Bad verließ und sich auf den Weg zum Frühstück machte.

»Guten Morgen Paps.« Grinsend und mit nassem, ungekämmtem Haar stand Samuel einen Moment später in der Küche. Er hatte dieses Lausbubengesicht aus Kindertagen nie verloren, obwohl der Dreitagebart keinen Zweifel daran ließ, dass er ein erwachsener Mann war.
»Guten Morgen. Hast du gut geschlafen?« Johannes stellte die gefüllte Tasse vor Samuel auf den Tisch.
«Zu kurz. Es ist deutlich später geworden, als ich geplant hatte. Ich hoffe, ich habe dich nicht geweckt, als ich nach Hause gekommen bin.«
»Nein … kein Problem«, log Johannes. Er war natürlich sehr wohl wach geworden. Seit er alleine lebte, war er nächtliche Geräusche einfach nicht mehr gewohnt. »War es denn nett?«
»Ja … es war super. Und bei dir? Hast du viel gespielt?«
»Habe ich allerdings. Hat ja wirklich seinen Reiz. Wenn man einmal angefangen hat, dann kann man nur schlecht wieder aufhören. … Kennst du deine Gegner eigentlich?«
»Im Moment spiele ich nur gegen unbekannte Leute. Zwischendurch auch mal gegen ein paar alte Freunde von der Uni. Aber das ist eher selten. … Wie weit bist du denn gekommen? Bin ich schon in der Top 50?«
Johannes lachte. »Klar … ganz weit oben.«
Suchend blickte Samuel sich in der Küche um.
»Es liegt im Wohnzimmer«, kam Johannes der Frage seines Sohnes zuvor.
Samuel stand auf, und als er kurze Zeit später mit dem Smartphone in der Hand wieder am Küchentisch saß, pfiff er anerkennend durch die Zähne. »Das nenne ich ja mal einen Sprung nach vorne. Du musst ja nur gewonnen haben.« Er hatte die Statistikseite geöffnet und gesehen, wie weit sein Rang sich an nur einem Abend verbessert hatte.
»Nein … nicht immer«, antwortete Johannes, »aber wenn ich verloren habe, dann gab es meistens kaum einen Punktabzug. Wie weit nach oben willst du denn kommen?«
»Also dreistellig wäre schon toll.«
»Und wo stehst du jetzt?«

»Rang 12.538 … dank deiner Hilfe.« Samuel grinste. »Hast du nicht Lust, mich noch weiter hochzuspielen?«
»In den dreistelligen Bereich? Ich denke, das schaffe ich an den paar Abenden nicht.«
»Ich brauche das Smartphone aber tagsüber eigentlich gar nicht.« Samuel schien an der Idee Gefallen zu finden. »Da brauche ich eigentlich nur mein Diensttelefon.«
Johannes dachte an Ella und musste unwillkürlich lächeln. »Und ich soll dann Tag und Nacht für dich durchspielen? Das ist dann aber Cheating, oder?«
Samuel schüttelte den Kopf. »Nein … jedenfalls nicht so richtig. Cheating ist eigentlich viel krasser. … Da sagen die Gegner sich gegenseitig die Antworten vor, oder sie benutzen spezielle Cheat-Programme … oder sie schalten in den Flugmodus, um an die richtige Antwort zu kommen. Das, was wir machen, ist schon OK … fällt unter Familienhilfe.« Samuel hatte scheinbar das Gefühl, seinen Vater überreden zu müssen.
Dabei war die Entscheidung für Johannes schon lange gefallen. Er wollte sich lediglich nicht anmerken lassen, wie gut ihm die Idee gefiel, Samuels Smartphone in den nächsten Tagen rund um die Uhr zur Verfügung zu haben. »Wenn du meinst. … Dann werde ich mal sehen, was ich für dich tun kann.«
»Super, Paps.« Schwungvoll schob Samuel das Gerät über den Küchentisch und stand auf. »Ich muss jetzt los. Mein letzter Termin ist um 17.00 Uhr. Wir können uns später zum Abendessen in der Stadt treffen.«
»Ja so machen wir das.« Lächelnd strich Johannes über das kühle Glas des Displays.

Nachdem Samuel das Haus verlassen hatte, beantwortete Johannes zunächst ein paar E-Mails von Studenten, die keinen Aufschub duldeten. Grundsätzlich versuchte er, die Zeit, wenn sein Sohn ihn besuchte, möglichst frei von Terminen zu halten, damit er viele Stunden mit ihm verbringen konnte. Meistens war Samuel dann aber derjenige, der keine

Zeit hatte, und Johannes nutzte schließlich den Freiraum, um Liegengebliebenes zu erledigen.
Später saß er dann am Schreibtisch und beantwortete Quizfragen. Seine Blondine hatte sich immer noch nicht gemeldet. Wenn sie wirklich erst in den frühen Morgenstunden schlafen gegangen war, dann würde sie sicher nicht vor Mittag aufstehen. Schon ein eigenartiger Lebenswandel. Er würde zu gerne mehr über sie erfahren. Hoffentlich hatte seine letzte Nachricht sie nicht verschreckt. Mit dem »Morgenstern« hatte er vielleicht doch etwas zu dick aufgetragen. Aber in der Eile war ihm einfach nichts Besseres eingefallen.
Um die Spielstatistik seines Sohnes weiter zu verbessern, stürzte Johannes sich also in die Duelle und forderte unzählige beliebige Spieler heraus. Auf gar keinen Fall wollte er riskieren, dass Samuel seine Entscheidung bereute und in den kommenden Tagen wieder den Anspruch auf sein Smartphone geltend machte. Nach fast zwei Stunden konzentrierten Spielens ging endlich die Nachricht bei ihm ein, auf die er schon den ganzen Vormittag gehofft hatte.

Ella **Samu**

Hoffentlich hast du noch ein wenig schlafen können. Ich wünsche dir einen guten Tag, mein Morgenstern. :-)

Vielen Dank. :-) *Den wünsche ich dir auch. ... Dein Morgenstern hat noch geschlafen … leider etwas zu lange.*

Ella meldete sich nicht nur zurück, sondern bezeichnete sich auch als »seinen Morgenstern«. Ganz so peinlich schien sie diese Anrede demnach nicht gefunden zu haben. Sofort stellte Johannes alle anderen Duelle ein und konzentrierte sich voll und ganz auf seine Chatpartnerin. Er hatte sich fest vorgenommen, herauszufinden wie alt sie überhaupt war.

Natürlich durfte er dabei auf gar keinen Fall mit der Tür ins Haus fallen.
Abgesehen davon machte es Johannes einfach unglaublichen Spaß, zwischen den Fragen und Antworten ein paar witzige Sätze hin- und herzuschicken. Ellas Schlagfertigkeit reizte ihn – spornte ihn an – beflügelte ihn. Trotzdem hatte er sich fest vorgenommen, sein Ziel nicht aus den Augen zu verlieren. Die Altersfrage musste einfach geklärt werden, denn die Vorstellung, möglicherweise mit einer Minderjährigen zu chatten, bereitete ihm ein ungutes Gefühl. Johannes fragte sich, wo er die Grenze ziehen würde.
Während er immer noch darüber nachdachte, wie das Gespräch möglichst unauffällig in eine Richtung gelenkt werden könnte, die zur Klärung der Altersfrage beitrug, bot Ella ihm den Schlüssel unvermittelt auf einem silbernen Tablett an.

Ella **Samu**

Sehr charmant. Dankeschön. :-)
Leider muss ich jetzt Schluss machen.

Warum? Was hast du vor?

Meine Vorlesung fängt gleich an.

Angespannt starrte Johannes auf Ellas letzte Nachricht. Minderjährig war sie demnach wahrscheinlich nicht mehr, aber was sollte er tun, wenn sich herausstellte, dass sie erst um die zwanzig war? Damit hätte er ein Problem – das war nicht zu leugnen. Diese ganze Situation war sowieso schon ziemlich skurril, und er hatte keine Ahnung, was er da eigentlich tat. Aber Johannes musste zugeben, dass er der Faszination des virtuellen Gespräches mit dieser Ella bereits ziemlich erlegen war, und dass er an dieser Stelle ungern mit einer Erkenntnis konfrontiert werden würde, die von ihm verlangte, den Kontakt abzubrechen. So ließ ihn die Eröffnung, dass Ella eine Frau Mitte dreißig war, wenige Minuten später hörbar aufatmen. Damit war der Altersunterschied zwischen ihnen beiden zwar immer noch gravierend – schließlich war sie fast genauso alt wie sein Sohn – aber Ella war zumindest eine erwachsene Frau, und der Weiterführung ihres Chats stand aus moralischer Sicht demnach nichts im Wege.

Johannes war sehr früh Vater geworden, und sein Lebensentwurf war durch die ungeplante Schwangerschaft von Rebekka so ziemlich über den Haufen geworfen worden. Sie waren beide erst 21, als Samuel zur Welt kam, und für Rebekka hatte ein Abbruch der Schwangerschaft aus religiösen Gründen niemals zur Debatte gestanden. Die kleine Hochzeit fand letztlich nur ihren Eltern zuliebe statt, aber Johannes hatte diesen Schritt nie bereut. Solange Rebekka schwanger war, malten die beiden sich in den schillerndsten Farben aus, wie ihr Studium und das Leben zu dritt weitergehen würden. Aber schon nach wenigen Monaten mit einem anstrengenden Säugling waren sie desillusioniert und einfach nur müde.
Rebekka fiel es schwer, den kleinen Samuel immer wieder in fremde Hände abzugeben, damit sie ihre Vorlesungen besuchen konnte. Das tatsächliche Leben zwischen Uni und Baby entfernte sich mehr und mehr von ihren Vorstellungen. Sie musste zugeben, dass sie sich ihr Dasein als Mutter ursprünglich immer ganz anders vorgestellt hatte, und hasste es, permanent mit einem schlechten Gewissen in den Vorlesungen zu sitzen. Nach sechs Monaten zog sie die Konsequenzen und brach das Studium ab. Wenn Samuel in den Kindergarten kam, wollte sie es eigentlich fortsetzen, verschob den Termin dann aber auf die Einschulung und letztendlich verzichtete sie ganz darauf. Stattdessen arbeitete Rebekka später als ungelernte Teilzeitkraft in einem Büro und machte nie den Eindruck, dass sie ihren Verzicht bereute.

Johannes hatte die Entscheidungen seiner Frau immer akzeptiert. Insgeheim war er sogar erleichtert, dass sie sich die Betreuung von Samuel, nicht wie ursprünglich geplant, teilten, denn für ihn lief die Karriere an der Uni sehr gut. Da er fleißig und bei seinen Professoren beliebt war, ebnete sich der Weg bis zum Diplom ohne nennenswerte Probleme. In den Zeiten als Doktorand verdiente er sogar schon Geld und konnte damit seine kleine Familie über Wasser halten. Er hatte einfach die Gabe, zur rechten Zeit am rechten Ort zu sein, und als dann eine passende Stelle an seinem Lehrstuhl frei wurde, war die offizielle Ausschreibung nur reine Formsache. Jedem war klar, dass Johannes genau der Richtige für diesen Posten war.

Über die Weiterführung seines virtuellen Gespräches mit Ella dachte Johannes deutlich mehr nach, als es ihm angemessen erschien. Immer wieder drifteten seine Gedanken dahin ab, und er fragte sich ernsthaft, ob er für solche Spielchen nicht deutlich zu alt war. In der letzten Zeit hatte Johannes sich zunehmend zurückgezogen. Irgendwie war ihm mit den Jahren das Interesse an seinen Mitmenschen verloren gegangen, und er empfand alle Termine, die nicht unmittelbar mit seinem Beruf zu tun hatten, als anstrengend und unnötig. So zog er es mittlerweile vor, die Abende alleine zu Hause zu verbringen, und ganz allmählich hatte sich eine Dunkelheit um ihn herum gelegt, die weder von außen noch von innen leicht zu durchdringen war.
Die einzigen Lichtblicke waren die Besuche seines Sohnes, der es mit seiner jugendlichen Dynamik immer wieder schaffte, ihn aus seinem Schneckenhaus zu locken. Aber darüber hinaus konnte Johannes sich nicht mehr für etwas begeistern, das sich außerhalb seiner eigenen vier Wände abspielte. Er hatte sich schon oft gefragt, ob seine Empfindungen noch als normal eingestuft werden konnten. Waren das möglicherweise die Auswirkungen der berüchtigten Midlife Crisis? Wobei man in seinem Fall ja auch bei opti-

mistischen Berechnungen gar nicht mehr vom Midlife sprechen konnte.
Was auch immer der Grund dafür war, dass dieses zähe, dunkle Gefühl ihn nun schon seit geraumer Zeit umschloss – durch das virtuelle Zusammentreffen mit dieser jungen Frau hatte sich irgendwas in ihm verändert. Plötzlich spürte Johannes eine Lebendigkeit in sich, die er schon fast vergessen hatte. Die Begegnung mit Ella war tatsächlich wie der Aufgang eines Sterns für ihn gewesen, und von ihrem strahlenden Licht konnte er einfach nicht genug bekommen. Allerdings konnte er sich bei allem Optimismus nur schwer vorstellen, dass Ella daran interessiert war, mit einem Mann zu chatten, der so viel älter war als sie. Mit seinen 56 Jahren würde er eine tolle Vaterfigur abgeben – aber ihre Kommunikation entsprach sicher nicht dem klassischen Vater-Tochter-Gespräch.
Sehnsüchtig warf er einen Blick auf das Smartphone. Die integrierte Uhr sagte ihm, dass die üblichen Vorlesungszeiten sich ihrem Ende näherten. Da er die letzte Nachricht geschrieben hatte, war Ella nun diejenige, die antworten musste. Würde sie sich wieder bei ihm melden? Er spürte Ungeduld und Unsicherheit. Teenagergefühle. Aber Ella enttäuschte ihn nicht, und vielleicht war das der Grund dafür, dass er sie auch nicht enttäuschen konnte. Irgendwie glaubte er, keine andere Wahl zu haben, wenn er Ella nicht verlieren wollte.

Ella **Samu**

Wenn du kein Scharlatan
bist, was bist du dann, Samuel?

Aha … ich habe endlich dein
Interesse geweckt??? :-)

Hast du. :-)
Also: Alter / Beruf / Schuhgröße???

Zumindest kannst du klar formulieren, was dich interessiert. Vom »Drum-Herum Reden« hast du auch noch nichts gehört, oder? ;-)

Das ist mir zu mühsam. :-) Was ist los? Hast du kein Herz für Blondinen?

Ich habe definitiv ein Herz für Blondinen. Alter: 34 Jahre, Kommunikationsdesigner, Schuhgröße: 44 ½

Wie konnte sich etwas gleichzeitig so gut und so bitter anfühlen? Johannes versuchte, sein schlechtes Gewissen damit zu beruhigen, dass Samuel ihm schließlich den Auftrag dazu gegeben hatte, ausschließlich unter seinem Namen zu chatten. Natürlich hinkte diese Argumentation. Johannes hatte schon wiederholt die Chance, alle Karten offen auf den Tisch zu legen, ungenutzt verstreichen lassen. Was um alles in der Welt tat er da eigentlich?

7. Kapitel

3. November 2014 - spät am Abend

Auch wenn Johannes den Abend mit seinem Sohn sehr genoss, wanderten seine Gedanken während des gemeinsamen Essens immer wieder zurück zu Ella. Während er mit Samuel im Restaurant saß, stellte er sich vor, wie sie wohl ihren Abend verbringen würde. Eine 35jährige Frau, die im 5. Semester Psychologie studierte und in Hamburg lebte – die saß ganz sicher nicht alleine zu Hause und schmachtete in der Hoffnung, dass er sich bei ihr meldete, ihr Smartphone an. Vermutlich wäre es taktisch unklug, sie mit seinen Nachrichten zu überfluten. Deswegen verordnete Johannes sich schweren Herzens eine Chatpause bis zum nächsten Vormittag.

Es folgte eine unruhige Nacht, und besonders in den frühen Morgenstunden, die er an seinem Teleskop verbrachte, fiel ihm seine virtuelle Zurückhaltung immer schwerer. Waren sie sich wirklich erst am Vortag begegnet? Johannes versuchte, alles noch einmal zu rekonstruieren, während er das Fernrohr neu ausrichtete. Wie war es möglich, in so kurzer Zeit ein so intensives Gefühl der Nähe zu einem Menschen aufzubauen, den man noch nie in seinem Leben gesehen hatte? – und auch nie in seinem Leben sehen würde – fügte er konsequenterweise in seinen Gedanken hinzu. Für einen kurzen Moment stach die Perspektivlosigkeit seiner Situation in aller Deutlichkeit hervor. Er ließ diesen Augenblick einfach vorüberziehen.
Im ersten Morgengrauen erlag er schließlich der Versuchung und warf seinen Vorsatz, den er so viele Stunden fast schon krampfhaft verteidigt hatte, über Bord. Vielleicht passte er Ella noch ab, bevor sie wieder für Stunden in ihre Vorlesungen verschwand.

Ella	**Samu**
	Guten Morgen, Ella. :-) Ich habe dich gestern vermisst.
Guten Morgen, Samu :-) Ich bin doch ein Morgenstern … da hat man am Abendhimmel doch gar nichts zu suchen. ;-)	
	So einfach kannst du dich leider nicht rausreden ;-) Der Morgenstern ist genau genommen auch der Abendstern.

Als Samuel in die Küche kam, hatte Johannes sein nettes morgendliches Gespräch mit Ella gerade beendet und das Smartphone lag vor ihm auf dem Tisch. Was würde sein Sohn wohl sagen, wenn er wüsste, was sein alter Herr da gerade in der Parallelwelt des Quizduells veranstaltete? Johannes beobachtete aus den Augenwinkeln, wie Samuel nach dem Gerät griff und es einschaltete. Bemüht um einen neutralen Tonfall fragte er: »Na? … Überprüfst du unser statistisches Fortkommen?«
»Nein. Ich schaue nur nach, was gestern bei Facebook so los war. Nicht, dass ich am Ende noch was Wichtiges verpasse.« Dabei zwinkerte er seinem Vater schelmisch zu. Der sollte schließlich nicht glauben, dass auf Facebook tatsächlich irgendetwas Wichtiges passierte.
Es schien eine kleine Ewigkeit zu vergehen, bis Samuel endlich das Smartphone wieder zur Seite legte. »Wie ist es denn so?«, fragte er grinsend.
»Wie ist was?« In Johannes' Tonfall klang leichte Irritation.
»Unser statistisches Fortkommen.«
»Ach so, … alles bestens«, antwortete Johannes, »ich denke, heute Abend schaffe ich es auf einen vierstelligen Rang. Dann gehörst du zumindest schon mal zu den oberen Zehntausend.«

Samuel musterte seinen Vater und hatte den unbestimmten Eindruck, dass irgendetwas anders war. In den letzten paar Jahren hatte sich Johannes spürbar verändert. Er wirkte oft in sich gekehrt und müde. Auch wenn er immer bemüht war, das vor seinem Sohn zu verbergen, hatte Samuel sich nicht täuschen lassen. Allerdings ergab sich nie die passende Gelegenheit, ihn darauf anzusprechen, und so wusste Samuel nicht, ob es für das veränderte Verhalten seines Vaters einen spezifischen Grund gab.

Aber an diesem Morgen wirkte er deutlich lebendiger. Fast schon angespannt. »Hast du heute etwas vor?«, fragte Samuel neugierig.

»Ich dachte, ich koche uns heute was Schönes, oder hast du schon Pläne für den Abend?«

»Ja … sorry … ich bin schon verabredet. … Wenn du willst, dann kann ich das aber auch verschieben.«

»Nein, nein. Triff dich ruhig mit deinen Freunden. Wir können auch an einem anderen Abend hier zusammen essen.« War diese Antwort nicht etwas zu schnell gekommen? Johannes lächelte seinem Sohn zu: »Ich habe ja eine Mission zu erfüllen«, und bei diesen Worten tippte er auf das Smartphone, das zwischen ihnen lag.

Den Nachmittag hatte Johannes komplett für Quizduell reserviert. Wenn es ihm gelingen würde, den Rang wirklich so weit zu verbessern, dass Samuel zu den »oberen Zehntausend« gehörte, könnte er sich am Abend voll und ganz dem Chat mit Ella widmen. Voller Vorfreude begann er damit, Fragen zu beantworten – fest entschlossen, sich von nichts und niemandem dabei stören zu lassen. Als seine Pläne eine halbe Stunde später dann doch durchkreuzt wurden, freute er sich trotzdem.

Ella	**Samu**
Hi Samu :-)… Was machst du gerade? Kann ich dich ein wenig von der Arbeit abhalten?	

DU??? … Definitiv immer!!! :-)
Was ist los? Hast du Langeweile?

Eigentlich habe ich noch was zu tun. Ich gönne mir nur eine kleine Pause.

Selbst als Pausenfüller fühlte Johannes sich gut. Solange er in Ellas virtueller Nähe war, schien alles andere um ihn herum zu verblassen. In der kurzen Zeit, die seit ihrer ersten Begegnung vergangen war, hatte sich zwischen ihnen schon fast so etwas wie Vertrautheit entwickelt. Ellas Art zu schreiben machte ihn fröhlich – auch wenn es dabei meist nur um Banalitäten ging. Sternenklare Fröhlichkeit – ein Gefühl, das sich bei ihm in der Vergangenheit immer seltener einstellte – Ellas Nachrichten zauberten es mit einer Mühelosigkeit hervor, die ihm fast schon ein wenig Sorge bereitete, wenn er darüber nachdachte. Deswegen tat er es nicht.
So traf es ihn dann trotz aller Lebenserfahrung letztendlich wie ein Blitz aus heiterem Himmel, und von einer Chatnachricht zur nächsten veränderte sich alles.

Ella **Samu**

Was wirst du denn heute Abend Schönes kochen?

Es läuft vermutlich auf Spaghetti Bolognese hinaus.

Für wie viele Personen?

Für zwei.

Für dich und deinen Freund?

Für mich und meinen Mann.

Mit versteinerter Miene blickte Johannes auf das Display, und obwohl er wusste, wie albern das war, fühlte er sich ernüchtert. Was machte das schon für einen Unterschied? Ella war nur eine unverbindliche, virtuelle Bekanntschaft und mehr nicht. Genau genommen war er selbst noch nicht einmal Teil dieser Bekanntschaft, da er sich offensichtlich dazu entschlossen hatte, die Identität seines Sohnes zu benutzen.
Zerknirscht machte Johannes sich klar, dass diese Frau aus vielen Gründen niemals eine Rolle in seinem realen Leben spielen würde. Die Tatsache, dass Ella offensichtlich verheiratet war, machte diese groteske Situation also nicht viel schlimmer, als sie sowieso schon war.
Ärger stieg in Johannes auf und er fragte sich, ob so etwas anderen Männern wohl auch passierte? Plötzlich fühlte er sich von dieser Person, die er nicht kannte, die viel zu jung für ihn war und die zu allem Überfluss auch noch verheiratet war, so angezogen wie ein Mittzwanziger unter Hormonhochdruck. Während ihres letzten Chats hatte Johannes sich sogar kurz der Vorstellung hingegeben, wie er Ella hier bei sich zu Hause bekochte und so verwöhnte, dass sie alle Brücken hinter sich abbrechen und bei ihm bleiben würde. Mit düsterer Miene schüttelte er den Kopf und wusste wirklich nicht, was er besser ertragen konnte – diese selbst gewählte Einsamkeit in Verbindung mit einer depressiven Verstimmung oder dieses unangemessene Gefühl von Enttäuschung und Herzschmerz, das weder der Situation noch seiner Person zustand?

Den Impuls, sich zu betrinken, unterdrückt er, nach einem Blick auf die Uhr. Erstens war es dafür noch reichlich früh, und zweitens hatte sich diese Methode auch in seiner Vergangenheit nicht als guter Problemlöser erwiesen. Unter pragmatischen Gesichtspunkten war die Lösung seines Problems auch im nüchternen Zustand mehr als einfach. Er würde diese Wendung einfach zum Anlass nehmen und den Kontakt zu Ella abbrechen – so einfach war das. Schlechter als jetzt würde er sich dann bestimmt auch nicht fühlen, und der Erklärungsnotstand, sowohl Samuel als auch Ella gegenüber, wäre auf diese Weise ebenfalls behoben. »Den Weg des geringsten Widerstands nehmen«, nennt man das wohl. Eine Methode, die Johannes durchaus vertraut war. Mit hängenden Schultern ging er in die Küche und öffnete, die Uhrzeit ignorierend, eine Flasche Rotwein.

Als Samuel gegen 23 Uhr nach Hause kam, fand er seinen Vater in einer scheinbar entspannten Situation vor.
Johannes hatte es sich auf dem Sofa gemütlich gemacht und hielt ein Glas Wein in der Hand. Auf dem Küchentisch stand die halbvolle Flasche, und so füllte Samuel sich ebenfalls ein Glas und setzte sich neben seinen Vater auf die Couch. In vielen Haushalten sieht man auf den Fernseher, wenn man auf dem Sofa Platz genommen hat, aber Johannes hatte das Möbelstück aus schwarzem Leder so ausgerichtet, dass man von dort durch die bodentiefen Fenster in den Himmel schaute. Das Teleskop stand rechts neben ihnen. Samuel betrachtete es interessiert und eröffnete das Gespräch: »Worauf ist es ausgerichtet?«
»Auf die Venus.«
»Ah … die habe ich schon verpasst, oder?«
»Nein. Sie kommt noch. Drei Stunden vor Sonnenaufgang.«
»Willst du so lange aufbleiben?«
»Ich denke, das ist nichts mehr für mich. Ich bin zu alt für den Morgenstern.«
»Du klingst deprimiert. Ist alles in Ordnung?«
»Ich bin nur realistisch. In meinem Alter ist ausreichend Schlaf sehr wichtig.«
Samuel rollte die Augen: »Komm Paps, du redest ja wie Methusalem. Andere Männer werden in deinem Alter noch Vater.« Er biss sich auf die Lippe. Einen unpassenderen Kommentar hätte er wirklich nicht abgeben können.
Johannes unterbrach die peinliche Stille, die sich ausgebreitet hatte: »Das mit dem Vater-Werden überlasse ich dir,

mein Junge. Wie sieht es da aus? Hast du jemanden im Visier?«
»Ich verspreche dir … du bist der erste, der es erfährt, wenn es so ist.«
»Gibt es denn keine hübschen Mädchen in London?«
Obwohl die beiden Männer miteinander sprachen, wandte keiner den Blick vom nächtlichen Himmel.
»Jede Menge … aber Schönheit alleine ist keine gute Basis, oder?«
»Ich weiß … man muss auch mal über den Opiumkrieg reden können.«
Samuel grinste über den trockenen Kommentar seines Vaters. Dann leerte er das Glas und ließ Johannes, der keine Anstalten machte, ebenfalls ins Bett zu gehen, alleine im Wohnzimmer zurück.

Es verlangte eine große Selbstbeherrschung, die Zeit verstreichen zu lassen, ohne sich bei ihr zu melden – aber Johannes blieb standhaft. Zumindest so lange, bis Ella ihm eine Nachricht schickte. Zunächst öffnete er diese nicht einmal – sozusagen als Zeichen seiner inneren Gegenwehr – obwohl allein das Wissen darum, dass sie sich mitten in der Nacht bei ihm meldete, sein Herz schneller schlagen ließ. Er blickte auf ihren Avatar und fragte sich, warum sie das tat. Schließlich war sie verheiratet. Was trieb diese Frau in diesen Chat? Was trieb diese Frau zu ihm? Seine Freude mischte sich mit Ratlosigkeit. »Was mache ich hier bloß?« Die Frage, die er halblaut ausgesprochen hatte, hing einen Moment lang in der Dunkelheit des Raumes. Johannes schüttelte den Kopf, öffnete das Chatfenster und beim Lesen ihrer Sätze schmolz sein Vorsatz dahin. Wider aller Vernunft.

Ella **Samu**

Hi Samuel :-)
Jetzt bin ich mal als Abendstern unterwegs. Bist du noch wach?

Ja …. bin ich. :-) Du offensichtlich auch. Abendsternzeit ist eigentlich schon vorbei. Was ist los? Bist du noch nicht müde?

Wie jetzt? Abendsternzeit vorbei? Müde? Ich? … Nicht die Spur. :-)

In der Nacht ist die Venus nie zu sehen. Nur am Abend oder am Morgen. :-) Woran liegt es, dass du nicht müde bist? Oder ist das immer so?

Nein. Das ist nicht immer so. Ich bin heute einfach irgendwie unruhig.

Ihr ging es auch nicht gut – das spürte Johannes ganz deutlich, und sofort stellte sich bei ihm das Bedürfnis ein, schützend seinen Arm um sie zu legen. Was war das wohl für eine Ehe, die sie führte? Sollte es nicht ihr Mann sein, der sich um sie kümmerte, wenn sie nachts unruhig war? Johannes wusste leider nur zu gut, dass es nicht immer so einfach war, in einer Beziehung das Richtige zu tun, und er würde sich jetzt ganz sicher nicht zum Moralapostel aufschwingen. Sollte Ella jemals das Bedürfnis haben, mit ihm über ihre Ehe zu sprechen, würde er sein Bestes tun, um ihr ein guter Ratgeber zu sein. Sein Bedürfnis, Näheres zu erfahren, hielt sich allerdings in Grenzen. In diesem Chat gehörte Ella nur ihm – das war alles, was für ihn zählte.

Ella **Samu**

Kann ich etwas dazu beitragen, dass das wieder besser wird? :-)

Tust du gerade. Danke. :-)

Es ist mir eine Freude. :-) Ich muss aufpassen, dass ich nicht zu schnell wirke.

Warum?

Dann schläfst du ein und lässt mich alleine zurück.

Es tat ihm einfach nur gut, dass sie da war. Natürlich war ihm klar, dass sie im wahren Leben niemals zueinander passen würden. Da gab es einfach zu viele Hindernisse. Aber diese virtuellen Momente gehörten nur ihnen beiden. Sie waren partnerlos, alterslos, grenzenlos …

Ella **Samu**

Was hatte dich denn beunruhigt? Lagen dir die Spaghetti schwer im Magen?

Vielleicht ein wenig. Dir auch?

Ja … vermutlich … aber jetzt habe ich alles verdaut, und es geht mir wieder gut. :-)

Mir auch. :-)

Weißt du Ella … das hier ist keine leichte Kost. Nicht für mich und für dich anscheinend auch nicht.

Du meinst, so etwas muss man mit Vorsicht genießen?

Mit größter Vorsicht. Sonst fühlt man sich am Ende schrecklich unwohl.

Im Moment fühle ich mich aber alles andere als unwohl. :-)

So geht es mir auch. :-) *Ich hätte nie geglaubt, dass so etwas überhaupt möglich ist.*

Diesen Moment des Miteinander-Wohlfühlens zog er noch ein wenig in die Länge und genoss ihn, bis die Vernunft es gebot, schlafen zu gehen. Hinterher lag Johannes noch eine Weile wach und verdrängte die Realität. »Nähe ist keine Frage der Entfernung«, hatte Ella ihm geschrieben. Sie war ihm so nah gekommen, dass es schmerzte. Bis zum Hals steckte er in dieser aussichtslosen Geschichte und hatte nicht den Hauch einer Ahnung, wie es weitergehen könnte.

Aber es ging weiter. Schon nach wenigen Tagen kannte er ihren Tagesablauf, wusste, wann Ella Zeit hatte, ihm zu schreiben und wann er sich gedulden musste. Trotzdem lag Johannes irgendwie den ganzen Tag auf der Lauer und hoffte darauf, etwas von ihr zu hören. Manchmal schaffte Ella es auch, ihn zu überraschen, wenn eine Vorlesung ausfiel oder sie beschlossen hatte, dass es schöner war, mit ihm zu chatten als in einem langweiligen Seminar zu sitzen. Dann beschrieb sie ihm nicht nur, was sie gerade verpasste, sondern auch, wie die Novembersonne durch die Fenster des Cafés fiel und in ihrer Teetasse funkelte und was für ein süßes Gebäck sie dazu aß. Alles, was Ella schrieb, fühlte Johannes ein kleines bisschen mit. Er erinnerte sich plötzlich wieder an den unverwechselbaren Geschmack von Zuckerguss und lebte mit jedem Chat etwas mehr auf. Schließlich begann er sogar damit, Spaziergänge zu unternehmen, wenn er wusste, dass auch Ella mit ihrem Hund unterwegs war. So fühlte er sich ihr noch näher.

Samuel hatte ziemlich irritiert geguckt, als sein Vater damit begann, trotz des ungemütlichen Novemberwetters das Haus zu verlassen. Angesichts der Tatsache, dass Johannes ihm nicht wahrheitsgemäß erklären wollte, was ihn in die feuchte Kälte hinaustrieb, musste Samuel sich mit der Erklärung begnügen, dass viel Bewegung an der frischen Luft seinen Vater nachts einfach besser schlafen ließ. Dass Johannes zu diesen Aktivitäten unbedingt das Smartphone mitnehmen musste, verstand Samuel offensichtlich auch nicht. Allerdings schien er das Gerät für die Zeit seines Aufenthalts sowieso schon abgeschrieben zu haben.
Auch Ella erzählte Johannes nichts davon, wenn er sie auf ihren Hunderunden begleitete. Als sie ihm das erste Mal von Morty geschrieben hatte, recherchierte er anschließend im Internet alles Mögliche über den Labrador als Begleithund. Wenn er dann abends in der Dunkelheit noch unterwegs war, stellte er sich gerne vor, dass Ella mit ihrer großen, schwarzen Hündin neben ihm her ging. Es war über alle Maßen skurril, was er da tat – aber es fühlte sich trotzdem über alle Maßen gut an. In seinen Gedanken war Ella permanent anwesend. Sie war sein erster Gedanke, wenn er früh morgens die Augen aufschlug, und der letzte, wenn er spät abends in den Schlaf sank.

Es war schon lange her, dass Johannes sich von so einer sinnlosen, fixen Idee hatte davontragen lassen. Mit aller Macht bemühte er sich, die Bilder der Vergangenheit zu verdrängen, die immer wieder vor seinem inneren Auge aufblitzten. Zu viel Schmerzhaftes haftete diesen Erinnerungen an. Zu viel Schuld, die er auf sich geladen hatte. Das lag alles schon so lange zurück – er hatte es begraben und vergessen – und war immer sehr froh darüber gewesen, dass diese ganze Geschichte von allen, die davon wussten, so behandelt wurde, als wäre sie niemals passiert. In seinen dunklen Stunden war ihm natürlich sehr bewusst, dass er diese Last für den Rest seines Lebens mit sich tragen würde. Seitdem er mit Ella auf dieser rosaroten Wolke saß, bemühte Johannes sich darum, seine Aufmerksamkeit auf einen unbestimmten Punkt am Horizont zu richten. Das Zurückblicken auf den schwarzen Himmel seiner Vergangenheit machte keinen Sinn mehr. Es war zu spät. Den Rest seiner Zeit wollte er nicht mit Gedanken an etwas verschwenden, das er sowieso nicht mehr ändern konnte.

Die Sache mit der Zeit war sowieso ein Problem, denn ein Aspekt, den er beim besten Willen nicht länger verdrängen konnte, war, dass Samuels Aufenthalt in Frankfurt sich langsam seinem Ende näherte. Was würde dann aus seinem Kontakt zu Ella werden? Es war wirklich dringend nötig, sich Gedanken darüber zu machen. Aber alle Möglichkeiten, die Johannes einfielen, waren mit der Gefahr verbunden, dass diese große Lüge, auf der ihre virtuelle Freundschaft basierte, dadurch ans Tageslicht kam.
So könnte er in Zukunft über WhatsApp mit ihr Kontakt haben oder extra für seine Korrespondenz mit Ella einen neuen E-Mail-Account einrichten, – aber egal, was er tat – alles wäre nur eine zusätzliche Unwahrheit, die ihn letztendlich nur weiter von ihr wegtreiben würde. Die Frage war auch, wie er Ella einen solchen Wechsel dann erklären sollte. Eine weitere Möglichkeit war, zu behaupten, dass er in Zukunft einen neuen Quizduell-Account benutzte, weil mit dem alten irgendetwas nicht in Ordnung war. Oder war es besser, ihr zu sagen, dass er ganz aus dem Quizduell ausstieg? Dieses würde dann zumindest einen Wechsel zu WhatsApp oder E-Mails plausibel machen.
Auch wenn die Zeit drängte, konnte Johannes sich zu keiner der angedachten Möglichkeiten durchringen. Ein paar Tage blieben ihm schließlich noch. Vielleicht fiel ihm bis dahin noch etwas Besseres ein.

Vor Samuel konnte Johannes das, was mit ihm passierte, nur schlecht verbergen. Immer häufiger merkte er, wie sein Sohn ihn mal mit neugierigem und dann wieder mit kritischem Blick musterte. Die Begründung, dass seine gute Laune etwas mit Samuels Anwesenheit zu tun hatte, wurde von diesem abgenickt, aber nicht wirklich geglaubt.
Das Vertrauensverhältnis zwischen den beiden Männern hatte sich in den vergangenen Jahren wider Erwarten gut erholt. Johannes hatte auch alles, was in seiner Macht stand, dafür getan, dass sein Sohn wieder den Weg zu ihm fand. Es waren ein paar schwierige Jahre und Johannes konnte immer noch nicht nachvollziehen, warum sein Sohn sich zu Beginn seines Studiums so entschieden von ihm abgewandt hatte. Aber letztendlich zeigte sich dann, dass Blut doch dicker als Wasser war. Die schwere Erkrankung von Rebekka nahm einen großen Einfluss darauf, dass Samuel letztendlich bereit war, einzulenken. Die Vorstellung, dass sie ihren Sohn alleine zurücklassen musste, war für Rebekka sehr belastend gewesen. Johannes wusste, dass Samuel nur ihr zuliebe den Kontakt zu seinem Vater wiederbelebt hatte, und als Rebekka dann vor vier Jahren schließlich am Ende ihrer Kräfte angekommen war, starb sie mit der Gewissheit, dass Vater und Sohn ihre Krise überwunden hatten. Aber Versöhnung hieß nicht Vergessen, und das Misstrauen im Blick seines Sohnes ließ Johannes ahnen, dass immer noch etwas zwischen ihnen stand.

8. Kapitel

11. November 2014 - am späten Vormittag

Etwas gereizt schloss Samuel die Wohnungstür hinter sich. Der letzte Besprechungstermin war alles andere als gut gelaufen, und schuld war seine Kollegin, die bei der Vorbereitung der Präsentation geschlampt hatte. Die laienhafte Grafik der Tabellen hatte so gewirkt, als ob ein Praktikant zum ersten Mal Powerpoint ausprobiert hatte, und diese Tippfehler, mit denen jede dritte Seite gespickt war, hatten dem Ganzen dann wirklich noch die Krone aufgesetzt. Das schlechte Gefühl, dass er von vornherein bei dieser Person gehabt hatte, bestätigte sich immer wieder aufs Neue, und er nahm sich fest vor, jegliche Kooperationen mit ihr in Zukunft zu vermeiden. Die verbleibende Zeit in Frankfurt würde nicht ausreichen, um das auszubügeln, was sie durch ihre miserable Vorarbeit verbockt hatte.

Mit einem knappen Gruß ging er an seinem Vater vorbei, der am Schreibtisch saß. Sie waren für den späten Vormittag verabredet, und Samuel musste sich beeilen. Seine Krawatte, die er schon im Hausflur über den Kopf gestreift hatte, warf er wütend auf die Reisetasche. Für den Rest des Tages wollte er am liebsten nicht mehr an dieses Desaster denken. Am nächsten Tag hatte er noch einmal das volle Programm, da wollte Samuel versuchen, den Schaden zu begrenzen.

Jetzt war jedoch Abschalten angesagt. Zum Mittagessen war er mit zwei Freunden verabredet, und Johannes hatte angeboten, ihn mit in die Stadt zu nehmen, weil er sowieso zu einem Termin musste. Das Oberhemd folgte der Krawatte. Stirnrunzelnd betrachtete Samuel den Wäscheberg, der sich mittlerweile auf seiner Reisetasche angehäuft hatte. Morgen würde er noch ein sauberes Hemd brauchen, und danach war nur noch Freizeitkleidung angesagt.

Den Tag vor seinem Abflug hatte er sich komplett frei gehalten. Vielleicht sollte er etwas mit Johannes unternehmen. In der vergangenen Woche hatten sie mehr aneinander vorbei gelebt, als das sonst üblich war, wenn Samuel in Frankfurt zu tun hatte. Vermutlich lag das daran, dass Johannes dieses Mal deutlich seltener die Aufmerksamkeit seines Sohnes einforderte. Für Samuel war das eigentlich sehr angenehm. So viel, wie in den letzten paar Tagen, war er schon lange nicht mehr mit seinen deutschen Freunden um die Häuser gezogen.

Also war es eine ziemlich gute Idee, seinen Vater mit dem Quizduell zu beschäftigen. Seitdem Samuel ihm vorgeschlagen hatte, dort ein paar Statistikpunkte zu sammeln, war Johannes mit dem Smartphone abgetaucht und wirkte immer ausgesprochen zufrieden. Manchmal hatte Samuel sogar das Gefühl, dass sein Vater fast schon fröhlich war. War das vielleicht die Euphorie darüber, dass er in dieser Quiz-App intellektuell mal so richtig auftrumpfen konnte? Im Prinzip war es egal, was Johannes glücklich machte. Solange er nur nicht mehr diesen stumpfen Ausdruck in den Augen hatte und sich für jede Aktivität zu müde fühlte. Neuerdings ging er sogar spazieren. Samuel schmunzelte bei der Vorstellung darüber, was sein Vater wohl als Nächstes für sich entdecken würde. Vielleicht Joggen? Oder Schlittschuhlaufen? Oder Fallschirmspringen?

Eine Viertelstunde später saßen die beiden Männer schweigend im Auto. Jeder schien seinen eigenen Gedanken nachzuhängen, und das Gespräch zwischen ihnen kam nur schleppend in Gang.

»Was ist das eigentlich für ein Arzt, zu dem du gehst?«

»Mein Internist. Wieso?«

»Nur so … Warst du nicht erst letzte Woche da?«

»Ja … war ich. Heute besprechen wir die Ergebnisse.«

»Welche Ergebnisse?« Samuel fragte sich, ob sein Vater vielleicht krank war und es ihm verschwieg. Über den Gesundheitszustand seiner Mutter hatten die beiden ihn auch erst in Kenntnis gesetzt, als es eigentlich schon viel zu spät war. Die Aussage, dass sie ihn nicht damit belasten wollten, weil er damals doch mitten im Umzug nach London steckte, hatte ihn nur wütend gemacht. Wenn Samuel gewusst hätte, wie begrenzt die Zeit war, die seiner Mutter noch blieb, dann wäre er doch viel häufiger nach Hause gekommen. Stattdessen war er weit weg, und erst als die Anzeichen des körperlichen Verfalls nicht mehr zu leugnen waren, wurde er mit den Tatsachen konfrontiert. So etwas wollte er nicht noch einmal erleben.

»Bist du etwa krank? Du würdest mir doch sagen, wenn es so wäre?«

»Ich bin nicht krank, Samuel«, sagte Johannes mit sanfter Stimme. Vermutlich ahnte er, was im Kopf seines Sohnes vorging. » Es ist nur der jährliche Check-up ... Blutabnahme, EKG, Ultraschall … nichts Besonderes. Es dauert immer eine Woche, bis die Laborwerte da sind. Heute werden die besprochen. Mach dir keine Sorgen … es geht mir gut.«

Samuel schaute seinen Vater mit einem schiefen Lächeln von der Seite an. »Das freut mich … dass es dir gut geht. … Das freut mich wirklich.«

Auf der untersten Ebene des Parkhauses fanden sie nach längerem Suchen endlich einen Stellplatz. Gemeinsam stiegen sie wenig später in den Aufzug, und als Johannes die Parkkarte sorgfältig verstaute, fragte Samuel: »Darf ich mir für heute Nachmittag mal mein Telefon ausleihen?« Dabei zwinkerte er seinem Vater scherzhaft zu.

Johannes' Gesichtsausdruck erstarrte – nur für eine Sekunde, dann hatte er sich wieder im Griff. Bei seiner Antwort war er um einen beiläufigen Unterton bemüht: »Ich weiß gar nicht, ob ich es dabei habe. Kann sein, dass es noch zu Hause auf dem Schreibtisch liegt.«

»Es ist in der Innentasche deiner Jacke. Zumindest war es da gerade, als du die Parkkarte weggesteckt hast.« Samuel grinste seinen Vater unbefangen an.

»Oh … stimmt.« Johannes nahm es aus der Tasche und warf einen kurzen Blick auf das Display. »Dabei könnte ich es aber gut gebrauchen, um die Zeit im Wartezimmer zu überbrücken.«

»Paps, … du bist privat versichert. … Du sitzt nicht lange im Wartezimmer.« Bei diesen Worten streckte Samuel amüsiert lächelnd die offene Hand aus. Als Johannes immer noch zögerte, sprach Samuel weiter: »Du bekommst es ja heute Abend wieder, ich bleibe auch nicht lange weg. Aber jetzt brauche ich es wirklich mal selbst.«
»Wofür?«
Bei der Frage seines Vaters hob Samuel überrascht die Augenbrauen – antwortete aber trotzdem: »Auf dem Smartphone sind die meisten meiner privaten Nummern gespeichert … auch die von den Leuten, mit denen ich mich gleich treffe. Die haben die Nummer von meinem Diensttelefon gar nicht und könnten mich nicht erreichen, wenn etwas dazwischen kommt.« Musste er sich jetzt dafür rechtfertigen, dass er sein eigenes Smartphone zurückhaben wollte? Langsam wurde er ungeduldig. Was war hier eigentlich los? »Wofür brauchst du es denn so unbedingt?«
»Ich dachte … ich könnte deinen Rang noch ein wenig verbessern.«
»Quizduell? … Du bist jetzt aber nicht spielsüchtig oder so?«
Beide Männer lachten ein unechtes Lachen und widerstrebend legte Johannes das Smartphone in die immer noch ausgestreckte Hand seines Sohnes.

Samuel war für seine Verabredung reichlich früh dran und suchte sich einen Platz im hinteren Bereich des Cafés. Auf dem Weg dorthin hatte er nochmal über die merkwürdige Situation im Aufzug nachgedacht. Johannes hatte sich ja ziemlich angestellt, als er das Smartphone zurückgeben sollte. Vielleicht wäre es eine gute Idee, wenn Samuel seinem Vater kurzerhand ein eigenes kaufen würde – sozusagen als Abschiedsgeschenk. Allerdings müsste er es dann vorher noch komplett einrichten und vor allem so wichtige Apps wie Quizduell darauf installieren.
Je länger er darüber nachdachte, umso besser gefiel ihm die Idee. Bisher hatte Johannes ja immer nur müde abgewinkt,

wenn Samuel ihn danach fragte, ob er sich denn weiterhin dieser neuen Technologie verschließen wollte. Aber jetzt schien er ganz plötzlich und unerwartet großen Gefallen an den grenzenlosen Möglichkeiten gefunden zu haben, die dieses kleine Gerät eröffnete. Oder war es wirklich nur diese Quiz-App, die seinen Vater so faszinierte?
In den letzten Tagen hatte Johannes unendlich viel Zeit in dieses Spiel investiert. Dafür war Samuel selbst viel zu inkonsequent und darüber hinaus hatte er auch eine echte Schwäche für das reale Leben. Es war schon eine wirklich clevere Idee, Johannes auf seinem Account spielen zu lassen, denn ohne Hilfe hätte Samuel sich punktemäßig sicherlich niemals so weit hocharbeiten können. Neugierig startete er die App, weil er sich die statistische Entwicklung einmal genauer ansehen wollte. Wie weit nach oben hatte es sein Vater wohl geschafft? Dreistellig war sein Rang offensichtlich doch nicht geworden, aber auf Platz 6.728 hatte er zumindest ein komfortables Polster und würde so schnell nicht aus den oberen Zehntausend herausfallen, wenn er demnächst dann wieder selbst spielen würde.
Zufrieden schloss Samuel die Statistikseite und überlegte, ob er in der Wartezeit vielleicht selbst ein paar Runden weiterspielen sollte. Aber möglicherweise hatte sein Vater am Ende noch was dagegen, dass er sich in die laufenden Duelle einmischte. So empfindlich wie Johannes gerade reagiert hatte, wäre ihm das zuzutrauen. Also begnügte Samuel sich damit, einfach nur die laufenden Spiele zu zählen. Es waren 42 – und nur in sieben von ihnen befand Johannes sich im Rückstand.
Gerade als Samuel beschlossen hatte, zu Facebook zu wechseln, tauchte neben einem Avatar ein kleiner roter Kreis mit einer weißen Eins darin auf. Eine Chatnachricht? Sein Vater chattete? Mit wem? Sein Blick fiel auf den kleinen blonden Avatar mit der schwarzen Sonnenbrille. Von draußen prasselten Hagelkörner hart und kalt gegen die Scheiben des Cafés – aber Samuel nahm nichts davon wahr – langes, blondes Haar und Sonnenbrille – er blickte unverwandt auf

dieses kleine Bild, unfähig irgendetwas zu tun oder zu denken. Alles in seinem Kopf schien mit einem Mal zum Stillstand gekommen zu sein.
Er hatte keine Ahnung, wie lange er so dagesessen und mit leerem Blick auf das Display geschaut hatte, das mittlerweile erloschen war. Am Nachbartisch gab es einen kleinen Tumult, weil eine Mutter mit ihrem Kinderwagen einem kleinen Hund über die Pfote gefahren war. Samuel blickte aus dem Fenster und sortierte seine Gedanken. Das war ein ganz blöder Zufall, von dem er sich jetzt sicher nicht den Tag verderben lassen wollte. Es war doch überhaupt kein Problem, dass sein Vater chattete. Und diese Sache mit den Avataren war sowieso in keiner Form ernst zu nehmen. Vermutlich handelte es sich bei dieser Ella um eine brünette kommunikationsfreudige Mittfünfzigerin, die aber immer gerne blond gewesen wäre. Mit einem tiefen Atemzug legte Samuel das Smartphone vor sich auf den Tisch. Ein wenig weiter weg als nötig – so, als ob er Abstand davon nehmen wollte.

Aber es war zu spät. Die Bilder der Vergangenheit hatten bereits ihre Tentakel nach ihm ausgestreckt und zogen ihn in Bereiche seiner Erinnerung, um die er sonst lieber einen großen Bogen machte. Vor seinem inneren Auge sah er ihr blondes Haar in der Sonne glänzen, wenn sie anmutig über den Campus schritt. Die Sonnenbrille hatte sie hochgeschoben und erlaubte einen Blick in ihre unsagbar blauen Augen, in deren Untiefen er sich fast verlor.
Angela war mit Abstand das schönste Mädchen, dem Samuel bis zu diesem Zeitpunkt begegnet war. Sein erstes Semester hatte gerade erst begonnen, und der goldene Oktober zeigte sich von seiner besten Seite. Ausgestattet mit einem gesunden Selbstbewusstsein heftete er sich an ihre Fersen, und zunächst lief das Kennenlernen auch ganz gut. Sie war ein Jahr älter als er, aber das störte ihn nicht, und für Angela schien es auch keine Rolle zu spielen.

Aus den von Samuel sorgsam inszenierten zufälligen Begegnungen entstanden ein paar lockere Verabredungen. Einmal gingen sie gemeinsam auf ein Konzert, und als ihre Körper beim Tanzen in der Menge zufällig aneinandergepresst wurden, hätte Samuel sie am liebsten fest umschlungen und nie mehr losgelassen. Er spürte ihre wohlgeformten Brüste, die nur von einem dünnen Shirt bedeckt waren, auf seiner Haut, sein Blut pulsierte, ihre Blicke trafen sich für einen Moment, und er versank in dem tiefen Blau. Wenn er damals etwas mutiger gewesen wäre – möglicherweise hätte sich die ganze Geschichte dann vollkommen anders entwickelt.
Aber er war zu schüchtern oder vielleicht zu gut erzogen, um diesen Moment auszunutzen. Stattdessen umwarb er sie in der nächsten Zeit so gut, wie er das mit Anfang zwanzig beherrschte – aber er kam nicht mehr wirklich an sie ran. Und schließlich trat das Gegenteil von dem ein, was er sich erhoffte. Nach ein paar Wochen ihrer lockeren Verbindung begann Angela, sich von ihm zu distanzieren. Plötzlich hatte sie keine Zeit mehr, wenn Samuel einen Kaffee mit ihr trinken wollte, gab vor, lernen zu müssen, wenn er einen Spaziergang vorschlug, und lehnte seine Einladung ins Kino mit der Begründung ab, dass sie den Film schon kannte. Samuel schluckte und sagte ihr nichts davon, dass der Film erst am Vortag neu angelaufen war.
Vielleicht hatte er gehofft, seine Attraktivität zu steigern, indem er Angela bei einem ihrer immer selteneren Treffen erzählte, dass Johannes sein Vater sei. In Wirklichkeit wusste Samuel natürlich schon lange, dass sie jeden Mittwoch um zehn in einer Vorlesung von Johannes saß, tat aber trotzdem überrascht, als Angela ihm davon erzählte. Der erhoffte Effekt blieb aus. Stattdessen schien diese Information genau das Gegenteil bewirkt zu haben. Je intensiver Samuel sich bemühte, umso unnahbarer wurde Angela. Irgendwann kam der Verdacht in ihm auf, dass es jemand anderen gab, und er begann damit, ihr hinterherzuspionieren. Auch wenn Angela sehr geschickt alles im Geheimen hielt, gelang es Samuel schließlich doch, sie in einer ziemlich

eindeutigen Situation zu überraschen. Er hatte nur sehr kurz angeklopft und die Bürotür gleich in der folgenden Sekunde geöffnet. Ihr blieb keine Zeit, sich von ihm zu lösen und das zerzauste Haar zu richten. Samuel wartete nicht, bis sein Vater, der mit dem Rücken zur Tür gestanden hatte, sich umdrehte.

Langsam nahm Samuel einen Schluck aus der Kaffeetasse. Er hatte schon lange nicht mehr daran denken müssen und nicht gewusst, dass diese alte Geschichte noch immer so viel Macht über ihn hatte. Würde diese Kränkung denn niemals aufhören, in ihm zu rumoren? Die Welt war schließlich voller Blondinen. Sein Vater hatte anscheinend deutlich weniger Probleme mit der Vergangenheit. Dabei war er es doch gewesen, der bis zur Halskrause in Schwierigkeiten steckte, als die Sache ihren unheilvollen Lauf nahm.

Damals hatte Samuel geschwiegen. So wie alle, die davon wussten, geschwiegen hatten. Die Erste, die schwieg, war Angela, denn sie erzählte Johannes anscheinend nicht, welcher Student es gewesen war, der da so voreilig die Tür geöffnet hatte. Dann war es Samuel, der schwieg. Er sprach weder mit seinem Vater noch mit seiner Mutter darüber und schon gar nicht mit Angela. Johannes schwieg sowieso. Ein eiskaltes Schweigen breitete sich aus. Samuel hatte sich oft gefragt, ob es besser gelaufen wäre, wenn er damals den Mut gefunden hätte, das Schweigen zu brechen. Sieben Monate vergingen, bis jemand öffentlich über die Sache sprach. Aber da war schon alles zu spät.
Es war Birgit Rademacher, eine Freundin von Angela, die auf einer Studentenparty auf Samuel zukam. Ihm war bereits aufgefallen, dass sie ihn eine ganze Weile taxiert hatte und sich dabei systematisch betrank. Irgendwann schien Birgit dann den nötigen Pegel erreicht zu haben, baute sich vor Samuel auf und erzählte ihm, dass sein Vater das skrupelloseste Schwein sei, das diese Welt je gesehen habe. Auf diese harsche Offenbarung reagierte Samuel lediglich mit

einem Schulterzucken, was die junge Frau nur noch mehr reizte. Unter Tränen spie sie ihm die ganze traurige Geschichte ins Gesicht. Alles über Angelas Schwangerschaft, ihre heimliche Fahrt nach Holland, die schlecht durchgeführte Abtreibung. Es war weit mehr, als Samuel zu hören bereit gewesen war. An diesem Tag wurde ihm klar, dass er nicht in Frankfurt bleiben konnte. So beschloss er, dieser ganzen Geschichte den Rücken zuzuwenden. Sollten sie doch alle sehen, wie sie damit klar kamen. Er würde sich aus dem ganzen Mist raushalten. Zum nächsten Semester wechselte er nach Düsseldorf. Seinem Vater erzählte er nie, dass er Bescheid wusste.

»Dein Vater ist ein skrupelloses Schwein.« Die Worte hallten in Samuels Kopf wider. Seitdem waren 14 Jahre vergangen, und trotzdem reichte so ein kleiner Avatar auf dem Smartphone aus, um die ganze alte Geschichte wieder in ihm hochkommen zu lassen. Was trieb sein Vater wohl nun schon wieder? Sollte Samuel nun erneut die Augen davor verschließen und so tun, als ob alles in bester Ordnung war? Oder trug er nicht auch ein bisschen Verantwortung dafür, was für Kontakte Johannes über seinen Quizduell-Account pflegte? Entschlossen griff er nach seinem Smartphone. Kurz bevor er das Chatfenster öffnete, hielt er eine Sekunde inne und warf einen suchenden Blick aus dem Fenster, als ob er erwartete, dass Johannes ihn von draußen beobachtete.

Ella **Samu**

Hi Samu :-) *Alles gut?*

Irritiert las Samuel die nette Begrüßung und musste sich erst einmal klar machen, dass er trotz dieser Anrede gar nicht gemeint war. Die Vorgabe, dass Johannes im Chat ausschließlich unter Samuels Namen auftreten durfte, war schließlich von ihm selbst gekommen. Deswegen konnte er zumindest das seinem Vater nicht zum Vorwurf machen.

»Alles gut?« Es sah nicht so aus. In Samuel breitete sich stattdessen immer stärker der Eindruck aus, dass hier gar nichts gut war. Aber dieses Mal würde er seinen Mund ganz sicher nicht halten. Dieses Mal wäre er derjenige, der das Schweigen brechen würde. Natürlich hatte er eigentlich gar keine Ahnung, was da verschwiegen wurde. Um das herauszufinden, musste er jetzt leider ein wenig herumschnüffeln. »Sorry Paps … aber du bist auch selbst daran schuld. … Warum machst du auch immer so einen Mist?«, dachte Samu und scrollte in dem gespeicherten Chatverlauf nach oben. Vier gefüllte Seiten Chat. Mehr speicherte das Gerät offensichtlich nicht. Alltagsgespräch ohne Informationsgehalt. Wer war Morty? Und was war das für ein Gequatsche über den Morgenstern? Teilten die beiden möglicherweise die Liebe zur Astronomie? Vier Seiten Chat und keinen brauchbaren Hinweis dazu, wer diese Ella war. Enttäuscht blickte Samuel erst auf das Display und dann erneut aus dem Fenster. Mit einem kleinen Seufzer fing er an zu schreiben.

Ella **Samu**

Klar … alles bestens :-)
Wie geht es dir?

Keine besonderen Vorkommnisse.
Ich habe Ewigkeiten mit Morty beim Tierarzt gesessen … nun ist alles gut überstanden. :-) *Nur das Warten war blöd.*

Oh … Was hat er denn?
Ist er krank?

Ich hab doch erzählt, dass wir zum Impfen gehen. Übrigens ist Morty eine SIE!!! Was ist los? Geht es dir wirklich gut?

Es war bei weitem nicht so einfach, wie er sich das vorgestellt hatte. Wer um alles in der Welt war denn jetzt Morty? Ein Pferd? Hund, Katze, Maus? Samuel spürte Nervosität. Jetzt durfte er keinen weiteren Fehler machen.

Ella **Samu**

Natürlich. Mir geht es super. :-)
Sorry, ich war nur unkonzentriert.

Unkonzentriert? Auf was konzentrierst du dich denn? Habe ich Konkurrenz bekommen?

Konkurrenz? Du? Wo denkst du hin? Und was machst du jetzt?

Keine Ahnung … ich muss mich auf ein Referat vorbereiten … aber mir fehlt die Lust. Ich dachte, du heiterst mich vielleicht ein wenig auf. :-)

Anscheinend war es genau so, wie er befürchtet hatte. Ella war auch so ein junges Ding. Referate werden im günstigen Fall von Studenten gehalten, im ungünstigen Fall von Schülern. So weit würde Johannes doch hoffentlich nicht gehen. Samuel fühlte sich in seinem Misstrauen bestätigt. Was hatte Johannes mit diesem Mädchen zu tun? Gönnte er sich in seinem Alter eine Affäre mit einem Teenager? Wo trafen sie sich? Hier in Frankfurt? Samuel war entschlossen, das herauszufinden.

Ella **Samu**

Das mache ich sehr gerne. :-)
Was soll ich tun? Vorbeikommen?

Denkst du nicht, dass das vielleicht. etwas zu lange dauert? Oder verfügt man als Kommunikationsdesigner neuerdings einen Privatjet? ;-)

Offensichtlich hatte Johannes sich auf ganzer Linie an der Identität seines Sohnes bedient. Aber das Liebesnest schien irgendwo weiter weg zu liegen, wenn man einen Jet brauchte. Samuel wollte wissen, wo. Aber er musste vorsichtig sein.

Ella **Samu**

Leider nicht. :-/ … *Ich könnte aber mal einen Antrag stellen.* ;-)

OK … diese Vorstellung heitert mich auf :-) *Ich versuche mal, hier vorwärts zu kommen. Bis später.*

Über diesen plötzlichen Abbruch war Samuel ziemlich enttäuscht. Hatte diese Ella etwas gemerkt, oder war das einfach nur ihre persönliche Art, ein Gespräch zu beenden? Bisher hatte er nicht einen Bruchteil dessen herausgefunden, was ihn interessierte. Lediglich, dass sie jung war. Aber damit war er eigentlich auch schon bedient.
Zunächst würde er sich etwas Zeit lassen. Mit übereilten Aktionen würde er an dieser Stelle sicher nicht weiterkommen, und vermutlich wäre es nicht schlecht, wenn zwischendurch Johannes selbst mal wieder mit seinem Liebchen chattete. So würde sich der merkwürdige Eindruck, den Samuel in diesem kurzen Gespräch möglicherweise hinterlassen hatte, wieder verflüchtigen. Kein Wunder, dass sein Vater sich nicht von dem Smartphone trennen wollte und danach lechzte, es heute Abend wieder in die Finger zu bekommen. Das würde Samuel ihm auch nicht abschlagen. Allerdings gab es zuvor noch eine Sache, die er erledigen musste. Rasch öffnete er nochmal die Quiz-App, löschte den kompletten Chatverlauf und hoffte, seine Spuren damit ausreichend verwischt zu haben.

9. Kapitel

11. November 2014 – am Abend

Nervös warf Johannes einen Blick auf die Uhr. Es war schon deutlich nach sieben, und Samuel war immer noch nicht zurück. In den vergangenen Tagen war es ihm kaum aufgefallen, wann sein Sohn nach Hause kam, aber da war er schließlich auch immer gut beschäftigt. An diesem Abend lief er schon seit einer Stunde unruhig in der Wohnung auf und ab, blieb am Küchenfenster stehen und blickte auf die dunkle Straße. Samuel hatte versprochen, dass er nicht lange wegbleiben würde, und Johannes hatte etwas gekocht, um irgendwie die Zeit totzuschlagen. Als er so in die Dunkelheit hinausblickte und mit aufeinander gepressten Backenzähnen einfach nur dastand und wartete, fühlte er sich wie eine frustrierte Ehefrau, deren Mann nicht rechtzeitig aus der Kneipe nach Hause kam.
Er könnte Samuel anrufen und nachfragen, wie lange es noch dauern würde. Das Essen im Backofen wäre ein guter Vorwand dafür. Aber nach der etwas unangenehmen Situation im Aufzug würde Samuel dieses Spielchen möglicherweise durchschauen. Johannes hatte ausreichend Zeit gehabt, darüber nachzudenken, wie auffällig sein Verhalten war. Deswegen hatte er sich für den gemeinsamen Abend ganz fest vorgenommen, Desinteresse vorzutäuschen. Wie ein Tiger im Käfig auf und ab zu gehen und im Minutentakt auf die Uhr zu sehen, war sicher nicht die richtige Einstimmung auf diese schauspielerische Glanzleistung, die er da vollbringen wollte. Deswegen ging er ins Wohnzimmer und zwang sich, auf dem Sofa Platz zu nehmen. Kein Stern am Himmel. Weit und breit nichts als dicke graue Wolken, aus denen unablässig Nieselregen fiel.

Als Johannes endlich hörte, wie Samuel um 20.38 Uhr die Wohnungstür aufschloss, unterdrückte er den Drang, aufzuspringen, nahm stattdessen ein Buch, das neben ihm auf dem Beistelltisch gelegen hatte und tat so, als würde er lesen. Es dauerte eine Weile, bis Samuel sich aus seinen nassen Sachen geschält und alles zum Trocknen aufgehängt hatte.

»Hi Paps … sorry, es ist später geworden, als ich geplant habe. … Hier riecht es aber gut. Hast du was gekocht?«

Johannes antwortete ohne sich zu seinem Sohn umzudrehen, der hinter dem Sofa stand: »Ja, vor drei Stunden. Keine Ahnung, ob man das jetzt noch essen kann.«

Gerade als Samuel zu einer zweiten Entschuldigung ansetzen wollte, stand sein Vater auf und fügte in versöhnlichem Tonfall hinzu: »Aber das wird schon gehen. Jetzt ist es wenigstens gut durchgezogen. Den Salat muss ich nur noch kurz durchmischen. … Holst du bitte zwei Weingläser aus dem Schrank.« Mit diesen Worten ging er an seinem Sohn vorbei in die Küche.

»War es denn nett? … dein Treffen?«, fragte er, als Samuel kurz nach ihm die Küche betrat und die Weingläser auf den gedeckten Tisch stellte.

»Ja … sehr nett. Es waren zwei Leute, die ich aus Düsseldorf kenne. Sie sind extra wegen mir hergekommen. Wir hatten uns seit zwei Jahren nicht mehr gesehen.«

Johannes nickte und rührte schweigend in der Salatschüssel herum.

»Was hat denn dein Arzt gesagt? War er zufrieden mit deinen Ergebnissen?«

»Ach, du weißt ja, wie das immer ist. So richtig zufrieden sind die Ärzte ja nie. Aber im Großen und Ganzen meinte er wohl, dass alles in Ordnung sei. Der Sinn dieser ganzen Vorsorgeuntersuchungen ist sowieso immer wieder in der Diskussion. … Länger lebt man trotzdem nicht.«

Für eine Weile saßen sie sich schweigend gegenüber und aßen. Keiner von beiden erwähnte, dass dem Filet die lange Zeit im Backofen nicht gut bekommen war. Als Johannes die Weingläser nachfüllen wollte, lehnte sein Sohn kopfschüttelnd ab.

»Nein, danke … ich habe morgen so viel um die Ohren, da halte ich mich heute mit dem Alkohol lieber zurück.« Er griff nach seinem Wasserglas. »Was hast du denn heute Nachmittag noch so gemacht?«
»Nichts Besonderes. Eigentlich hatte ich mit der Vorbereitung des Essens auch ausreichend zu tun.«
»Bist du denn gut ohne Quizduell zurechtgekommen?«
Johannes lachte trocken auf: »Du meinst, ob ich aufgrund meiner Spielsucht schon Entzugserscheinungen gespürt habe? … Nein, … so schlimm ist es noch nicht.«
Ohne von seinem Teller aufzublicken, fragte Samuel: »Aber … man kann sich doch schon ziemlich daran gewöhnen, dass da immer jemand ist … mit dem man spielen kann … oder?«
War da ein lauernder Unterton in der Stimme seines Sohnes gewesen? Johannes wählte seine Worte mit Vorsicht: »Natürlich ist das toll, dass man so viele Spielpartner zur Verfügung hat.«
»Willst du es eigentlich weiterspielen … wenn ich wieder in London bin?«
»Darüber habe ich bisher noch nicht nachgedacht«, log Johannes. »Steht ja auch nicht zur Debatte … oder willst du mir dein Smartphone hierlassen?«
»Nein … das nicht … «, bei diesen Worten stand Samuel auf, ging in den Flur und kam wenige Augenblicke später mit einem kleinen Karton in der Hand zurück, den er seinem Vater über den Tisch reichte. »Jetzt hast du ein eigenes Smartphone. Ich dachte, wir richten dir bei Quizduell einen eigenen Account ein.«
Johannes war zu überrascht, um spontane Freude vorzutäuschen. Mit einem eigenen Account würde Samuel ihm die Lösung seines Problems quasi vorwegnehmen. Auf diese Weise wäre die Entscheidung für den Weg, den er mit Ella einschlagen würde, getroffen. Er nahm den Karton in Empfang und betrachtete die Abbildungen.
Um die Sprachlosigkeit seines Vaters zu überbrücken, fuhr Samuel fort. »Es ist das gleiche Gerät, das ich auch habe …

dann brauchst du dich nicht umzustellen. Ein kleines Dankeschön von mir … dafür, dass du mich hochgespielt hast.«
»Und dann habe ich ab jetzt meinen eigenen Account?«
»Noch nicht. Den müssen wir erst einrichten. Ich habe bisher noch keine SIM-Karte gekauft. Morgen besorge ich dir so eine Prepaidkarte und richte dir alles ein. Spätestens wenn ich im Flieger sitze, kannst du voll durchstarten.«
Johannes war viel zu sehr mit seinen eigenen Gedanken beschäftigt, um zu merken, wie forschend sein Sohn ihn ansah. Kurze Zeit später verabschiedete Samuel sich ins Bett. Fast schon demonstrativ legte er seinem Vater das eigene Smartphone vor die Nase. »Hier … damit du nicht aus der Übung kommst.«

Mit dieser Entwicklung hatte Johannes nicht gerechnet, und das Gefühl der Freude wollte sich nicht einstellen. Sein Konstrukt aus Unwahrheiten ging in eine neue Phase über. Schon bald würde er einen eigenen Quizduell-Account haben und musste Ella dann natürlich so schnell wie möglich darauf umleiten. Eine plausible Begründung für diese Aktion würde ihm vermutlich einfallen, aber zuerst musste er darauf warten, was für einen Spielernamen er zukünftig haben würde. Samuel hatte mal erzählt, dass es gar nicht so einfach war, einen vernünftigen Namen zu finden, der noch nicht vergeben war. Auch wenn Johannes natürlich froh darüber war, schon bald unabhängig vom Smartphone seines Sohnes zu sein, widerstrebte es ihm, Ella deswegen noch mehr Lügen aufzutischen. Für den Moment schob er den Gedanken daran einfach zur Seite.

Auch der folgende, lang ersehnte abendliche Chat mit Ella hatte keine beruhigende Wirkung auf ihn. An den vergangenen Abenden war das oft der Fall gewesen. Das vertraute und harmonische virtuelle Gespräch mit ihr, das manchmal bis tief in die Nacht dauerte, hatte einen positiven Einfluss auf seinen Schlaf gehabt. Aber an diesem Abend war das Gegenteil der Fall. Das erste, was ihn irritierte, war, dass das

Chatfenster vollkommen leer war, als er es öffnete. Sonst standen dort doch immer die letzten Sätze des vorherigen Chats. Wo waren die geblieben?
Johannes fühlte sich angesichts der jüngsten Ereignisse sowieso schon angespannt und wollte sich deswegen nur ungern mit den technischen Spitzfindigkeiten dieser App auseinandersetzen. Vermutlich war es irgendeine Einstellung, die festlegte, in welchen Abständen die gespeicherten Daten gelöscht wurden. Für so etwas fehlte ihm an diesem Abend einfach die Ruhe. Darüber hinaus hatte er fast den Eindruck, dass sich seine innere Unruhe auf Ella übertrug. Was sie schrieb, las sich für Johannes irgendwie anders als sonst. Sie wirkte konfus, und manche ihrer Äußerungen konnte er überhaupt nicht nachvollziehen. Zum Beispiel behauptete Ella, ihm bereits von dem Besuch beim Tierarzt berichtet zu haben. Johannes war sich aber ganz sicher, dass das nicht der Fall war. Die Vorstellung, dass sie da etwas verwechselte und vielleicht mit ihrem Mann über dieses Thema gesprochen hatte, war ein wenig kränkend. Da stellte er sich doch lieber vor, dass Ellas merkwürdiges Verhalten an dem unliebsamen Besuch lag, über den sie sich anscheinend ärgerte. Vielleicht hatte sie auch einfach schon ein Glas Wein zuviel getrunken.
Die Vorstellung, dass sie Morty als Vorwand nutzte, das Haus zu verlassen, um dann mit ihm zu chatten, freute ihn natürlich. Andererseits fand er es nicht besonders beruhigend zu wissen, dass diese Frau, die ihm mittlerweile so sehr am Herzen lag, nachts in leicht angetrunkenem Zustand draußen unterwegs war. Deswegen hatte er sie auch wieder zurück ins Haus geschickt und ihr abendliches Gespräch eigentlich viel früher beendet, als ihm lieb war. Die Aussicht darauf, alles am folgenden Tag nachholen zu können, tröstete ihn ein wenig.

Als Johannes am nächsten Morgen aufstand, war es noch viel zu früh für das Guten-Morgen-Gespräch mit Ella. So kochte er einen Kaffee und setzte sich mit dem Smartphone

seines Sohnes in die Küche. Nachdenklich blickte er auf das geöffnete Chatfenster und probierte ein wenig herum, um der Ursache für die Datenlöschung auf die Spur zu kommen. In den Einstellungen war nichts zu finden, was das Verschwinden ihrer alten Nachrichten erklären konnte. Lediglich im Chatfenster selbst entdeckte er eine Möglichkeit, den gesamten Chat zu löschen. Er tippte auf das Feld mit dem Mülleimer, und das System fragte ihn, ob er wirklich den Chatverlauf löschen wollte. Als er bestätigte, verschwand alles, was Ella und er am Vortag geschrieben hatten. Mit nachdenklichem Blick betrachtete er das leere Display. Prinzipiell war es möglich, dass er aus Versehen auf das Feld für den Löschbefehl gekommen war – aber dass er die Bestätigungsfrage versehentlich mit Ja beantwortet hatte, das schloss er definitiv aus.
Bevor er weiter darüber nachdenken konnte, hörte er Geräusche aus dem Zimmer seines Sohnes. Spätestens in einer halben Stunde würde Samuel frisch geduscht in der Küche auftauchen. Eilig schrieb Johannes in das leere Chatfenster. Er wollte vorher auf jeden Fall kurz nachfragen, ob es Ella gut ging.

Ella **Samu**

Hallo mein Morgenstern :-)
Hast du den gestrigen Abend gut überstanden?

Guten Morgen Samuel :-) *Naja … so gut wie möglich in Rotwein ertränkt. Das bezahle ich heute mit Kopfschmerzen.* :-(

Nach dem aufregenden Abend und der viel zu kurzen Nacht, in der er so gut wie nicht geschlafen hatte, sehnte Johannes sich nach Harmonie und Entspannung. Leider war ihm diese nicht vergönnt, denn Ella drängte das Gespräch in eine Richtung, die ihm nur noch mehr Stress machte. Seine ewigen Unwahrheiten widerten ihn an.

Ella **Samu**

Was bedeutet deine Rückreise eigentlich für uns, Samuel?

Wie meinst du das?

Na ja … ich frage mich, was aus uns wird …wie geht es weiter, wenn du wieder in London bist?

Kommt drauf an.

Worauf kommt es an?

Willst du, dass wir so weiter machen?

Mir würde auf jeden Fall etwas fehlen, wenn wir es nicht täten.

Das geht mir genauso, Ella.

Natürlich konnte er es ihr nicht übel nehmen, dass sie diese Fragen stellte. Trotzdem fehlte ihm an diesem Morgen einfach die Energie für einfühlsame Antworten, und er verspürte fast schon ein Gefühl der Erleichterung, als Ella den Chat schließlich beendete. Wenig später betrat Samuel die Küche, und Johannes bemühte sich darum, seinen Sohn nicht merken zu lassen, wie müde und angespannt er sich fühlte.
»Guten Morgen. Hast du gut geschlafen?«
Samuel wirkte abwesend: »Ja … danke.« Er warf einen Blick auf die Titelseite der Tageszeitung, die neben seiner gefüllten Kaffeetasse auf dem Tisch lag und fragte: »Und du? … Hast du auch gut geschlafen?«

Johannes betrachtete seinen Sohn einen Moment, wie er lesend am Tisch saß. Das Oberhemd war noch nicht zugeknöpft, das feuchte Haar scheinbar ungekämmt. Samuel war alles, was er hatte. Der Gedanke daran, dass sein Sohn in zwei Tagen fort sein würde, machte ihn traurig, obwohl ihm dieses Leben in ihrer Männer-WG mitunter schon ziemlich anstrengend erschien.
Als ob Samuel den Blick seines Vaters gespürt hatte, hob er den Kopf und sah ihn an: »Ist alles in Ordnung?«
»Ja … natürlich. Wieso fragst du?«
»Weil du nicht geantwortet hast.«
»Ach so … ja … natürlich habe ich gut geschlafen.« In Johannes Kopf blitzte der Gedanke auf, dass sein ganzes Leben eine Aneinanderreihung von Unwahrheiten war. »Wann musst du los?«
»In zehn Minuten.« Samuel wendete den Blick ab, bevor er weiter sprach: »Ach ja … und heute nehme ich nochmal mein Smartphone mit.« Dann stand er auf und ließ seinen Vater in der Küche zurück.
Johannes war zu müde für Gegenfragen. Er dachte an Ella, die später in der Bahn sitzen und auf eine Nachricht von ihm warten würde. Er dachte an sein neues Smartphone und an seinen Sohn, der in zwei Tagen zurück nach London flog. Er dachte an die verschwundenen Nachrichten und plötzlich durchzuckte es ihn wie ein Blitz. Der Chat war verschwunden, nachdem Samuel das Smartphone mit zu seiner Verabredung genommen hatte. Das war bestimmt kein Zufall. In der nächsten Sekunde öffnete Johannes den Chatbildschirm. Seine Augen überflogen die Zeilen des morgendlichen Gesprächs mit Ella noch einmal, bevor er den Befehl zum Löschen gab. Sollte es wirklich so sein, dass sein Sohn den Chat entdeckt hatte, so würde er nun zumindest keine Neuigkeiten vorfinden. Als Samuel wenige Augenblicke später in die Küche kam, hatte sein Vater sich bereits im Wohnzimmer auf die Couch gesetzt. Das Smartphone lag noch auf dem Küchentisch. Samuel steckte es in seine

Jackentasche und rief einen Abschiedsgruß durch den Flur, bevor er die Wohnung verließ.

Dieser ewige Nieselregen machte ihn noch mürrischer, als er ohnehin schon war. Samuel schlug den Kragen seiner Jacke hoch und erreichte die Haltestelle im letzten Moment. Er hatte sich alles genau überlegt. Gestern Nachmittag war ihm klar geworden, dass er etwas unternehmen musste und dann hatte er begonnen, einen Plan zu schmieden. In der letzten Nacht lag Samuel lange genug wach, um sich alles im Detail noch einmal durch den Kopf gehen zu lassen. Die ruhelosen Schritte seines Vaters, der die halbe Nacht durch die Wohnung lief, hatte er sehr wohl gehört und sich dann am Frühstückstisch ganz gelassen von ihm erzählen lassen, wie gut er doch geschlafen habe.
Samuel hatte ausreichend Zeit dafür gehabt, sich zu überlegen, was er eigentlich genau herausfinden wollte. Im Wesentlichen hing für ihn alles an der Frage, wie alt diese Ella war. Grundsätzlich hatte er wirklich nichts dagegen, dass sein Vater auf virtuellem Wege Kontakt zu irgendwelchen Frauen aufnahm. Aber die Heimlichkeit um diese Ella, in Verbindung mit dem Avatar, hatte bei Samuel sofort eine Alarmglocke anspringen lassen. Die klingelte seit der Entdeckung des Chats unablässig in seinem Kopf und würde auch erst damit aufhören, wenn er herausgefunden hatte, wer diese Ella war.
Der einfachste Weg, etwas über sie herauszufinden, war ein Treffen. Grundsätzlich war es sicher auch möglich, alle Details, die ihn interessierten, im Chat zu erfragen, aber erstens wusste er ja überhaupt nicht, was für Informationen die beiden schon miteinander ausgetauscht hatten, und zweitens würde so ein verstecktes Verhör per Chat schon ziemlich viel Zeit in Anspruch nehmen. Bei einem Treffen im realen Leben beantworteten sich viele seiner Fragen hingegen schon, ohne dass er dafür überhaupt ein Wort mit ihr wechseln musste.

Wenn Johannes und Ella sich in den vergangenen Tagen bereits getroffen hatten, stimmte sie einer spontanen Verabredung sicherlich schnell zu. Vielleicht gab es sogar schon einen bevorzugten Treffpunkt. Falls sie noch nicht so weit waren, könnte Samuel sie einfach irgendwo hinbestellen und diese Frau dann in aller Ruhe aus der Ferne beobachten. Er sah seinem Vater nicht besonders ähnlich. Möglicherweise könnte er sie deswegen auch einfach ansprechen. Einen kleinen Smalltalk vom Zaun zu brechen, das war eine seiner leichtesten Übungen.
Wichtig war, dass Johannes ihm bei dieser Aktion nicht in die Quere kam. Deswegen musste alles ganz schnell gehen. Die virtuelle Kommunikation zwischen den beiden hatte Samuel ja erstmal auf Eis gelegt. Das Smartphone seines Vaters würde er auch erst dann freischalten, wenn alles erledigt war. Zur Not würde er einfach behaupten, dass es ein Problem mit der SIM-Karte gab, das sich erst lösen ließ, wenn er das nächste Mal wieder in Frankfurt war.
Nachdem er den ersten Teil seiner Abschlussgespräche erfolgreich über die Bühne gebracht hatte, fühlte er sich leicht euphorisiert. Die Zeit bis zu seinem zweiten Termin wollte er nutzen, um seine Verabredung mit dieser Ella festzumachen. Als er die App öffnete, stellte er zufrieden fest, dass bereits eine Nachricht von ihr angekommen war. Das war natürlich sehr praktisch, denn einfach nur auf ihre Nachricht zu reagieren, war auf jeden Fall viel unauffälliger, als sie selbst anzuschreiben. Dieses Mal durfte er sich aber keinen Patzer erlauben. Wenn sie den Eindruck bekam, dass irgendetwas mit ihm nicht stimmte, dann würde sie sicher keinem Treffen zustimmen.
Beim Lesen ihrer ersten Worte stellte Samuel fest, dass der Chatbildschirm darüber hinaus immer noch vollkommen leer war. Auch wenn es damit auf den ersten Blick so aussah, als ob sein Vater gar keinen Kontakt mehr zu ihr hatte, klang Ellas Frage eindeutig so, als ob sie ein laufendes Gespräch fortsetzen würde. Um zu erkennen, was das bedeutete, bedurfte es keiner detektivischen Fähigkeiten. Vermut-

lich war Johannes die Löschung aufgefallen, und er hatte dann den aktuellsten Chatverlauf ebenfalls gelöscht. Möglicherweise wusste Johannes also, dass sein Sohn etwas entdeckt hatte. Diese Vermutungen brachten Samuel allerdings kein Stück weiter. Er würde sich davon auch nicht aufhalten lassen, sondern versuchen, das Problem auf seine Weise zu lösen.

Ella **Samu**

Wann fliegst du eigentlich genau zurück nach Hause?

Hi Ella :-) *In zwei Tagen. Also am Freitag … nachmittags. So gegen 15 Uhr. Wieso fragst du? Willst du mitkommen?* ;-)

Verlockende Vorstellung. :-)
Aber daraus wird wohl nichts.
Leider. :-(

»Das wäre auch viel zu einfach gewesen«, dachte Samuel und ließ sich auf das seichte Geplänkel um einen gemeinsamen Stadtbummel in London ein, der sowieso nie stattfinden würde. Es war sicher kein Fehler, sie ein wenig in Sicherheit zu wiegen und dann den richtigen Moment abzupassen. Aus ihren Worten meinte er schon bald herauslesen zu können, dass Johannes und Ella sich noch nie im realen Leben begegnet waren. Aber kaum hatte Samuel sich ein wenig eingechattet, gab es schon wieder ein paar tückische Klippen zu umschiffen.

Ella **Samu**

… Bist du eigentlich gar nicht neugierig darauf, wie ich aussehe?

Warum denkst du, dass ich das nicht schon lange weiß?

Heißt das … du weißt es?

Ja.

Woher? Habe ich dir ein Foto geschickt?

Wenn … dann würdest du dich doch wohl daran erinnern, oder?

Ja natürlich. Also …. hast du jetzt ein Bild von mir?

Diese Information musste er jetzt aber unbedingt aus ihr herauspressen. Auch wenn die Art, wie er es tat, alles andere als geschickt war. Für den Fall, dass er Ella irgendwo hinbestellte, wäre es zwingend erforderlich zu wissen, wen sie dort erwartete.

Ella **Samu**

Ich konnte der Versuchung nicht widerstehen und war auf der Homepage deiner Firma. Tut mir leid … ich war neugierig. :-/

Auf der Seite von Blue-Trust?

Ellas kleine Beichte, dass sie ihn auf der Homepage von »Blue-Trust« gestalkt hatte, brachte das Gedankenkonstrukt in Samuels Kopf zum Einsturz. Johannes benutzte also auch sein äußeres Erscheinungsbild? Was für einen Sinn machte das? Noch einmal las er, was Ella geschrieben hatte. Langsam wurde es kompliziert. Anscheinend hatte Johannes diese Ella von vorne bis hinten belogen. Skrupellosigkeit war offensichtlich keine Frage des Alters. Mittlerweile war Samuel zu der Überzeugung gelangt, dass er geradezu dazu verpflichtet war, ein Treffen mit der Chatfreundin seines Vaters herbeizuführen. Irgendjemand musste diesem Mädchen doch sagen, auf was für einen Typen sie da reingefallen war. Samuel spürte eine alte Wut in sich aufsteigen, und sein Wille, diese unglaubliche Schweinerei, die sein Vater da wieder veranstaltete, aufzudecken, wuchs mit jeder Zeile, die er schrieb. Er musste Ella unbedingt so schnell wie möglich sehen. Er wollte in ihre blauen Augen schauen und ihr sagen, dass sie bei diesem Mann nicht gut aufgehoben war.

Ella **Samu**

Ja … da hast du allerdings recht. Wir könnten uns aber in der Mitte treffen. Was hältst du davon?

In der Mitte? Und wo?

Keine Ahnung. Such dir was aus.

Ich denke drüber nach. Aber nicht jetzt. Mein Seminar fängt an. Bis später.

Wie ein Puzzle setzte sich das Bild allmählich in ihm zusammen. Wenn Ella ein Seminar besuchte, dann war sie eine Studentin. In Samuels Kopf rauschten tausend Gedanken durcheinander, aber er zwang sich dazu, sie in den hintersten Winkel seines Bewusstseins zurückzudrängen. Diese ganze virtuelle Unterhaltung mit Ella hatte deutlich länger gedauert, als er eingeplant hatte, und er musste dringend wieder auf die beruflichen Inhalte umschalten, die für ihn in den kommenden drei Stunden im Mittelpunkt stehen würden.

Bis er endlich wieder Zeit fand, sich um seine privaten Angelegenheiten zu kümmern, hatte sich die Wut auf seinen

Vater ein klein wenig gelegt. Egal was Johannes in der Vergangenheit alles getan hatte, Samuel durfte ihn jetzt nicht vorschnell verurteilen. Diese Ella trug schließlich auch selbst Verantwortung für ihr Handeln. Sein Plan, dieses Treffen durchzuziehen, blieb davon unberührt. Er würde einen Blick auf sie werfen, und vermutlich musste er ihr auch die Wahrheit sagen. Keiner konnte von Samuel erwarten, dass er bei diesem Theater mitmachte.
Die Einigung auf einen geeigneten Treffpunkt war viel einfacher, als er gedacht hatte. Offensichtlich brannte diese Ella darauf, ihren Chat-Freund endlich im wirklichen Leben kennenzulernen. Die Vorstellung, ihr eine Enttäuschung zu bereiten, behagte ihm nicht, aber er fühlte sich moralisch dazu verpflichtet.

Als er am frühen Abend nach Hause kam, saß Johannes am Schreibtisch und telefonierte. Scheinbar gab es irgendwelche Probleme am Lehrstuhl, und die Stimme seines Vaters klang gereizt. Ein Blick in die Küche verriet, dass niemand gekocht hatte. Auf dem Tisch lag ein Flyer vom China-Taxi.
Nachdenklich betrachtete Samuel das graue Gesicht seines Vaters, als sie zwei Stunden später gemeinsam am Küchentisch saßen und über die Anhäufung von rechteckigen, weißen Pappkartons mit rotem Aufdruck versuchten, ein Gespräch zu führen. Johannes war ausgesprochen einsilbig und wich dem Blick seines Sohnes aus. »Vermutlich hat er ein schlechtes Gewissen«, dachte Samuel, »oder es ist der Schlafmangel, … oder der Ärger an der Uni.«
Nachdem sie eine Weile schweigend gegessen hatten, fragte Samuel in die Stille hinein: »Kann ich mir eigentlich morgen mal dein Auto ausleihen?«
Johannes, der zuvor damit beschäftigt war, mit den Stäbchen die restlichen Fleischstücke aus einem der Kartons zu sammeln, hielt einen Moment in der Bewegung inne. Dann hob er langsam seinen Blick, der aber an Samuels Gesicht vorbei ging und irgendwo hinter dem Kopf seines Sohnes einen Punkt an der Wand fixierte. Es schien, als würde er

nachdenken. Als die Pause immer länger wurde, ergriff Samuel erneut das Wort: »Oder ist das ein Problem für dich? Ich kann mir sonst auch einen Leihwagen nehmen.«
»Nein … das geht schon in Ordnung«, antwortete Johannes endlich und widmete sich wieder dem Karton mit dem chinesischen Fleisch.
»Gut. … Danke. Ich werde am späten Nachmittag wieder zurück sein. Was hast du morgen vor? Soll ich dich vielleicht irgendwo absetzen, bevor ich fahre?«
»Das wird nicht nötig sein. Ich habe ein paar Termine in der Uni, da nehme ich den Bus.«

Die Nacht war klar, und sein Blick ruhte auf dem Sternenhimmel von seinem Fenster. Johannes hatte viel Zeit zum Nachdenken gehabt und ohne Ella war ihm der Tag unendlich erschienen. Was würde sie jetzt denken, nachdem er sich so lange nicht gemeldet hatte? Oder hatte er sich gemeldet? Wie groß war die Wahrscheinlichkeit, dass Samuel den Chat wirklich entdeckt hatte? Wie groß war die Wahrscheinlichkeit, dass sein Sohn sich in diesen Chat eingemischt hatte?
Sprachen die Hinweise nicht eine deutliche Sprache? Zuerst waren die Nachrichten verschwunden, nachdem Samuel das Smartphone für den Nachmittag mitgenommen hatte. Danach erzählte Ella merkwürdige Sachen, die er nicht verstand. Mittlerweile bekam Johannes das Smartphone gar nicht mehr in die Finger, weil Samuel es permanent mit sich herumtrug. Johannes blickte auf die Uhr. Sein Sohn war schon seit einer Stunde im Bett. Die Zeitspanne war sicher ausreichend, um in einen tiefen Schlaf zu fallen. Lautlos erhob sich Johannes vom Sofa und ging zum Gästezimmer. Das Herunterdrücken der Türklinke verursachte kaum ein Geräusch. Es dauerte einen Moment, bis seine Augen sich an die Dunkelheit gewöhnt hatten. Die gleichmäßigen Atemzüge seines Sohnes erfüllten den Raum, und Johannes fühlte sich schäbig. Trotzdem zögerte er nicht, als er endlich

das Smartphone auf dem Schreibtisch entdeckte, und nahm es an sich, bevor er leise das Zimmer verließ.

Ella **Samu**

Hallo mein Abendstern. :-)
Ich hoffe, du hattest noch einen schönen Tag.

Hallo Samu … ja, den hatte ich.
Und du? Wie war dein Tag? :-)

Alles so weit in Ordnung. :-) Ich wollte dir nur noch eine gute Nacht wünschen.

Irgendwie habe ich gedacht, dass du heute keine Zeit mehr für mich hast. Ich freue mich aber sehr, dass ich heute noch etwas von dir höre. :-) Was machst du gerade?

Dieses Gefühl der Beruhigung, das Johannes sich erhofft hatte, blieb auch an diesem Abend wieder aus. Anscheinend war er nicht besonders vermisst worden. Keine Frage danach, wo er den ganzen Tag gesteckt hatte? Und wieso dachte Ella, dass er sich heute nicht mehr melden würde? In den vergangenen Tagen hatten sie doch jeden Abend miteinander gesprochen. Es war so etwas wie ihr Ritual geworden – ihr Abendstern-Ritual.
Hinter seiner rechten Schläfe begann es zu pochen. Johannes wusste, dass er dringend Schlaf brauchte, wollte aber nicht aufgeben. Ein wenig virtuelle Harmonie würde ihm das Einschlafen so viel leichter machen. Nur noch ein paar Zeilen zu seiner Beruhigung.

Ella **Samu**

Nichts Besonderes. Ein paar Vorbereitungen für morgen.

Vorbereitungen für morgen? Was gibt es denn noch vorzubereiten?

Ich habe vor meiner Abreise noch ein paar Termine.

Und wann finden die statt? Vor oder nach unserem Date?

Eiskalt war die Hand, die sich um sein Herz legte. Das war also die berühmte Ironie des Schicksals. Der Betrüger wurde betrogen.
Irgendwie brachte Johannes den Chat mit Anstand zu Ende. Er wusste selbst nicht, warum er sich dabei überhaupt noch Mühe gab. Hinterher konnte Johannes sich nicht mehr an die Worte erinnern, die er ganz langsam mit seinen kalten Fingern getippt hatte, nur daran, dass er hinterher den Chatverlauf löschte. Wie viel würde er darum geben, wenn er den ganzen Verlauf auch aus seinem Herzen löschen könnte.
Nachdem Johannes das Smartphone unbemerkt an seinen Platz im Gästezimmer zurückgelegt hatte, verbrachte er die Nacht auf dem Sofa. Der Abendstern war verschwunden, und einen Morgenstern würde es nicht geben.

»Ist alles in Ordnung?« Samuel hatte seinen Vater gesucht, nachdem er ihn nicht wie erwartet in der Küche vorgefunden hatte. Es war schon halb neun, und er wusste, dass er sich beeilen musste, wenn er rechtzeitig in Göttingen sein wollte. Der Blick ins Schlafzimmer verriet, dass Johannes die Nacht offensichtlich nicht in seinem Bett verbracht hatte. Mit sorgenvoller Miene stand Samuel dann wenige Augenblicke später vor dem Sofa und betrachtete das blasse Ge-

sicht des Mannes, für den er im Moment eigentlich nur Missbilligung empfinden sollte.
Erst nachdem sein Sohn ihm eine Hand auf die Schulter gelegt, diese leicht gerüttelt hatte und ihn ein zweites Mal ansprach, öffnete Johannes langsam die Augen. Es war ihm unangenehm, dass Samuel ihn so sah. Trotzdem musste er sich von seinem Sohn helfen lassen, als er sich aufrichten wollte. »Musst du los?«, fragte er, und seine Stimme klang rau und brüchig, »der Schlüssel und die Papiere liegen neben der Garderobe.«
»Ja, … gleich. …Trinken wir noch einen Kaffee zusammen?«
Johannes hatte kein Verlangen danach, einen Kaffee mit seinem Sohn zu trinken. Eigentlich wollte er nur, dass Samuel endlich verschwand und ihn mit seiner Scham und seinem Kummer alleine ließ. »Soll ich uns einen kochen?« Mit diesen Worten versuchte er aufzustehen, aber das schnelle Aufrichten bekam ihm überhaupt nicht. Ein intensives Gefühl der Übelkeit ließ ihn wieder auf das Sofa zurücksinken.
Sofort war Samuel neben ihm. »Was ist denn los? Dir geht es nicht gut. Das sieht doch ein Blinder. Was fehlt dir denn?«
»Es geht gleich wieder. Nur der Kreislauf. Ich glaube, du musst deinen Kaffee selber kochen.«
»Wenn es der Kreislauf ist, dann musst du die Beine hochlegen.« Mit diesen Worten schob Samuel seinem Vater zwei dicke Kissen unter die Waden. Dann ging er in die Küche und holte ein Glas Wasser.
Dankbar nahm Johannes das Glas in Empfang und sah die Sorge im Gesicht seines Sohnes. »Das wird schon wieder. … Fahr mal ruhig los. … Ich ruh mich noch ein wenig aus.«
Zweifelnd blickte Samuel auf seine Armbanduhr. »Und wenn es nicht besser wird? … Dann bist du hier ganz allein.«
»Aber ich bin doch sonst auch alleine hier. Ich weiß mir schon zu helfen.«

»Bist du dir denn sicher, dass es nur Kreislaufprobleme sind?«
»Ja, ja … kein Grund zur Beunruhigung.«
Samuel würde sich verspäten, wenn er nicht sofort losfuhr. Allerdings fragte er sich, ob er dann die richtigen Prioritäten setzte. Was trieb ihn dazu, diese junge Frau zu treffen? Dachte er allen Ernstes, dass sein Vater neuerdings eine virtuelle Quizduell-Angela zur Freundin hatte? Und wenn schon? Gab seine Position als enttäuschter Sohn ihm das Recht, sich in das Leben seines Vaters einzumischen?
Nachdenklich ging er in den Flur und holte den Schlüssel und die Papiere. Als er wieder ins Wohnzimmer zurückkam, hatte Johannes seine Augen geschlossen und die Hände über der Brust zusammengefaltet. Unwillkürlich musste Samuel an seine Mutter denken und entschied sich zu bleiben. Zu erschreckend war die Erfahrung gewesen, wie fragil so ein Menschenleben sein konnte.
Ohne zu zögern schrieb Samuel eine kurze Nachricht an Ella. Dabei spürte er weder ein schlechtes Gewissen, sie zu versetzen, noch ein Bedauern darüber, dass er sie jetzt doch nicht sehen würde. Das einzige Gefühl in ihm war die Sorge um Johannes.
Nachdem sich zwei Stunden später der Zustand seines Vaters immer noch nicht gebessert hatte, rief Samuel den Hausarzt an. Dieser kam nach Beendigung seiner Vormittagssprechstunde kurz vorbei und bestätigte, dass es vermutlich stressbedingte Kreislaufbeschwerden wären, die mit ein wenig Schonung ganz von alleine wieder verschwinden würden. Auf Samuels Frage, ob er denn morgen überhaupt zurück nach London fliegen könnte, nickte der Arzt ihm lächelnd zu. Er spritzte Johannes ein beruhigendes Mittel, so dass dieser in den tiefen erholsamen Schlaf fiel, den er so dringend brauchte.

Mit etwas Abstand betrachtet, erschien Samuel der Plan mit dem Treffen in Göttingen vollkommen skurril. Diese ganze Angelegenheit war mehr als merkwürdig, und je mehr er darüber nachdachte, desto weniger wollte er damit zu tun haben. Warum sollte er sich da überhaupt einmischen? Nur weil der Avatar dieser Ella zufällig blond war? Jeder hatte sein Päckchen zu tragen, und das, was er sich da um ein Haar auf die Schultern geladen hätte – das war nicht sein Päckchen. Sollten die beiden doch machen, was sie wollten. Er würde sich ab heute nicht mehr darum kümmern.

Dann löschte er die Quizduell-App kurzerhand von seinem Smartphone. Die Lust an diesem Spiel war ihm mittlerweile gründlich vergangen. Auch wenn es sehr schade war, ausgerechnet dann auszusteigen, wenn man es auf der statistischen Karriereleiter so weit nach oben gebracht hatte – Samuel war sich im Klaren darüber, dass er diesen Rang, den Johannes für ihn erreicht hatte, sowieso nicht aus eigener Kraft halten konnte. Es wäre ein einziger Niedergang, wenn er jetzt wieder selber weiterspielte. Dieses Trauerspiel wollte er nur ungern miterleben. Besonders nach den Ereignissen der letzten Tage gefiel ihm die Vorstellung, das Quizduell, und alles was damit verbunden war, einfach zu vergessen. Er würde nach London zurückkehren und sein altes Leben wieder aufnehmen.

Die nächsten Stunden verbrachte Samuel damit, das neue Gerät für Johannes einzurichten. Als dieser am späten Nachmittag erwachte, fühlten beide Männer sich deutlich besser. Samuel besorgte noch die Prepaid-Karte für seinen Vater und brachte gleich etwas für das Abendessen mit. An ihrem letzten gemeinsamen Abend machten beide um das Smartphone-Thema einen großen Bogen.

»Willst du dein Geschenk denn gar nicht ausprobieren?«

»Das mache ich, wenn du wieder in London bist. Die wenigen Stunden, die wir noch miteinander haben, die möchte ich lieber mit dir verbringen.«

10. Kapitel

14. November 2014 - am Morgen

Ella war sich darüber bewusst, dass ein Außenstehender diese Aktion nur schwer nachvollziehen konnte. Sechs Stunden würde sie auf der Autobahn verbringen, um den Flughafen in Frankfurt zu erreichen – und das alles nur, damit sie einen kurzen Blick auf diesen Mann werfen konnte, den sie seit ein paar Tagen in einem Chat traf.
Bereits um halb sieben klingelte sie bei ihrer Freundin, die sich angeboten hatte, für diesen Tag Morty zu übernehmen. Theresa zwang Ella natürlich hereinzukommen und sich kurz mit an den Frühstückstisch zu setzen. In dem lebhaften Haushalt war es allen Mitgliedern unter Androhung der Todesstrafe untersagt, ohne Frühstück das Haus zu verlassen. Natürlich ahnte die Freundin, dass Ella außer einem halben Glas Wasser noch nichts zu sich genommen hatte. So musste diese sich mit ihrem vor Aufregung zugeschnürten Magen neben die wortkargen Teenager auf die lange Holzbank in der Küche setzen. Mit angespannter Miene blickte Ella auf die Scheibe Toast in ihrer Hand und hätte liebend gerne noch einmal mit Theresa über diesen verrückten Plan, den sie am Vortag miteinander geschmiedet hatten, gesprochen. Aber es befanden sich deutlich zu viele neugierige Ohren in der Küche, und als Theresas Mann André fragte, was Ella denn Schönes vorhabe, antwortete sie ausweichend, dass sie einen wichtigen Termin in Frankfurt wahrnehmen müsse.

Beim Einfahren in das Parkhaus warf Ella einen Blick auf die Uhr. Bis zum Abflug waren noch mehr als zwei Stunden Zeit. Theresa hatte entschieden, dass Samuel mit der Zeitangabe »*so gegen 15 Uhr*« vermutlich meinte, dass er die British-Airways-Maschine nehmen würde, die planmäßig um 15.07 Uhr startete. »Wenn er den Lufthansa-Flug um

14.35 Uhr nehmen würde, dann hätte er doch sicher nicht geschrieben, dass er gegen 15 Uhr fliegt«, hatte sie voller Überzeugung gesagt. Der nächste Flug nach London ging erst um 16.30 Uhr. Also setzte Ella alles auf diese eine Karte.

Den Frankfurter Flughafen kannte sie nur vom Umsteigen und hatte sich deswegen vorher alles genau im Internet angesehen. Flug BA 3387 startete laut Flugplan um 15.07 Uhr von Terminal 2. Nachdem Ella den Wagen abgestellt hatte, folgte sie mit zügigen Schritten den Hinweisschildern zu Halle E. Der Anblick der unzähligen mit Koffern und Taschen bepackten Menschen, die sich in dem riesigen Gebäude aufhielten, ließ sie erschreckt innehalten. Was hatte sie denn erwartet? Natürlich gab es außer Samuel jede Menge anderer Fluggäste am Frankfurter Flughafen. Schon gestern hatte sie zu Theresa gesagt, für wie aussichtslos sie es hielt, in diesem Gewühl von Reisenden ausgerechnet ihren Samuel zu finden. Aber der Pragmatismus ihrer Freundin hatte sie schließlich davon überzeugt, dass es bei guter Planung gar kein Problem sein dürfte, ihn aufzuspüren. Alles was sie tun musste war, sich im Bereich des Gates D in der Nähe der angegebenen Kontrollstellen für den Sicherheitscheck zu postieren und zu warten. Suchend glitt Ellas Blick durch die Halle und fand nach wenigen Augenblicken eine Tafel, die ihr den Weg zum Gate D wies. Bevor sie sich auf den Weg machte, sah sie noch kurz in ihre Handtasche. Die kleine schwarze Box mit dem Schlüsselanhänger lag griffbereit an ihrem Platz.
Da es mehrere Kontrollstellen gab, war es deutlich schwieriger, einen geeigneten Beobachtungsposten zu finden, als sie sich das vorgestellt hatte. Getrieben von der Angst, Samuel vielleicht doch zu übersehen, drehte sie sich zwischendurch auch immer mal wieder zu den Check-in-Schaltern um. Nach einer halben Stunde schwirrte Ella der Kopf. Es waren einfach zu viele Menschen – zu viele Gesichter. In einem Anflug von Verzweiflung überlegte sie, ob sie Samuel einfach eine Nachricht schicken sollte, in der sie ihm mit-

teilte, dass sie in der Abflughalle auf ihn wartete. Aber würde er diese Botschaft überhaupt noch entdecken? Wenn Samuel es eilig hatte, würde er bestimmt nicht auf eingehende Quizduell-Mitteilungen achten. Und was wäre, wenn er die Nachricht bekam und ihr schrieb, dass er sie überhaupt nicht sehen wollte? Nein! – Ella würde bei dem ursprünglichen Plan bleiben und Samuel überraschen. Es war wohl vollkommen verrückt, aber sie hatte schon so lange nichts vollkommen Verrücktes mehr getan. Es war definitiv die einzige Gelegenheit, ihn zu sehen, und die durfte nicht ungenutzt verstreichen. Aus den Augenwinkeln sah sie einen Mann mit blondem Haar auf einen der Kontrollpunkte zugehen. Ellas Kopf schnellte herum – falscher Alarm.

Geräuschvoll stieß sie den Atem aus. Sie musste sich dringend beruhigen, wenn sie Samuel nicht mit hektischen Flecken im Gesicht gegenüberstehen wollte.

Es dauerte noch weitere 15 Minuten, bis sie ihn endlich entdeckte. Inmitten einer ihrer unzähligen Drehungen erspähte Ella sein Profil in einer kurzen Menschenschlange, die sich an einem der Check-in-Schalter gebildet hatte. Ihre Augen weiteten sich bei Samuels Anblick. Er war es wirklich – und sie fühlte es ganz deutlich – ein Herzenswunsch war gerade im Begriff sich zu erfüllen. Inmitten von hunderten Menschen hatte sie Samuel gefunden. Das konnte doch nur ein untrügliches Zeichen dafür sein, dass sie füreinander bestimmt waren. Das köstliche Triumphgefühl in Ella wurde schon im nächsten Moment von der einsetzenden Nervosität niedergewalzt.

In Wirklichkeit sah er mindestens genauso gut aus wie auf dem Foto, das auf der Homepage von Blue-Trust veröffentlicht war. Er war etwas größer, als sie sich ihn vorgestellt hatte, dafür vielleicht nicht ganz so athletisch. Das lässige Outfit zeugte von einem guten Geschmack und verlieh Samuel einen jugendlichen Charme. Aber am meisten gefiel ihr sein Gesicht. Wie oft hatte sie es sich schon auf der Homepage angesehen? Es war diese Mischung aus einem erwachsenen Michel aus Lönneberga und jung gebliebenen

Indiana Jones, die Ella so ansprach. Mit ihm wäre das Leben sicherlich ein einziges Abenteuer, in dem es jede Menge zu lachen gab. Sie konnte es kaum erwarten, Samuel lachen zu sehen. Nervös strich sie sich die Haare aus der Stirn und wartete darauf, dass er an die Reihe kam. Nur noch wenige Minuten trennten Ella von dem Moment, in dem sie zum ersten Mal seine Stimme hören würde. Was würde er gleich zu ihr sagen, wenn sie ihn mit ihrem Auftauchen überraschte? Während Ella mit weichen Knien dastand und Samuel aus sicherer Entfernung beobachtete, fiel ihr plötzlich etwas auf, das von einer Sekunde auf die nächste ihr ganzes schönes Gedankenkonstrukt über den Haufen warf. Er war nicht allein.

Neben ihm stand ein älterer Herr. War das ein Kollege? Ella hatte nie danach gefragt, ob Samuel alleine nach Frankfurt gereist war. Das Gesicht seines Begleiters erschien Ella vollkommen unbekannt. Wenn es ein Kollege war, dann müsste sein Bild doch auch auf der Homepage von Blue-Trust sein. Hatte sie ihn dort vielleicht gesehen? Irgendwie meinte sie, sich zu erinnern, dass die Leute bei Blue-Trust alle jünger waren als dieser Mann. Der war doch mindestens fünfzig – vielleicht noch älter. Ella konnte sich beim besten Willen nicht daran erinnern, ihn auf der Homepage gesehen zu haben. Aber natürlich war sie auch nur auf Männer in ihrem Alter fixiert, als sie einen Blick auf die Mitarbeiter geworfen hatte. Was sollte sie tun? War die ganze Situation nicht sowieso schon peinlich genug?
Nervös wechselte Ella von einem Fuß auf den anderen und beobachtete, wie Samuel endlich mit der Dame des Bodenpersonals sprach. Nachdem er seine Reisetasche abgegeben und die Bordkarte entgegengenommen hatte, wandte er sich zum Gehen. Wartete er jetzt nicht auf seinen Kollegen? Erst da bemerkte Ella, dass der andere Mann den Bereich des Schalters schon längst verlassen hatte und ein paar Schritte davon entfernt auf Samuel wartete. Offensichtlich flog er also gar nicht mit Samuel zurück nach London. Langsam

schlenderten die beiden Männer in Ellas Richtung. Es sah nicht danach aus, als ob der Mann sich auf dem Stück zwischen Check-in-Schalter und Sicherheitskontrolle von Samuel verabschieden würde. Wenn man einen Reisenden zum Flughafen brachte, ihn schon bis in die Halle begleitete und den Check-in abwartete, dann würde man sich doch nicht plötzlich auf halbem Weg zur Sicherheitskontrolle verabschieden. Das erschien Ella vollkommen unlogisch.
Sie musste sich entscheiden. Entweder nahm sie jetzt all ihren Mut zusammen und sprach Samuel dann eben in Gegenwart dieses fremden Herrn an – oder sie war die vielen Stunden vollkommen umsonst über die Autobahn gefahren und hatte sich anschließend in dieser Abflughalle sinnlos die Beine in den Bauch gestanden. Das Herz klopfte ihr bis zum Hals, als sie sich in Bewegung setzte. Nur noch wenige Meter lagen zwischen ihnen, als sich ihre Blicke trafen. Samuel sagte gerade etwas zu seinem Begleiter, dem offensichtlich aufgefallen war, wie zielstrebig diese blonde Frau auf sie zukam. Im Gegensatz zu Samuel blickte der unbekannte Mann Ella an, und für eine Sekunde glaubte sie, in seinen Augen so etwas wie Erkennen aufblitzen zu sehen. Es dauerte eine kleine Ewigkeit, bis endlich auch Samuel sie bemerkte. Fragend sah er ihr ins Gesicht, und für einen Moment schien die Welt still zu stehen.
»Hi Samu. … Ich bin Ella.« Ihre Worte klangen etwas atemlos – so, als ob sie vorher gerannt wäre, um ihn gerade noch rechtzeitig zu erreichen.
Einige Sekunden verstrichen, in denen sie sich einfach nur ansahen. Ella konnte seinen Blick nicht deuten, bemühte sich, Freude darin zu entdecken. Plötzlich schien er sich darüber klar zu werden, dass eine Antwort mehr als angemessen war. »Ella.«
Immerhin klingt kein Fragezeichen mit, dachte sie und sagte: »Ja … Ella.« Entschuldigend zog sie die Augenbrauen hoch, und ihr Lächeln wurde langsam unsicher. Wenn er jetzt nicht gleich etwas sagen würde, dann wäre die Peinlichkeit der Situation nur noch schwer zu ertragen. Diese Über-

raschung war offensichtlich eine ganz dumme Idee. Es wurde soeben mehr als deutlich, dass dieser Mann kein Typ für Überraschungen war.
Gerade als Ella anfing, darüber nachzudenken, wie sie einen geordneten Rückzug antreten könnte, fand Samuel seine Stimme wieder: »Das ist aber ein Zufall, dass wir uns hier treffen.«
»Genau genommen ist es kein Zufall.«
»Ich verstehe nicht. … Es ist kein Zufall?«
»Nein.«
»Sondern?«
»Nun ja … ich wollte dir gestern etwas geben … also bevor du zurück nach London fliegst … und weil es gestern ja dann nicht geklappt hat … da dachte ich …« Ihre Stimme war beim Sprechen immer leiser geworden.
»Da dachtest du?«
»… da dachte ich … es wäre eine gute Idee, dich hier zu überraschen … und mich persönlich von dir zu verabschieden.«
»Die Überraschung ist dir gelungen.« Sein Blick verriet nichts. Keine Freude, keine Überraschung – überhaupt nichts.
Ella wäre am liebsten im Boden versunken und wollte plötzlich nur noch weg. »Ja dann, Samu … Leb wohl … und guten Flug.« In Ermangelung einer besseren Idee streckte sie ihre Hand aus, die er zuerst einen Moment anstarrte, dann aber endlich ergriff. Die Berührung seiner Haut brannte wie Feuer, aber als Ella ihren Arm zurückziehen wollte, hielt er ihre Hand einfach fest und fragte: »Und was war es?«
»Was war was?« Will dieses absurde Gespräch denn niemals enden, fragte Ella sich.
»Was war es, das du mir geben wolltest?«
»Ach so.« Weil die linke freie Hand nicht reichte, um die Box aus ihrer Handtasche zu holen, entzog Ella ihre rechte Hand Samuels festem Griff. Mittlerweile glühten ihre Wangen. Umständlich kramte sie in ihrer Handtasche und über-

legte kurz, ob sie ihm nicht lieber irgendetwas anderes als Abschiedsgeschenk überreichen sollte. Das zur Verfügung stehende Angebot war allerdings nicht besonders verlockend. Eine Packung Papiertaschentücher, Pfefferminzbonbons, ein paar einzeln abgepackte Hundeleckerchen, Lippenstift, Tampons und drei Kugelschreiber, von denen mindestens zwei nicht mehr funktionierten. Alles mindestens so peinlich wie der Schlüsselanhänger. Und schließlich bestand ja auch die Möglichkeit, dass dieses sehr persönliche Geschenk endlich das Eis zwischen ihnen zum Schmelzen bringen würde. Sie war doch sein Morgenstern und sein Abendstern. Hatte er das denn vergessen? Entschlossen griff sie schließlich nach der schwarzen Box. »Es ist nur eine Kleinigkeit, … nichts Besonderes«, sagte sie leise, als sie ihm die Schachtel hinhielt.

»Was ist drin?«

»Mach es doch auf.« Ella hoffte inbrünstig, dass ihm beim Lesen der Gravur endlich einleuchten würde, warum ihr überraschendes Auftauchen hier am Frankfurter Flughafen Sinn machte.

»Du bist mein Morgenstern«, las er halblaut, ohne sich die Mühe zu machen, den mattsilbernen Anhänger überhaupt aus der Verpackung zu nehmen.

»Es steht auch etwas auf der anderen Seite«, sagte Ella, und die Verzweiflung in ihrer Stimme war jetzt deutlich hörbar. Langsam nahm er den Stern aus dem Karton und überflog die Inschrift auf der Rückseite. In seiner großen ausgestreckten Männerhand sah der Schlüsselanhänger plötzlich klein und lächerlich aus. Ella schluckte und beobachtete Samuel ganz genau, als er tief Luft holte und endlich zu sprechen begann:

»Weißt du, Ella … es ist jetzt bestimmt nicht der richtige Moment, aber …«

»Ich weiß … tut mir leid … diese Überraschung war wohl doch keine so tolle Idee.«

»Nein … das meine ich nicht.« Er rang spürbar um die richtigen Worte. »Es ist nur so, dass ich eigentlich …«

»Was er sagen will ist, dass er eigentlich jetzt dringend seinen Flug erreichen muss«, mischte Samuels Begleiter sich plötzlich ein, der unfreiwillig Zeuge dieser überaus peinlichen Begegnung geworden war.
Ella hatte überhaupt nicht mehr daran gedacht, dass der ja auch noch da war und sozusagen einen kostenlosen Logenplatz für dieses absurde Theater hatte. Sie blickte ihn an, aber der Mann richtete seine ganze Konzentration auf Samuel. »Ich würde vorschlagen, dass du dich jetzt verabschiedest und schleunigst auf den Weg machst, sonst starten die gleich ohne dich.« Mit diesen Worten schob er Samuel bestimmt in Richtung der Sicherheitskontrollen. Der eiskalte Blick, den Samuel ihm dafür zuwarf, entging Ella nicht. Sie lief ihnen zaghaft ein paar Schritte nach, aber der Abstand war zu groß, um die Worte zu verstehen, als der Mann eindringlich auf Samuel einsprach. Bevor sie die Beamten der Flughafensicherheit erreichten, drehte Samuel sich noch einmal um. Ella hatte schon nicht mehr damit gerechnet und war davon ausgegangen, dass er nun ohne ein Wort des Abschieds auf Nimmerwiedersehen verschwinden würde. Nach dieser verunglückten Überraschung hielt sie das auch für das Beste, was ihr passieren konnte.
»Sorry, Ella … Ich bin irgendwie etwas durch den Wind. Vielen Dank für das Geschenk. Es war schön dich hier zu sehen. Tut mir leid, dass wir nicht mehr Zeit haben.« Samuel war nochmal ein paar Schritte zurück auf sie zugekommen und streckte nun seine Hand nach ihr aus. Das erste Mal schien er Ella wirklich anzuschauen. Seine Augen untersuchten ihr Gesicht, als ob er irgendetwas Bekanntes darin finden wollte. Vorsichtig machte sie ebenfalls noch einen Schritt auf Samuel zu und legte unsicher ihre Hand in seine. Sanft drückte er ihre Finger ein wenig zusammen.
»Sorry, Ella«, sagte er nochmal, »du kannst nichts dafür.«
Der traurige Blick, den er ihr dabei zuwarf, gab Ella den Rest. Ihre Augen füllten sich mit Tränen. »Meldest du dich bei mir, wenn du wieder zu Hause bist?« Es sollte sicher nicht wie ein Betteln klingen, aber der weinerliche Unterton

in Ellas Stimme klang ganz bestimmt alles andere als souverän. Es fiel ihr schwer, dem Blick standzuhalten, mit dem er sie musterte. Darin lag so viel, was sie nicht verstand. Nach einer weiteren kleinen Ewigkeit nickte Samuel. »Werde ich … «, und mit diesen Worten drehte er sich um und ging zum Kontrollpunkt. Den fremden Mann, der dort auf ihn gewartet hatte, nahm er zum Abschied kurz in den Arm, und sie wechselten noch ein paar leise Worte. Das Passieren der Sicherheitsschleuse dauerte höchstens zwei Minuten, dann ging Samuel fort, ohne sich noch einmal umzudrehen.

Vermutlich war er schon geraume Zeit nicht mehr zu sehen, als der fremde Mann Ella ansprach: »Ich würde vorschlagen … auf diesen Schreck trinken wir beide jetzt mal einen Kaffee.«
Wie versteinert hatte sie dagestanden und konnte nicht verhindern, dass die Tränen unablässig über ihr Gesicht rannen. Erschreckt stellte sie fest, dass Samuels Begleiter mittlerweile neben ihr stand. Mit einem beruhigenden Lächeln reichte er ihr ein Taschentuch, das sie dankbar entgegennahm. »Entschuldigung«, schniefte sie, »es ist mir schrecklich unangenehm.«
»Das braucht es wirklich nicht. Herzensangelegenheiten sind leider häufig unglaublich kompliziert. … Wenn sie lieber hier stehen bleiben wollen, … dann kann ich uns auch einen Kaffee hierherholen.«
Ella lechzte danach, sich hinzusetzen. Plötzlich fühlte sie sich unglaublich erschöpft. Auch wenn sie nicht wirklich davon überzeugt war, dass es eine gute Idee wäre, mit diesem unbekannten Menschen irgendwohin zu gehen, machte ihr die Vorstellung, jetzt mit ihren Gedanken alleine zu sein, nicht weniger Angst. Schließlich befanden sie sich an einem der belebtesten Orte in ganz Frankfurt. Wenig damenhaft zog sie die Nase hoch und nickte ihm zu: »Kaffee wäre toll. Lieber im Sitzen als im Stehen.«

Zumindest dieser Mann schien sich über ihre Gesellschaft zu freuen, denn sein Lächeln vertiefte sich. Dann bot er ihr galant seinen Arm an, als ob sie auf dem Weg zu einem rauschenden Empfang wären. »Ich persönlich bevorzuge ja italienischen Kaffee … aber falls Sie ein Faible für amerikanische Pappbecher haben, dann könnte ich Sie auch damit glücklich machen.«
Ellas Mundwinkel zuckten. »Glücklich machen? … Mich? … Na da haben Sie sich aber etwas vorgenommen.« Dankbar ergriff sie seinen Arm und sagte: »Ich habe mich noch gar nicht vorgestellt … Ich bin Ella.«
»Ich weiß. Schön, dich kennenzulernen, Ella. Mein Name ist Johannes.«

Mit zielsicheren Schritten führte Johannes sie in ein mediterran anmutendes Restaurant und bestellte für beide einen Cappuccino. Auf die Frage, was sie genau haben wollte, hatte Ella nur hilflos mit den Schultern gezuckt, also hatte er für sie entschieden. Bis die Getränke serviert wurden, schaute Ella angestrengt aus dem Fenster. Sie wusste nicht, was sie sagen sollte, und war eigentlich auch ausreichend damit beschäftigt, sich zu sammeln. Diesen Johannes schien das nicht weiter zu stören. Gelassen studierte er das Speisenangebot.
»Hast du schon etwas zu Mittag gegessen?«
Ella schaute ihn an. »Nein. … Aber, ehrlich gesagt, ist mir der Appetit auch gründlich vergangen.«
»Sei ihm nicht böse. … Die letzten Tage waren für Samuel sehr schwierig. Normalerweise ist er nicht so.«
»Ach nein? … Klingt ja so, als ob du ihn gut kennst.«
»Und du? … Kennst du ihn gut?« Forschend sah er sie an.
»Ich?« Ella lachte trocken auf. Es lag keine Fröhlichkeit in diesem Lachen. »Nein. … Ich kenne ihn nicht. Ich dachte, ich würde ihn ein wenig kennen, … aber ich kenne ihn nicht.«
Johannes schaute Ella ernst an. »Es dauert manchmal sehr lange, bis man einen Menschen wirklich kennt.«

»Ich weiß … deswegen wollte ich ja auch damit anfangen, ihn etwas besser kennenzulernen. … Aber unser Zusammentreffen hier, … das stand wohl unter keinem guten Stern.«
Bei ihren Worten veränderte sich sein Gesichtsausdruck ein wenig. Obwohl sein Mund noch ernst blieb, hatten seine Augen angefangen zu lächeln. »Das mit den Sternen ist ja immer so eine Sache. Das, was wir hier unten von ihnen sehen, das hat ja unter Umständen gar nichts mit der aktuellen Realität zu tun. Wenn ihr Licht uns erreicht, dann sind manche von ihnen schon lange erloschen.«
»Du meinst … das was Samuel und mich verbunden hat, das gibt es gar nicht mehr?«
»Das kann ich nicht beurteilen. Was hat euch denn verbunden?«
Seufzend stützte Ella den Kopf in ihre Hände. »Schwer zu sagen. … Alles und nichts.«
Und dann begann Ella zu erzählen. Die ganze Geschichte, begonnen bei ihrer schlaflosen Nacht, in der ihr erster Chat mit Samuel stattfand, über die täglichen virtuellen Gespräche und unwürdigen Heimlichkeiten Konstantin gegenüber, bis hin zu der geplatzten Verabredung in Göttingen. Diese ganze unglaubliche Geschichte stürzte nur so aus ihr heraus. Dabei war es nicht nachzuvollziehen, warum Ella sich diesem Johannes, dem sie noch nie zuvor in ihrem Leben begegnet war und den sie vermutlich auch nie wiedersehen würde, alles so spontan anvertraute. In seiner Gegenwart fühlte sie sich einfach gut aufgehoben und hatte irgendwie das Empfinden, ihn schon ewig zu kennen. Lag das daran, dass er ähnlich wie Konstantin schon etwas älter war und somit ihren Vaterkomplex ansprach? Das Psychologiestudium hatte ihr in den vergangenen Jahren so manchen Einblick in ihre eigene Psyche verschafft und die Erkenntnis, dass die Sehnsucht nach dem eigenen Vater ihr Leben nachhaltig beeinflusst hatte, war ein wichtiger Schritt in ihrer persönlichen Entwicklung gewesen. So war es vermutlich bei Johannes auch dieser innere Mechanismus, der dafür sorgte, dass sie seine Nähe als so überaus angenehm

empfand. In Krisen sehnte sie sich anscheinend immer ganz besonders nach ihrem Vater.
Zwei Stunden später saßen sie immer noch zusammen und zwischen ihnen stand ein Teller mit italienischen Vorspeisen. Johannes hatte irgendwann zwischen den Berichten über Mortys Vorliebe für das verbotene Sofa und Theresas Ermutigungen bezüglich des Treffens in Göttingen ein dreigängiges Menü bestellt. Je mehr Ella sich den Kummer von der Seele geredet hatte, desto größer war ihr Hunger geworden. Mit gefülltem Magen konnte sie die erlebte Demütigung deutlich besser ertragen, und es war nicht zu leugnen, dass auch Johannes' Gesellschaft dazu beitrug, dass sie sich schon wieder deutlich besser fühlte.
Als es draußen langsam anfing zu dämmern, blickte sie erschrocken auf die Uhr. »Oje … ich muss los.«
»Schade … ich dachte, ich könnte dich noch zu einem Glas Wein überreden.« Johannes warf ihr einen enttäuschten Blick zu.
»Nein, … auf gar keinen Fall. Ich muss doch noch fahren und das sogar ziemlich weit. Das mit dem Wein ist eine verlockende Vorstellung, … aber keine gute Idee.«
»Und wenn du erst morgen fährst? Jetzt wartet nur der Berufsverkehr auf dich und sonst gar nichts. Ich könnte dir mein Gästezimmer anbieten. … Das ist ja jetzt wieder frei.«
Ella schluckte. Erst da wurde ihr klar, dass sie die ganzen Stunden nur über ihre Person geredet hatten. So egozentrisch war sie sonst eigentlich nicht, und dass sie sich so massiv in den Mittelpunkt gestellt hatte, war ihr im Nachhinein ziemlich peinlich. Abgesehen davon war es natürlich vollkommen indiskutabel, bei Johannes zu übernachten. So gut ihr das Gespräch mit ihm auch getan hatte – er war ein Fremder für sie. Ein sehr netter Fremder, dem sie dankbar war und den sie nicht vor den Kopf stoßen wollte.
»Das ist ein ganz liebes Angebot, … aber ich fahre doch besser nach Hause.« Schnell sprach sie weiter: »Gästezimmer wieder frei? … Heißt das, Samuel hat bei dir gewohnt, solange er in Frankfurt war?«

»Ja, … das macht er immer.«
»Ich dachte zuerst ihr seid Kollegen. Aber dann wohnst du also hier in Frankfurt. Was machst du denn beruflich? Auch etwas mit Marketing?«
»Ich habe eine Stelle an der Uni.«
»Und als was?«
»Ich arbeite am Institut für Geowissenschaften, … im Bereich Geophysik.«
»Das hat aber wirklich nichts mit Kommunikationsdesign zu tun. Dann kennt ihr euch also eher privat?«
Johannes schmunzelte. »Ja. … Ich kenne Samuel schon seit seiner Geburt.«
»Seid ihr verwandt? Bist du sein Onkel? … Oder sein Cousin?«
»Ich bin sein Vater, Ella.«
Dieser Tag hatte offensichtlich gute Chancen, als »Peinlichster-Tag-des-Jahrhunderts« in das Guinness-Buch der Rekorde einzugehen. Deswegen war es Ella auch fast schon egal, dass sie rot wurde. Sie lachte nervös und sagte: »Na, … dann hast du jetzt ja einen tollen Eindruck von mir.«
»Ja, … das stimmt. … Du hast mich über alle Maßen beeindruckt.« An der Art, wie er das sagte, war überhaupt nichts Peinliches. Johannes blickte ihr direkt in die Augen und wollte noch etwas hinzufügen, aber Ella unterbrach diesen Moment, indem sie aufstand und geräuschvoll den Stuhl zurückschob. »Ich gehe jetzt lieber. Vielen Dank fürs Zuhören … und vielen Dank für die Einladung zum Essen.«
Johannes war ebenfalls aufgestanden und ging um den Tisch herum einen Schritt auf sie zu. »Es war mir eine Freude, dich kennenzulernen.« Bei diesen Worten streckte er ihr seine Hand hin. Ella unterdrückte den Impuls, ihn zu umarmen, und verabschiedete sich stattdessen so, wie es sich zwischen Unbekannten gehörte. Als sie sich am Ausgang noch einmal umdrehte, sah sie Johannes, der immer noch neben dem Tisch stand und ihr nachblickte. Er sah ein bisschen traurig aus. Dabei war es doch eigentlich sie, die einen Grund zum Heulen hatte.

Die Rückfahrt, welche sich als nicht enden wollende Strapaze entpuppte, bot Ella ausreichend Zeit, über alles noch einmal nachzudenken. Hatte ihre Wahrnehmung sie tatsächlich so getäuscht, und zwischen ihr und Samuel gab es in Wirklichkeit gar nichts, was sie verband? In der ganzen Zeit, die sie miteinander im Chatkontakt standen, war es Ella so vorgekommen, als ob sie ihm etwas bedeuten würde. Ziemlich schnell hatten sie damit begonnen, ihre Tage miteinander zu verbringen, obwohl mehr als 600 Kilometer sie trennten. Diese räumliche Distanz hatte nie eine Rolle gespielt. Auf virtuellem Wege nahmen sie trotz dieser großen Entfernung am jeweiligen Leben des anderen teil. Und dann war es schließlich auch Samuel, der so plötzlich auf ein Treffen drängte. Warum um alles in der Welt hatte er sich dann nicht gefreut, als sie am Flughafen aufgetaucht war?
Auch wenn Ella es nicht gerne zugab, aber diese Art, wie er sie angeschaut hatte, wirkte fast so, als ob er böse auf sie wäre. In seinem Blick war keine Zuneigung, nicht mal ein Anflug von Sympathie, zu erkennen gewesen. Was hatte sie denn falsch gemacht? Wie konnte ein Mensch, der virtuell so einen netten Eindruck machte im realen Leben so hart und kalt rüberkommen?
Ärger stieg in ihr auf. Ärger auf diesen Mann, der erst virtuell einen auf »netter Typ« machte, und der sich dann, nachdem Ella eine kleine Weltreise für ihn unternommen hatte, als ein Idiot entpuppte. Was hatte Theresa zu ihr gesagt? Sie sollte sich einen ersten Eindruck verschaffen und herausfinden, ob sie auf der gleichen Wellenlänge sind. Samuel war durch den Ersten-Eindruck-Test mit Pauken und Trompeten durchgefallen. Und was machte sie? Sie schenkt ihm dafür auch noch diesen Schlüsselanhänger. Hätte sie ihm doch lieber die Hundeleckerchen in die Hand gedrückt. So kaltschnäuzig wie er sich präsentiert hatte, wäre das um einiges passender gewesen. Die Tränen der Enttäuschung stiegen erneut in Ella auf. Sie bemühte sich, diese nur ganz sparsam zu weinen, damit keine Verkehrsgefährdung von ihr ausging.

Nach den ersten zwei Stunden machte Ella eine Pause und schrieb Theresa eine Nachricht, dass sie auf der Autobahn sei und erst sehr spät in Hamburg ankommen würde. Mit dem Smartphone in der Hand lehnte sie am Kotflügel ihres Wagens und widerstand der Versuchung, die Quizduell-App zu öffnen. Samuels Zusage, sich bei ihr zu melden, wenn er zu Hause ankam, war nüchtern betrachtet erst erfolgt, nachdem Ella darum gebettelt hatte. Bei der Erinnerung daran, wie weit sie sich doch erniedrigt hatte, schüttelte sie den Kopf. Für Ella stand eigentlich schon fest, dass Samuel sich sowieso nicht mehr bei ihr melden würde. Und trotz allem machte dieser Gedanke sie traurig.

Der einzige Lichtblick des Tages war Johannes. Die Selbstverständlichkeit, mit der er sich um sie gekümmert hatte, ergab sich vermutlich daraus, dass er ja schließlich Samuels Vater war. Wahrscheinlich schämte er sich für das schäbige Verhalten seines Sohnes, und seine Einladung war so etwas wie eine kleine Wiedergutmachung. Ella mochte sich gar nicht vorstellen, in was für einem desolaten Zustand sie sich wohl auf die Autobahn begeben hätte, wenn er sie nicht davon abgehalten hätte.
Sie erinnerte sich daran, was Johannes über das Verhalten seines Sohnes gesagt hatte. »Die letzten Tage waren für ihn sehr schwierig. Normalerweise ist er nicht so.« Gestern hatte Samuel ihr ja auch selbst geschrieben, dass es Komplikationen in seinem Leben gab. Bestand vielleicht die Hoffnung, dass Ella einen ganz ungünstigen Moment für ihr Treffen gewählt hatte und Samuel in Wirklichkeit doch mehr für sie empfand, als er am Flughafen zeigen konnte?

Das Navigationsgerät hatte exakt kalkuliert, und Ella erreichte das Haus ihrer Freundin um kurz nach Mitternacht. Bestimmt wäre es auch in Ordnung gewesen, Morty erst morgen früh wieder abzuholen, aber die Vorstellung, die Nacht so ganz alleine zu verbringen, erschien Ella wenig verlockend. Anstatt zu klingeln klopfte sie leise ans Wohn-

zimmerfenster. Wie ein Einbrecher war sie ums Haus gelaufen und hoffte inbrünstig, dass Morty nicht sofort Alarm schlagen würde. Aber die Hündin lag ausgestreckt auf dem Sofa und brachte nur ein kurzes dunkles Grollen zustande, bevor Theresa ihr die Schnauze zuhielt.
»Da bist du ja endlich. Meine Güte, … ich habe mir schon Sorgen gemacht. Warum hat das denn so lange gedauert?« Theresa hatte die Terrassentür geöffnet und beobachtete mit besorgtem Blick, wie Ella die Schuhe auszog und dann mit hängenden Schultern auf das Sofa zusteuerte.
»Scheint ja eine zeitintensive Begegnung gewesen zu sein mit deinem Samu. … Jetzt spann mich bloß nicht weiter auf die Folter, … ich platze gleich vor Neugier.« Mit einem Seufzer ließ sie sich neben Ella auf dem Sofa nieder. »Wie war es? Was hat er gesagt? Ist er wirklich so süß wie auf dem Bild, oder war das ein Werk von Photoshop?«
»Sein Aussehen war das Einzige, was nicht enttäuschend war.«
»Was meinst du damit?«
»Was ich damit meine? … Nun ja, … er ist gutaussehend.«
»Und ansonsten?«
»… und ansonsten ist er wohl nicht sonderlich an mir interessiert. … Dieses Treffen war der totale Flop, Theresa. Ich habe mich so unglaublich lächerlich gemacht. Am liebsten möchte ich das alles so schnell wie möglich vergessen.«

»Das kannst du ja von mir aus auch gerne, Sweetie, … aber erst, nachdem du mir alles genau erzählt hast. Und wenn ich *genau* sage … dann meine ich auch *genau*. … Wort für Wort.« Theatralisch vergrub Ella ihr Gesicht in Mortys Fell und wusste nicht, ob sie lachen oder weinen sollte. »Das ist die pure Sensationsgier, die da aus dir spricht. Gab es heute keine Herz-Schmerz-Schnulze im Fernsehen? Da gibt es wenigstens ein Happy End.«
»Natürlich ist das die pure Sensationsgier, die da aus mir spricht. Lohnt es sich, Popcorn zu machen?«

Ella nahm ihrer Freundin diese Worte nicht übel. Es war offensichtlich, dass Theresa nur versuchte, sie aufzuheitern.
»Geht auch Rotwein?«
»Klar … Rotwein geht auch. Morgen ist Samstag, da steht hier vor zehn sowieso keiner auf.« Mit diesen Worten verschwand Theresa in die Küche. Als sie wenige Minuten später mit zwei gefüllten Gläsern zurück ins Wohnzimmer kam, starrte Ella mit einem gequälten Gesichtsausdruck auf den Bezugsstoff des Sofas. Schweigend setzte Theresa sich ihr gegenüber in den Sessel und wartete. Nach fünfminütiger Stille begann Ella zu erzählen. Ihr Bericht endete mit Samuels Abschiedsworten. Nach einer kurzen Pause fügte sie bitter hinzu: »Er ist ein Idiot. … Im wirklichen Leben ist er ein Idiot.«
»Ach Süße, … das tut mir so leid. Das war wirklich kein guter Start ins real life für euch beide.«
»Das war überhaupt kein Start. … Das war das Ende.«
»Wieso das Ende? … Ich denke, er hat gesagt, dass er sich bei dir meldet.«
»Das wird er nicht tun.«
»Aha, und warum denkst du, dass er das nicht tun wird?«
»Du hast seine Blicke nicht gesehen, seine Stimme nicht gehört, … du kannst es nicht verstehen.«
»Was kann ich nicht verstehen?«
»Er mag mich nicht.« Bei diesen Worten brach Ella wieder in Tränen aus.
»Jetzt mal langsam.« Theresa wartete einen Moment, bis ihre Freundin sich wieder ein wenig beruhigt hatte. »Er mag dich nicht? … Also auch wenn eure erste reale Begegnung nicht ganz so prickelnd war, … kann ich in dem, was du mir erzählt hast, keinen Hinweis darauf finden, dass er dich nicht mag.«
»Ich sag ja, dass du es nicht verstehen kannst, … weil du nicht dabei warst«, sagte Ella trotzig.
»Aber wenn es wirklich so war, wie du mir gerade erzählt hast, … dann hat er doch wirklich nichts getan, was dein hartes Urteil rechtfertigt.« Theresa wechselte in einen sach-

lichen Ton. »Seine Fähigkeiten, ein direktes Gespräch zu führen, scheinen ziemlich eingeschränkt zu sein. Da gebe ich dir ja recht. Aber das kann viele Gründe haben. … Dass er dich nicht mag, ist nur eine Möglichkeit, … und die halte ich für sehr unwahrscheinlich.«
»Du hast doch gesagt, dass ich eine gute Menschenkenntnis habe und ihn mir mal anschauen soll. … Ich habe ihn mir angeschaut … und meine Menschenkenntnis sagt mir, … dass er mich nicht mag.«
»Und meine Menschenkenntnis sagt mir, dass er dich verletzt hat, … und du deswegen nicht dazu bereit bist, diese Begegnung in einem anderen Licht zu sehen.«
»Was für ein anderes Licht meinst du?«
»Zum Beispiel gibt es viele Menschen, denen es schwer fällt, spontan ein lockeres Gespräch zu führen. Die sind oftmals ganz tolle Chatpartner, weil sie sich dabei ja jede Frage und jede Antwort vor dem Schreiben ganz genau überlegen können. In einem realen Gespräch stoßen die aber ganz schnell an ihre Grenzen. Vielleicht war er deswegen mit dieser überraschenden Situation einfach nur überfordert.«
Zweifelnd schaute Ella ihre Freundin an. »Du hast nicht gesehen, wie locker er am Check-in sprechen konnte. Sonst würdest du diese Möglichkeit auch ausschließen.«
»Aber das sind doch Standardsituationen. … Die proben solche Leute einfach so lange, bis sie die beherrschen.«
»Du meinst also, ich soll mich mit der Vorstellung trösten, dass Samuel vielleicht ein Sozialphobiker ist? … Na herzlichen Dank.«
»Genau, … ein Sozialphobiker, … oder ein Stotterer?«
»Ich bitte dich.«
»Auch Menschen mit Sprechstörungen zeigen in überraschenden Situationen gelegentlich Vermeidungsstrategien. Also ganz nach dem Motto: ›Bevor ich mich durch mein Stottern blamiere, da sag ich lieber nichts.‹ Das ist doch einleuchtend, oder?«
»Er hat aber etwas gesagt, … ohne zu stottern, … und das, was er gesagt hat, das war nicht besonders nett.«

»Und was genau? Was hat er genau gesagt, das nicht besonders nett war?«
Ella überlegte eine Weile und erwiderte dann unwirsch: »Seine Unfreundlichkeit ergab sich einfach aus dem Kontext. Ich kann ihn jetzt nicht zitieren und damit beweisen, dass er sich total bescheuert verhalten hat. Du musst es mir einfach glauben.«
»Ich glaube dir auch, dass sein Verhalten sehr merkwürdig war und bei dir als Unfreundlichkeit ankommen musste, ... aber was ich nicht glaube ist, dass er dich nicht mag.«
Mit einen Zug leerte Ella ihr Glas, stellte es auf den Tisch und rollte die Augen: »Totales Psychologengequatsche.«
Theresa warf ihr als Reaktion ein Kissen entgegen, das Ella lachend auffing und anschließend wie ein Stofftier in den Arm nahm. »Du glaubst also, dass er sich doch nochmal bei mir melden wird?«
»Ja. ... Warum auch nicht? Ihr hattet doch eine schöne Zeit miteinander.«
Mit einem Lächeln griff Ella nach ihrem Smartphone. »Zumindest scheint er es damit nicht besonders eilig zu haben«, sagte sie in der nächsten Minute enttäuscht.
»Ach komm. Ihr seid doch keine Teenager mehr. Ein bisschen Geduld musst du schon haben. Vermutlich ist ihm auch klar, dass er sich blöd verhalten hat und sucht jetzt nach den richtigen Worten.«

Entnervt durchsuchte Samuel zum dritten Mal die Seitenfächer seiner Reisetasche, aber das Ladekabel für sein Smartphone blieb verschwunden. Auf dem Rückflug war er zu dem Schluss gekommen, dass sein Vater recht damit hatte, wenn er sagte, dass diese Ella schließlich am wenigsten Schuld an der ganzen Situation trug. Eigentlich war sie nur zur falschen Zeit am falschen Ort, und unter anderen Umständen hätte Samuel eine Begegnung mit Ella bestimmt als sehr angenehm empfunden. Dass ihr Aufeinandertreffen so überaus ungünstig verlaufen war, tat ihm im Nachhinein ziemlich leid. Aber in dieser überraschenden Situation war

Samuels Kopf einfach schon so voll mit Sorgen und Fragen, die in den letzten Tagen wieder aufgetaucht waren, dass er es nicht geschafft hatte, angemessen zu reagieren.
Zu erkennen, dass er sich bezüglich Ella offensichtlich geirrt hatte, ließ vieles in einem ganz anderen Licht erscheinen. Mit ihrem blonden Avatar hatte alles angefangen. Erst als sie ihm am Flughafen gegenüberstand, hatte Samuel begriffen, dass Ella keine Reinkarnation von Angela war. Da gab es in Wirklichkeit keine gravierenden Ähnlichkeiten zu den Bildern aus seiner Vergangenheit. Aber diese Erkenntnis war wie eine zähe Masse erst ganz allmählich in sein Bewusstsein gelangt, und bis er es dann endlich begriffen hatte, da lag schon wieder der Ärmelkanal zwischen ihnen.
Seine merkwürdige Reaktion konnte er nicht mehr rückgängig machen, deswegen hatte Samuel sich fest vorgenommen, das wieder gut zu machen. Er wusste noch nicht genau, wie er das anstellen sollte – aber wenn er an Ellas zarte Gesichtszüge dachte und an diese blauen Augen, in denen sich so plötzlich Tränen gesammelt hatten, dann war er fest entschlossen, wiedergutzumachen, was er da angerichtet hatte.

Eine Nachricht darüber, dass er wohlbehalten in London angekommen war, bot natürlich einen perfekten Einstieg. Als nach dem Flug die Telefone wieder angeschaltet werden durften, hätte Samuel es auch sofort erledigt, wenn er diese verhängnisvolle Quiz-App nicht zuvor in einem Anfall von Selbstgerechtigkeit gelöscht hätte. Über die Warnung seines Akkus, der nur noch auf 7 % stand, hatte er sich keine Sorgen gemacht. Was das anging, war Samuel schon immer risikofreudig. Schließlich fuhr er auch den Tank seines Wagens immer bis auf den letzten Tropfen leer und war noch nie mitten auf der Straße stehengeblieben. Also startete Samuel den Download schon, während er auf sein Gepäck wartete. Ohne WLAN dauerte es natürlich eine Ewigkeit, und das war dann letztendlich auch der Grund dafür, dass der Akku dann doch nicht mehr reichte. Hätte er doch gewartet, bis er wieder in seiner Wohnung war. Aber sein schlechtes Gewis-

sen hatte ihn gequält, und er wollte Ella auf keinen Fall länger als unbedingt nötig warten lassen.
Mit einem leisen Fluch warf er seine Reisetasche in die Ecke und dachte darüber nach, wann er das Ladekabel zum letzten Mal gesehen hatte. Vermutlich steckte es noch in der Steckdose im Gästezimmer seines Vaters. Am Morgen vor der Abreise hatte er eigentlich sein eigenes Gerät aufladen wollen, dann aber das neue Smartphone seines Vaters angeschlossen, damit sein Abschiedsgeschenk auf 100 % war, wenn Johannes es zum ersten Mal benutzen würde. Samuel dachte in letzter Zeit vermutlich viel zu viel an seinen Vater und zu wenig an sich selbst. Aber diese Kreislaufattacke war so erschreckend gewesen, dass er schon erwogen hatte, seine Rückreise nach London um zwei Tage zu verschieben. Letztendlich war es Johannes, der Samuel dazu drängte, wie geplant den Rückflug anzutreten. Die schlechte Stimmung zwischen ihnen war offensichtlich auch an seinem Vater nicht spurlos vorbeigegangen und nachdem Samuel sich von der Idee verabschiedet hatte, Licht in diese merkwürdige Chatgeschichte zu bringen, war er letztendlich erleichtert gewesen, Frankfurt mit all seinen Problemen den Rücken zuzukehren.
Ella hatte diesen Plan durchkreuzt. Plötzlich stand sie da und strahlte ihn an. Der Schlüsselanhänger, den sie ihm gegeben hatte, lag mittlerweile auf seinem Schreibtisch. Vorsichtig griff er danach und spürte das kühle Metall in seiner Handfläche. Diese Frau war alles andere als kühl gewesen. Ihre weiche Hand mit den schlanken Fingern und gepflegten Nägeln hatte so warm in seiner gelegen, dass er sie gerne länger festgehalten hätte. *Du bist mein Morgenstern – Du bist mein Abendstern.* Er gab es nur ungern zu, aber ein paar von ihren Strahlen hatten seinen eiskalten Panzer durchdrungen und waren an ihm hängengeblieben. Natürlich war dieses Geschenk eigentlich für seinen Vater bestimmt. Samuel fragte sich lieber nicht schon wieder, was da zwischen den beiden lief. Aber schließlich hatte Ella es ihm in die Hand gedrückt, und dafür wollte Samuel sich so schnell wie mög-

lich bei ihr bedanken. Gleich morgen würde er losgehen und ein neues Ladekabel besorgen. Bis dahin musste Ella leider warten. »Sorry, Ella«, sagte er mit Blick auf den silbernen Stern, »ich melde mich dann morgen.«

3. Teil

11. Kapitel

15. November 2014 - noch in der Nacht

Es war fast halb drei, als Ella endlich nach Hause kam. Theresa hatte noch versucht, sie zu einem zweitem Glas Wein zu überreden, aber Ella dachte daran, dass sie am nächsten Vormittag ihren Mann abholen musste und lehnte dankend ab. Bis sie den Weg in ihr Bett fand, schaute sie noch einige Male nach, ob Samuel sich endlich, wie versprochen, bei ihr gemeldet hatte. Natürlich war es eher unwahrscheinlich, dass er mitten in der Nacht etwas schreiben würde, aber nach dem Gespräch mit Theresa hatte Ella wieder Hoffnung geschöpft.

Allerdings wusste sie gar nicht so genau, was sie sich da erhoffte. Wäre es nicht die einfachste Lösung, wenn der Kontakt nach ihrem peinlichen Zusammentreffen einfach endete? Bisher war es ein virtueller Flirt, und sich darauf einzulassen, war doch nun wirklich nichts Schlimmes. Schließlich betrog sie Konstantin nicht, nur weil sie gerne mit Samuel chattete. Diese virtuellen Gespräche taten ihr einfach nur gut, und wenn sie deswegen fröhlicher und zufriedener war, dann hatte das doch letztendlich auch für ihre Ehe einen positiven Effekt.

Mit dem Treffen im realen Leben war zwar eine entscheidende Grenze überschritten worden, aber dafür hatte sie auch bereits einen Dämpfer erhalten. Nichts wünschte sie sich mehr, als dass sie mit Samuel da weitermachen könnte, wo sie vor ein paar Tagen den rechten Pfad verlassen hatte. Zurück zu dem Punkt, an dem ein Zusammentreffen ausschließlich in ihrer Phantasie stattfand und über alle Maßen angenehm verlief. Seitdem diese Idee mit dem realen Treffen aufgekommen war, ging es doch eigentlich stetig bergab mit ihnen.

Das Aufstehen fiel Ella am nächsten Morgen ganz besonders schwer, und letztendlich war es die Hoffnung darauf, endlich die lang ersehnte Nachricht vorzufinden, die sie überhaupt dazu motivierte, ihre Augen aufzumachen. Mit der rechten Hand griff Ella nach dem Smartphone, das sie nur wenige Stunden zuvor neben sich auf dem Nachttisch abgelegt hatte. Keine Nachricht. Enttäuscht vergrub sie ihr Gesicht in den Kissen. Von wegen – er meldet sich. Gar nichts tat er. Genau, wie sie befürchtet hatte.
Geräusche aus dem Erdgeschoss erinnerten sie daran, dass Morty dringend in den Garten musste. Missmutig wälzte Ella sich aus dem Bett und ging die Treppe hinunter. Auch der kleine Freudentanz, den ihre Hündin veranstaltete, konnte sie an diesem Morgen nicht wirklich erheitern. Wie in Trance stand Ella am Fenster und starrte in den Garten. Vielleicht sollte sie sich langsam damit arrangieren, dass ihr Leben in Zukunft ohne Samuel weitergehen würde. Das Gefühl der Enttäuschung begleitete sie unter die Dusche und ließ sich auch nicht einfach so abwaschen. Der Blick in den Spiegel bestätigte nur, was Ella sowieso schon wusste. Sie war unglücklich. Eine unglückliche Frau Mitte dreißig, die irrtümlicherweise davon ausgegangen war, dass dieser hübsche, junge Mann, der ihr seit ein paar Tagen schrieb, irgendwie an ihr interessiert war. Vermutlich hatte er dann am Flughafen auf den ersten Blick erkannt, dass es nichts Interessantes an ihr zu entdecken gab. Vermutlich konnte sie den Londoner Frauen nicht annähernd das Wasser reichen, und ein ungebundener Typ wie Samuel, hatte bestimmt ausreichend Bekanntschaften, die ihn bei Bedarf glücklich und zufrieden machten.

Im dichten Verkehr machte Ella sich etwas später auf den Weg zum Flughafen, und ihre Laune befand sich mittlerweile auf dem Nullpunkt. In Kombination mit den Kopfschmerzen, die vermutlich eine Reaktion auf die Anspannung der letzten Tage waren, fühlte sich der Tag ein klein wenig nach Weltuntergang an. Beim Betreten des Flughafengebäudes fühlte Ella sich schmerzhaft an das erinnert, was sie eigentlich so gerne vergessen wollte. Theresa hatte selbstverständlich recht, wenn sie sagte, dass doch überhaupt nichts Schlimmes passiert sei, aber das bedeutete unterm Strich auch, dass überhaupt nichts Schönes passiert war. Hatte nicht genau diese Hoffnung Ella nach Frankfurt getrieben? War es nicht der Wunsch, dass in ihrem Leben mal wieder etwas Schönes passierte? Mittlerweile war sie wieder an dem Punkt, genau diese Hoffnung aufzugeben. Auf Ella wartete nichts Schönes, auf sie wartete ihr altes Leben – ohne Chats – ohne Samuel.

Die Infotafel sagte ihr, dass die Maschine aus Berlin schon gelandet war. Ella suchte sich eine freie Bank in der Ankunftshalle und wartete. Sie wollte eigentlich zum hundertsten Mal den Eingang von Chatnachrichten prüfen, als Theresa ihr über WhatsApp schrieb. Froh über diese Ablenkung antwortete sie sofort und jammerte ihrer Freundin ein wenig die virtuellen Ohren voll. Schon bald hatte Theresa ausreichend flotte Sprüche und witzige Kommentare geschickt, so dass Ella ihre Niedergeschlagenheit einen Moment vergaß. Gerade als sie dabei war, leise lachend einen Kommentar zu einem sexistischen und männerfeindlichen Bild zu schreiben, das Theresa ihr gesendet hatte, hörte sie plötzlich Konstantins Stimme. »Es ist doch immer wieder schön zu beobachten, wie deine virtuellen Freunde es schaffen, dir so ein hübsches Lächeln ins Gesicht zu zaubern.«

Reflexartig schaltete Ella das Smartphone aus. Sie war sich absolut sicher, dass Konstantin dieses Bild, das Theresa ihr geschickt hatte, nicht gutheißen würde. Und genauso wenig würde er dem zugehörigen Text: »Warum schuf Gott den Mann? Weil er nicht mehr genügend Haare für einen Affen hatte«, irgendetwas Lustiges abgewinnen können. Mit dem Gefühl, ertappt worden zu sein, stand sie auf und ließ das Smartphone in ihre Jackentasche gleiten. »Ach … ja … es war nur so ein Witz … so ein Witzbild … von Theresa.«

Dann hauchte sie ihrem Mann einen Kuss auf die Wange. »Hattest du einen guten Flug?«
»Deine erwachsene, verheiratete Kommilitonin, die Mutter von zwei Kindern ist … schickt dir also Witzbilder? Ich wundere mich immer wieder, wie ihr neben eurem anstrengenden Studium für so etwas noch Zeit findet.« Seine Stimme klang schnippisch.
»Es sind drei.«
»Drei Witzbilder? Schön, dass ich ausnahmsweise mal so genau informiert werde. Willst du sie mir vielleicht auch zeigen?« Auffordernd sah er sie an.
»Es sind drei Kinder. … Und nein, … ich will dir das Bild nicht zeigen.« Mit diesen Worten stand Ella auf und ging in Richtung Ausgang. Offensichtlich hatte ihr Mann schlechte Laune, und dieses Gespräch würde zwangsläufig in einem Streit enden, wenn sie nicht den Mund hielt. Am Parkscheinautomat hatte Konstantin sie wieder eingeholt, betrachtete sie interessiert von der Seite und stichelte weiter. »Du siehst müde aus. Hast du zu wenig geschlafen? Gab es vielleicht eine spontane Studentenparty?«
Mit zügigen Schritten setzte sie ihren Weg zum Auto fort. In ihrer Jackentasche vibrierte das Smartphone bei jeder neuen Nachricht, die Theresa ihr offensichtlich im Minutentakt schickte, aber Ella traute sich nicht, nachzuschauen. Den bohrenden Blick ihres Mannes konnte sie fast schon im Rücken spüren. Wenn sie jetzt anfing, die neuen Nachrichten zu lesen, dann würde er mit Sicherheit explodieren. In weiser Voraussicht hatte sie zumindest ihr Telefon auf lautlos gestellt. Dieses fröhliche Pfeifen des Smartphones, das sonst eingehende Nachrichten meldete, hätte Ella in diesem Moment auch um den Verstand gebracht. Ihre Nerven waren zum Zerreißen gespannt, als sie das Auto entriegelte und sich auf den Fahrersitz setzte. Im Rückspiegel beobachtete sie, wie Konstantin sein Gepäck im Kofferraum verstaute. Die Vorstellung, gleich mindestens eine halbe Stunde mit ihm auf engstem Raum verbringen zu müssen, erschien ihr wenig verlockend. Das Wichtigste war,

dass sie nichts Falsches sagte. Am sichersten war es, wenn sie überhaupt nicht sprach, denn es war von vornherein klar, dass er an allem, was sie sagen würde, irgendetwas zu meckern hätte.
Als Ella rückwärts aus der Parklücke fuhr, übersah sie einen Mann, der laut schimpfend mit seinem Koffer zur Seite sprang. Zum Glück begnügte sich Konstantin mit einem abschätzigen Kopfschütteln. War es heute besonders schlimm? Oder hatte sie in den letzten Wochen einfach nur verdrängt, wie sich ihr richtiges Leben anfühlte?

Schon auf der Rückfahrt hatte Ella geplant, sich gleich nach ihrer Ankunft mit Morty für mindestens eine Stunde aus dem Staub zu machen. Während Konstantin seine Jacke aufhängte, lief sie schnell in die Küche, holte eine Plastikdose mit der Aufschrift *»Geschnetzeltes«* aus der Tiefkühlung und suchte nach den Kopfschmerztabletten. Weil ihre Gedanken sich fast ununterbrochen um Samuel drehten, hatte sie vollkommen vergessen etwas Frisches zu kochen, und fürchtete, dass die Stimmung dadurch wahrscheinlich auch nicht besser werden würde. In der Zwischenzeit war ihr Mann in den ersten Stock gegangen und packte dort seinen Koffer aus. Das war die ideale Gelegenheit, ohne Rechtfertigung das Haus zu verlassen. Erleichtert zog Ella die schwere Tür hinter sich ins Schloss. Auf dem Weg bis zum Gartentor hüpfte Morty aufgeregt um sie herum. Dieser Hund war das Einzige, was ihr im Moment wirkliche Freude bereitete. Als sie die eiskalte Klinke des Gartentors nach unten drückte, spürte sie wieder das Smartphone in ihrer Jackentasche vibrieren. Mittlerweile wunderte sich Theresa wahrscheinlich, warum Ella gar nicht mehr antwortete. Lächelnd überflog sie die sieben Nachrichten, die ihre Freundin ihr in der letzten Stunde geschickt hatte, und tippte eine kurze Antwort, gefolgt von ein paar lustigen Smileys, ein. Zuerst wollte Ella noch kurz nachsehen, ob endlich eine Nachricht von Samuel da war, aber Mortys penetrantes Bellen erinnerte sie daran, dass es gut wäre, weiterzugehen. Aber das anhaltende Getöse des Hundes war anscheinend gar nicht für sie bestimmt. Morty stand vor dem Gartenzaun und bellte offensichtlich das Haus an. Ella folgte dem Blick der Hündin und entdeckte Konstantin, der sie vom Schlafzimmerfenster aus beobachtete. Sein Gesichtsausdruck verriet, dass ihm nicht gefiel, was er gesehen hatte.

Eine Stunde später schloss Ella die Tür auf und Morty rannte sofort in die Küche, weil sie wusste, dass es Zeit fürs Mittagessen war. Eine Nachricht von Samuel gab es immer noch nicht. Ella hatte zum letzten Mal nachgesehen, als sie noch nicht in Sichtweite des Hauses war. Solange Konstantin sie im Visier hatte, musste Ella vorsichtig sein und sollte das Smartphone besser nur noch in unbeobachteten Momenten benutzen. Am besten wäre, wenn ihr Mann das Gerät gar nicht zu Gesicht bekommen würde. Allein der Anblick würde ihn vermutlich schon reizen. Deswegen legte Ella es nicht wie gewöhnlich auf den Tisch in der Küche, sondern ließ es in der Bauchtasche ihres Sweatshirts verschwinden.

Mit wenigen Handgriffen war das Essen aufgewärmt, aber von Konstantin war im Erdgeschoss nichts zu sehen. War er noch im Schlafzimmer und hatte sich etwas hingelegt? Oder vergnügte er sich in Ellas Arbeitszimmer, indem er ihre Sachen durchwühlte? Es wäre nicht das erste Mal, dass er das tat, aber weil es in Ellas Leben bisher keine nennenswerten Geheimnisse gegeben hatte, spielte dieser bemitleidenswerte Kontrollzwang ihres Mannes bisher keine gravierende Rolle für sie.

War es eine Option, einfach unten zu warten, bis Konstantin von alleine runterkommen würde? Rufen durfte sie ihn nicht. Schon vor Jahren hatte er Ella dies mit dem Hinweis, dass er kein Hund sei, den man herbeirufen könnte, untersagt. Abwarten war aber auch keine gute Idee, denn dieses Gericht mit der Sahnesoße sollte besser nicht noch ein weiteres Mal aufwärmt werden. Also ging Ella die Treppe hoch, um ihrem Mann mitzuteilen, dass in der Küche sein

Essen auf ihn wartete. Die Tür zu ihrem Arbeitszimmer stand offen, aber der Raum war leer. Ein wenig erleichtert öffnete Ella die Schlafzimmertür, hinter der sie leise Geräusche hörte. Was sie dann sah, irritierte sie. Konstantin packte. Auf dem Bett lagen zwei geöffnete Koffer, in denen, akkurat gefaltet, bereits mehrere Kleindungsstücke lagen. Mit gerunzelter Stirn wechselte Ellas Blick zwischen den beiden Gepäckstücken hin und her. Auf der rechten Seite lag Konstantins Koffer, in den dieser gerade ein paar Krawatten legte. Der Koffer auf der linken Seite gehörte Ella, und es waren ihre Kleidungsstücke, die sich darin befanden. Sprachlos stand sie da und versuchte zu begreifen, was ihr Mann da tat. Auch nachdem er Ella über seine Schulter hinweg angesehen hatte, gab Konstantin keine Erklärung dazu ab, sondern fuhr, ohne ein Wort darüber zu verlieren, mit seiner Tätigkeit fort. Da kamen Unannehmlichkeiten auf sie zu – das spürte Ella ganz deutlich. Das Herz schlug ihr bis zum Hals, als sie, bemüht um einen gelassenen Tonfall, fragte: »Was machst du da?«

»Ich packe.« Konstantins Stimme klang emotionslos. Auch er beherrschte dieses Spiel.

»Das sehe ich. Aber ich verstehe nicht, warum. … Und ich verstehe ebenfalls nicht, warum Du auch meinen Koffer packst.«

»Ich packe, weil wir beide noch heute den Abendflug nach Luxemburg nehmen. Um einen Platz in der Hundepension habe ich mich auch schon gekümmert.« Gelassen faltete er ein Oberhemd zusammen und legte es in seinen Koffer.

»Interessant, … und warum weiß ich davon nichts?«

»Ich habe dir doch schon gesagt, dass mein Kollege ausgefallen ist und ich in der nächsten Zeit immer mal wieder für ihn einspringen muss.«

»Ja, … das hast du mir gesagt. Aber du hast mir nicht gesagt, dass auch ich ihn vertreten muss.«

»Du begleitest mich, weil am Dienstagabend ein Galadiner stattfindet, an dem auch die Partner teilnehmen. … Dein

Abendkleid dafür suchst du bitte selbst raus, … allerdings nicht das rote, … darin siehst du irgendwie billig aus.«
Der Kommentar hatte Ella getroffen, aber sie versuchte, sich nichts davon anmerken zu lassen. So ruhig wie möglich antwortete sie: »Ich lege überhaupt nichts raus, … weil ich nämlich nicht mitkomme.«
»Das sehe ich anders.«
»Es ist mir egal, wie du das siehst. Ich komme nicht mit.«
Provokant lächelnd, öffnete Konstantin die Schublade mit Ellas Unterwäsche, legte einen kleinen Stapel Hemden und zwei BHs übereinander und wendete sich damit ohne ein weiteres Wort erneut den offenen Koffern zu.
Wütend ging Ella zu der Kommode und schob so energisch die offen stehende Schublade zu, dass diese sich mit einem lauten Knall schloss. Dann stellte sie sich mit dem Rücken davor, und ihre Stimme klang schneidend, als sie sagte: »Du scheinst mich nicht richtig verstanden zu haben. Ich werde nicht mitkommen.«
Ganz langsam richtete Konstantin, der zuvor leicht gebückt über ihrem Koffer gestanden hatte, sich auf. Er drehte sich zu seiner Frau um, und seinem Gesicht fehlte jede Gefühlsregung. Ella musste wieder an Graf Dracula denken. Bei seinen nächsten Worten, die er mit einer unglaublichen Kälte aussprach, zuckte sie zusammen.
»Irrtum. … Du hast mich anscheinend nicht richtig verstanden. Wenn ich sage … dass du mitkommst, … dann kommst du mit.«
Bei seinem Anblick bekam Ella ein wenig Angst. Er war schon oft böse auf sie gewesen, aber da sie bisher immer früher oder später eingelenkt hatte, waren sie bisher noch nie an so einen Punkt gekommen. Leicht panisch suchte sie in ihrem Kopf nach Strategien, mit denen sie ihn besänftigen konnte, ohne gleichzeitig auch nachzugeben.
»Es tut mir leid, Konstantin. Ich habe am Montag und Dienstag wichtige Seminare und am Mittwoch eine Prüfung. Ich kann wirklich nicht mitkommen. … So gerne ich dir diesen Gefallen auch tun würde.«

»Dieses läppische Hausfrauenstudium nennst du wichtig? Dass ich nicht lache. Das ist doch sowieso pure Zeitverschwendung. Wenn es nach mir ginge …«
Plötzlich schrie sie ihn an. Sie wusste selbst nicht, wie es passieren konnte, dass sie von einer Sekunde auf die andere die Beherrschung verlor. »Was denn? … Was wäre denn, wenn es nach dir ginge? Dann würdest du mich schön zu Hause aufbewahren und ab und zu mal bei deinen Kollegen rumzeigen, wenn es dir in den Kram passt. Ist dir eigentlich schon mal aufgefallen, dass ich ein eigener Mensch bin? Ich bin nicht dein Eigentum.«
»Vielleicht nicht auf dem Papier, aber Elisabeth, … seien wir doch mal ehrlich … « Seine Stimme war ganz ruhig, aber messerscharf. »Wo wärst du denn, wenn es mich nicht gegeben hätte? Wer hat dich denn aus der Gosse gezogen ... damals, als du nichts hattest außer das Hemd auf deinem Leib?« Ohne seinen stechenden Blick von ihr zu nehmen, machte er ein paar Schritte auf sie zu. »Du warst ein Nichts. … Ein hübsches, kleines Nichts … und das bist du immer noch … ohne mich bist du nichts. … Also spiele dich hier nicht so künstlich auf, nur weil du das in einer deiner kranken Psycho-Selbsterfahrungsgruppen so eingeflüstert bekommen hast. … Glaub mir – keiner kennt dich so gut wie ich …. und ich sage: ›Du bist ein Nichts. Also geh zur Seite … und störe mich nicht beim Packen.‹ « Bei seinen letzten Worten hatte er Ella erreicht, fasste sie mit beiden Händen so fest an den Oberarmen, dass es schmerzte, und schob sie einfach zur Seite.
»Deine Selbstgefälligkeit widert mich an.« Ella sagte das mit so viel Abscheu, während sie den Raum verließ, dass Konstantin in seiner Bewegung, die Schublade erneut zu öffnen, innehielt und ihr stattdessen in den Flur folgte.
»Selbstgefällig? … Ich? … Hast du in letzter Zeit mal in den Spiegel gesehen? Du bist doch diejenige, die sich so unglaublich gut gefällt. … Läufst rum wie ein Teenager. Was willst du denn damit erreichen? Dass sich die jungen Kerle

an der Uni nach dir umdrehen?« Jetzt war seine Stimme auch laut geworden.
»Ich will überhaupt nichts damit erreichen. … Und falls du es vergessen hast: ›… Ich bin jung!‹«, schrie Ella ihm entgegen.
Im Erdgeschoss hatte Morty schon die ganze Zeit nervös am Treppenabsatz gestanden und laut gewinselt. Zu Konstantins Verboten gehörte auch, dass sie die obere Etage nicht betreten durfte. Aber Ellas Schreien deutete Morty als eine akute Bedrohung und sprang in wenigen Sätzen die Treppe hoch. Sofort postierte der schwarze Labrador sich schützend neben Ella, und als Konstantin einen weiteren Schritt auf sie zu machte, sträubte sich das Nackenfell der Hündin und sie knurrte drohend in seine Richtung.
Verärgert sah Konstantin auf Morty. »Kein Wunder, dass diese Töle sich ebenfalls an keine Regel hält. … Mach, dass du runterkommst, du schwarzes Mistvieh.« Mit diesen Worten versetzte er der Hündin einen wütenden Tritt. Ella schrie entsetzt auf und lief hastig zu Morty, die winselnd ins Arbeitszimmer geflüchtet war. Sofort ließ sie sich auf die Knie fallen und versuchte, den Hund zu beruhigen. Weil Ella nicht genau gesehen hatte, wo Konstantins Fuß die Hündin getroffen hatte, begann sie vorsichtig damit, Mortys Körper abzutasten. Das Geräusch eines auf den Boden fallenden Gegenstandes hatte sie wohl gehört, als sie ihrem Hund zur Hilfe eilte, aber sie konnte es zunächst nicht zuordnen.
Erst nachdem Ella sich vergewissert hatte, dass Morty scheinbar nicht ernsthaft verletzt war, fragte sie sich, was für ein Gegenstand gerade heruntergefallen war. Das erste, was sie sah, war, dass ihr Mann, der immer noch im Türrahmen zum Arbeitszimmer stand, scheinbar amüsiert beobachtete, wie sie sich um ihren Hund sorgte. Mit diesem unsympathischen Lächeln im Gesicht setzte er sich plötzlich in Bewegung und kam auf Ella zu. Eiskalt lief es ihr über den Rücken. Was hatte er vor? Immer noch auf dem Boden

kniend, postierte sie sich schützend vor Morty. Konstantin würde dem Hund doch nicht noch einmal wehtun? Oder war sie jetzt an der Reihe? Gelähmt vor Angst hockte sie einfach nur auf dem Boden und beobachtete entsetzt, wie ihr Mann immer näher auf sie zukam. Morty lag still hinter ihr und Ella spürte, wie der Körper des Hundes sich anspannte. Als die Entfernung zwischen ihnen auf ungefähr drei Meter zusammengeschrumpft war, ging Konstantin ebenfalls in die Knie. Bisher hatte er Ella nicht aus den Augen gelassen und sie hielt seinem Blick stand. Erst als er seinen Arm ausstreckte und den Gegenstand aufhob, der zwischen ihnen beiden auf dem Boden lag, begriff sie den Grund dafür, dass er sich zu ihr herabgelassen hatte. Denn mit einer zufriedenen Miene hielt er im nächsten Augenblick ihr Smartphone in der Hand. Das war also der Gegenstand, der heruntergefallen war. In der Bauchtasche ihres Sweatshirts hatte das glatte Gerät keinen wirklichen Halt, und als sie sich dann so schnell umgedreht und zu Morty runtergebeugt hatte, musste es ihr herausgerutscht sein.

»Das gehört mir.« Ellas Stimme klang rau. Ohne ein weiteres Wort streckte sie ihm ihre geöffnete Hand entgegen.

»Ja. … Ich denke mir, dass du das gerne wiederhaben möchtest.« Prüfend betrachtete er es von allen Seiten. »Ist es kaputt? … Diese Dinger sind doch so schrecklich empfindlich.« Er schaltete das Display an und wieder aus. »Nein, … welch ein Glück, … es funktioniert noch.« Natürlich machte Konstantin keine Anstalten, es ihr zurückzugeben. Stattdessen stand er mit einem Ruck auf, und sofort bemühte Ella sich, ebenfalls schnell aus dieser demütigenden Haltung wieder auf ihre Füße zu kommen.

»Das Ding hier, … das ist dir wichtig, nicht wahr?« Konstantins Stimme triefte geradezu vor Sarkasmus. »Die Verbindung zu deinen jungen Freunden an der Uni, … die ist dir unglaublich wichtig. … Alle jungen Menschen haben so ein schickes Gerät, damit sie immer und überall ihre Zeit mit albernen Quizspielen verschwenden können … oder

einfach nur, um sinnlos miteinander zu chatten.« Provozierend wedelte er mit dem Smartphone hin und her.
Entschlossen ging Ella in die Offensive und versuchte, es ihm aus der Hand zu nehmen. Aber er hielt es fest, und weil sie wusste, dass er ihr kräftemäßig weit überlegen war, ließ sie resigniert wieder los. »Was willst du eigentlich? Willst du mich bestrafen? … Dafür, dass ich noch keine sechzig bin?«
Daran, dass Konstantins Mundwinkel kurz zuckten, erkannte Ella, dass sie einen Treffer gelandet hatte. Allerdings empfand sie keine Genugtuung. Eigentlich hatte sie nur Angst, dass er mit ihrem Smartphone verschwinden könnte.
»In der Tat bist du noch keine sechzig. Du bist fünfunddreißig … und benimmst dich wie ein Teenager.« Er wog das Smartphone in seiner Hand und sprach weiter: »Ich weiß, wie man mit Teenagern umgehen muss, wenn sie nicht erkennen wollen, wo ihre Grenzen liegen.« Zielsicher ging er an ihr vorbei und öffnete das bodentiefe Fenster. Eiskalte Luft strömte in das Zimmer und Ella fröstelte. Noch einmal wog er das Smartphone abschätzend, um es dann in einem hohen Bogen aus dem Fenster in den Garten zu werfen. Ella stöhnte innerlich auf. Von ihrer Position aus war nicht zu sehen, wo es gelandet war, aber zumindest hatte sie kein hartes Aufprallgeräusch gehört. Während Ella abzuschätzen versuchte, in welchem Bereich des Gartens es jetzt wahrscheinlich lag, war Konstantin schon an ihr vorbei zur Tür gegangen. Dort wandte er sich noch einmal zu ihr um und sagte: »Teenager kuriert man heutzutage mit Handyverbot, … und in ganz besonders hartnäckigen Fällen bekommen sie zusätzlich Stubenarrest.« Bevor sie etwas erwidern konnte, hatte er die Tür hinter sich geschlossen. Dann hörte Ella entsetzt, wie er den Zimmerschlüssel, der für alle Räume von außen auf der Türzarge aufbewahrt wurde, ins Schloss steckte und sie einsperrte. Entsetzt legte sie eine Hand vor den Mund. Rufen würde nichts nutzen, und die Vorstellung, dass er zurückkommen würde, behagte ihr genauso wenig wie das Gefühl, eingeschlossen zu sein. Nachdem es plötzlich ganz still geworden war, fing Morty

an zu winseln. Beruhigend strich Ella dem Hund über den Kopf. Ihre Hand zitterte. Immer noch wehte der eiskalte Wind in das Zimmer.
Was sollte sie jetzt tun? Nachdem Ella das Fenster geschlossen hatte, setzte sie sich mit angezogenen Beinen auf das kleine Sofa. Es war wohl nicht das erste Mal, dass Konstantin diese Seite von sich zeigte, aber so glasklar hatte er seinen Hass noch nie geäußert. In den vielen Jahren, die sie sich nun kannten, war Ella zur Meisterin der Deeskalation geworden. Es fiel ihr leicht, ihn zu beschwichtigen, denn sie wusste schließlich genau, was er gerne hören wollte. Mit ein bisschen Geschick konnte sie manchmal sogar ein paar von ihren eigenen Wünschen durchsetzen. Aber das waren immer langwierige Prozesse, die mit einer Menge Zugeständnissen verbunden waren. Das war dieses Mal nicht möglich, aber trotzdem sah Ella im Nachhinein ganz klar, dass sie sich strategisch vollkommen falsch verhalten hatte. Mit etwas mehr Zeit zum Nachdenken wäre sie einfach nicht auf seine Provokation eingestiegen und hätte nach dem Mittagessen vorgetäuscht, krank zu sein. Dann könnte er sie auch nicht mitnehmen, und sie würde jetzt nicht wie ein Kind eingeschlossen in ihrem Zimmer sitzen.
Wie lange würde er dieses Spielchen wohl durchhalten? Besorgt blickte Ella in den Garten. Hoffentlich fing es nicht wieder an zu regnen. Wenn ihr Telefon den Sturz überlebt hatte, dann würde Wasser ihm ganz sicher nicht gut tun. Angestrengt lauschte sie und versuchte so, herauszufinden, was Konstantin gerade machte, aber es war kein Laut zu hören. Und wenn er die Tür nicht aufschließen würde? Was sollte sie tun, wenn er einfach zum Flughafen fuhr und sie, eingesperrt in diesen Raum, zurücklassen würde? Mittlerweile traute Ella ihrem Mann eine Menge zu. Zur Not müsste sie aus dem Fenster klettern, in der Garage den versteckten Ersatzschlüssel holen und damit wieder ins Haus gelangen. Schließlich war dies kein Psychothriller, in dem sie fürchten musste, dass der gestörte Täter, bewaffnet mit einem Beil, in einer dunklen Ecke lauerte.

Konstantin hatte sie wohl eingeschlossen, aber nicht isoliert. Auf dem Schreibtisch stand der Laptop, und damit könnte Ella jederzeit übers Internet um Hilfe bitten, wenn das nötig wäre. Um das zu unterbinden, müsste Konstantin schon den WLAN-Router abschalten, und sie bezweifelte, dass er so weit gehen würde. Sicherheitshalber checkte Ella aber doch, ob sie online gehen konnte. Zumindest für den Moment schien alles zu funktionieren, und die Erfahrung hatte gezeigt, dass Konstantin sich nach solchen Ausbrüchen früher oder später wieder beruhigte. Es war einfach nur eine Frage der Zeit, und sie brauchte nichts weiter zu tun, als warten. Erschöpft legte Ella sich die weiche Decke um. Im Zimmer war es immer noch eiskalt. Morty hatte sich neben Ellas Füße gesetzt und beobachtete aufmerksam die Tür.

Samuel war entgegen seiner Gewohnheit an diesem Samstag schon um zehn aufgestanden. Diese Sache mit dem Ladekabel ließ ihm einfach keine Ruhe. Zwischendurch hatte er schon überlegt, die Quizduell-App einfach auf seinem Diensttelefon zu installieren, damit er Ella die versprochene Nachricht senden konnte. Aber in der Firma gab es wegen des Hochladens privater Apps auf Dienstgeräte in der Vergangenheit schon mehrfach Ärger. Einige Kollegen hatten es, was das anging, auch ziemlich übertrieben, worauf es zahlreiche Sanktionen und Kontrollen hagelte.
Deswegen opferte Samuel lieber seinen Samstagmorgen, den er sonst aus Prinzip verschlief, und machte sich auf den Weg, ein neues Ladekabel zu besorgen. Danach gönnte er sich noch ein Frühstück in der Earl's Court Road – schließlich war es schon halb zwölf, und er hatte noch nichts gegessen. Was wollte er ihr eigentlich genau schreiben? Bisher hatte Samuel sich noch keine konkreten Gedanken darüber gemacht. Mit einem knappen »Bin gut angekommen« würde er sein Versprechen im Prinzip bereits einlösen, aber sein Verhalten am Vortag verlangte ganz klar nach einer Entschuldigung.

In Gedanken schob er verschiedene Formulierungen hin und her, aber die zündende Idee blieb aus. Als Samuel eine Stunde später seine Wohnung betrat, blinkte der Anrufbeantworter. Sein Vater hatte eine kurze Nachricht hinterlassen und bat um Rückruf. Wem sollte er jetzt den Vorzug geben? Johannes oder Ella? Unschlüssig sah Samuel zwischen dem Telefon und seinem Smartphone hin und her. Die richtigen Worte für Ella wusste er sowieso noch nicht, und die würden ihm auch nicht einfallen, wenn sein Vater ihm im Nacken saß. Nachdem er sein Smartphone an das neue Ladekabel angeschlossen hatte, griff er mit einem Seufzer nach dem Festnetztelefon.

»Hi Paps, … was gibt es denn so Wichtiges?«
»Ich wollte nur wissen, ob alles in Ordnung ist. Dein Mobiltelefon war abgeschaltet.«
»Ja … der Akku ist leer. Kannst du mal nachsehen, ob mein Ladekabel noch im Gästezimmer in der Steckdose steckt?«
»Oh ja … hier ist es … zusammen mit dem Adapter. … Brauchst du es denn nicht?«
»Doch, … natürlich brauche ich es. Deswegen ist mein Akku ja leer. Aber jetzt hab ich mir ein neues gekauft.«
»Ich könnte es dir mit der Post schicken.«
»Nein, … nicht nötig. … Ich habe mir schon ein neues gekauft.« Samuel war etwas genervt.
»Soll ich es dir also nicht schicken?«, fragte Johannes weiter.
Mittlerweile wurde Samuel dieses Gespräch lästig. Was wollte sein Vater eigentlich wirklich? »Nein danke. Das ist wirklich nicht nötig. Ich nehme es dann beim nächsten Mal mit.«
»Na gut. … Wenn du meinst.«
Johannes machte keine Anstalten, das Telefonat zu beenden, deswegen fragte Samuel: »Wolltest du sonst noch was?«
»Eigentlich schon.«
»Und was?«
»Es ist wegen Ella.«

Samuel seufzte. Er hatte keine Lust dazu, dieses Thema näher mit seinem Vater zu besprechen. »Paps, … das geht mich nichts an.«
»Hast du ihr schon geschrieben?«
»Nein. … Ich habe dir doch gesagt, dass mein Akku leer ist.«
»Ach so, ja ….«
Eine Weile herrschte Schweigen, dann fragte Samuel: »Soll ich ihr denn überhaupt schreiben? … Oder willst du das lieber selbst machen?«
»Für sie gibt es mich doch gar nicht. Ich denke, das weißt du«, sagte Johannes, und seine Stimme klang traurig.
»Dann erkläre es ihr.«
»Das kann ich nicht. … Schreibst du ihr? … Bitte.«
»Willst du jetzt, dass ich es ihr erkläre?«, fragte Samuel gereizt.
»Nein, nein. … Ich möchte ihr nur eine weitere Enttäuschung ersparen.«
»Mal sehen. Ich denke drüber nach.«

Sofort verspürte Samuel deutlich weniger Lust, Ella zu schreiben. Mittlerweile war es 13 Uhr, und er wollte es eigentlich schon längst erledigt haben. Sein Vater hatte ja wirklich Nerven. Vielleicht hatte Johannes, nachdem Ella am Flughafen aufgetaucht war, endlich eingesehen, dass dieser Chat unter einer falschen Identität ein riesengroßer Fehler war. Sicher war ihm bis dahin gar nicht bewusst, wie schnell eine virtuelle Bekanntschaft entgleisen konnte. Aber wie blöd es auch war, was sein Vater da angerichtet hatte – zumindest was Ella anging, musste Samuel ihm recht geben. Sie war am Flughafen wirklich schrecklich enttäuscht worden. Und wenn Samuel ehrlich zu sich selbst war, dann trug er auch ein wenig Schuld daran. Zum einen hatte er selbst Johannes beauftragt, auf seinem Account zu spielen, und schließlich war am Ende er selbst es gewesen, der die Idee zu einem Treffen ins Spiel brachte. Woher sollte Ella auch wissen, dass ein chatunerfahrener Mittfünfziger sich

hinter dem Profil seines Sohnes versteckte. Alles in allem blieb nur zu hoffen, dass Johannes aus dieser ganzen Geschichte etwas gelernt hatte.
Mit ein bisschen Fingerspitzengefühl würde er diese Ella vermutlich schnell trösten können. Schließlich wusste er, was Frauen gerne von ihren männlichen Chatpartnern lasen. Anschließend sollte die ganze Sache dann sowieso im Sande verlaufen. Ohne Streit und ohne theatralischen Abschied. Auch darin hatte Samuel Erfahrung.
Nachdem er die App neu heruntergeladen hatte, öffnete er das Chatfenster und schrieb Ella ein paar nette Worte. Nicht zu viel – nicht zu wenig. Genau die richtige Portion Aufmerksamkeit, die sie brauchte, um sich wieder gut zu fühlen. Keine große Sache für einen eloquenten Single wie ihn.

Nach einem Blick auf die Uhr versuchte Ella zu kalkulieren, wie lange es dauern würde, bis ihr Mann sich auf den Weg zum Flughafen machte. Mittlerweile war es 16 Uhr, und sie schaltete den Computer an, um herauszufinden, wann die Abendmaschine nach Luxemburg starten sollte. Es gab nur diesen einen Abendflug, und der stand für 19.55 Uhr in der Liste. Damit fühlte Ella sich noch nicht aus der Gefahrenzone. Vermutlich plante Konstantin seinen Check-in für 19.00 Uhr und würde deswegen so gegen 18.00 Uhr losfahren. Das waren noch ganze zwei Stunden, in denen er möglicherweise auf die Idee kommen könnte, Ella dazu zu überreden, ihn doch zu begleiten. Bei der Vorstellung schauderte sie. Würde sie einen zweiten Streit durchstehen ohne einzuknicken? Zwischenzeitlich hörte sie wieder Geräusche aus dem Erdgeschoss. Was er wohl da unten machte? Ella hatte in regelmäßigen Abständen nachgesehen, ob er vielleicht im Garten herumlief und nach ihrem Smartphone suchte. Aber bisher war nichts dergleichen passiert.
Gegen 17.00 Uhr fing es langsam an zu dämmern. Nun machte Ella sich zumindest keine Sorgen mehr darum, dass Konstantin ihr Telefon finden und darin herumschnüffeln

könnte. Kurz darauf hörte sie, wie er die Treppe hoch lief und dann kurze Zeit später das Gepäck ins Erdgeschoss trug. Wieder Stille. Ella saß angespannt auf dem Sofa und lauschte. War er vielleicht schon weg? Hatte er sie tatsächlich eingeschlossen in diesem Zimmer zurückgelassen?
Plötzlich fing Morty an, leise grollend zu knurren. Ein Fingerzeig genügte, um sie zum Schweigen zu bringen. Jetzt nahm auch Ella Konstantins leise Schritte auf der Treppe wahr. Vor der Tür zum Arbeitszimmer blieb er stehen. Sekunden verstrichen und Ella hielt die Luft an. Endlich hörte sie das Geräusch, als er die Tür aufschloss, und beobachtete gebannt, wie die Klinke nach unten gedrückt wurde. Erneut fing Morty an zu knurren, und Ella legte ihr die Hand auf den Rücken. Der Hund hatte sich mittlerweile hingestellt und zitterte vor Anspannung. Was immer Konstantin gleich zu ihr sagen würde – Ella würde ruhig bleiben und sich nicht noch einmal von ihm provozieren lassen. Aber die Tür öffnete sich nicht. Stattdessen ertönte die Haustürklingel zweimal nacheinander, was offensichtlich dazu führte, dass Konstantin die Klinke einfach losließ, und diese abrupt mit einem lauten Geräusch nach oben schnellte. Was jetzt? Ella befürchtete für einen Moment, dass er sie wieder einschließen könnte, aber schon im nächsten Augenblick schallten seine zügigen Schritte durchs Treppenhaus und sie atmete hörbar aus. Wenige Minuten später fiel die Haustür unüberhörbar ins Schloss und Morty lief vorsichtig zur Tür und schnüffelte. »Ist die Luft rein?«, fragte Ella. Als Antwort wedelte die Hündin mit dem Schwanz. Schnell lief Ella rüber ins Schlafzimmer und sah hinter dem Schutz der Gardinen gerade noch, wie Konstantin ins Taxi stieg.

Auf dem Bett stand immer noch ihr halb gepackter Koffer. Ganz kurz flammte die Idee in ihr auf, kurzerhand noch die paar fehlenden Sachen hineinzulegen und einfach zu verschwinden. Aber wohin könnte sie gehen? Kopfschüttelnd begann Ella, die Kleidungsstücke zurück in die Schränke zu räumen. Wenn Konstantin wieder nach Hause kam, war

seine Wut sicherlich verraucht und in Zukunft würde sie einfach besser aufpassen müssen.
Im Erdgeschoss sah sie zunächst nach, ob ihr Mann vielleicht eine Nachricht hinterlassen hatte. Nach dieser ganzen Aktion war das wohl eher unwahrscheinlich, aber bei ihm wusste man des Öfteren nicht, woran man war. Weder im Wohnzimmer noch in der Küche fand sie einen Zettel. Kein Wort der Entschuldigung, aber auch keine Drohung.
Zweifelnd blickte Ella hinaus in den dunklen Garten. Wenn sie ihr Telefon am Morgen nicht auf lautlos gestellt hätte, dann könnte sie sich einfach selbst anrufen und bräuchte nur dem Klingelton zu folgen. Aber so blieb ihr nichts anderes übrig, als jeden Quadratmeter systematisch abzusuchen. Obwohl die Aussichtslosigkeit ihres Vorhabens klar auf der Hand lag, wollte sie es zumindest probieren. Mit der größten Taschenlampe, die sie finden konnte, machte sie sich zusammen mit Morty auf den Weg nach draußen.
Während der vielen Stunden, die sie zuvor im Arbeitszimmer verbracht hatte, war genug Zeit, den Bereich abzuschätzen, in dem das Telefon vermutlich gelandet war. Also arbeitete Ella sich systematisch vom Rhododendron aus bis zu den Ziergräsern vor. Nachdem dieser erste Anlauf erfolglos blieb, entschied sie sich für das Rosenbeet, aber im Dunkeln war es schwer, den scharfen Dornen auszuweichen, und als dann auch noch stetiger Regen einsetzte, gab sie schließlich frustriert auf. Sie wusste nicht, was mit so einem sensiblen technischen Gerät passierte, wenn es eine Nacht bei Regen im Garten liegen würde, aber ihr war eiskalt, und sie hatte seit dem Morgen nichts mehr gegessen.
Später saß Ella noch eine Weile im Wohnzimmer und fragte sich, wie das alles nur weitergehen könnte. Leise seufzend strich sie über ihre zerkratzten Hände, mit denen sie verzweifelt im Garten gesucht hatte und versuchte erfolglos, ihre Fingernägel von den letzten Resten der dunklen Erde zu befreien. Irgendwo dort draußen wartete vielleicht eine Nachricht von Samuel auf sie. Gerade in diesem Moment hätte Ella viel dafür gegeben, seine einfühlsamen und

beruhigenden Sätze lesen zu können. Für eine Weile hatten sie beide ein kleines virtuelles Paradics miteinander geteilt. Ohne Sorgen und ohne Probleme. Dieses Paradies hätten sie niemals verlassen dürfen.
Eine Weile saß Ella noch da und blickte auf ihr Spiegelbild, das in der dunklen Scheibe zu sehen war. Konstantin hatte Unrecht. Sie war weit mehr als ein Nichts. Das Problem bestand einfach nur darin, dass er niemals dazu bereit sein würde, dieses zu erkennen.

Sobald es am Morgen hell war, machte Ella sich erneut auf die Suche. Für Morty war diese Aktion ein Heidenspaß, denn irgendwie hatte der Hund das Gefühl, sie würden den Garten nach verschwundenen Tennisbällen absuchen.
Nach dem nächtlichen Regen war der Gartenboden weich und matschig. Es war nur schwer vorstellbar, dass ihr Smartphone zuerst den Aufprall und dann die Nacht im nassen Morast überstanden hatte. Trotzdem arbeitete Ella sich verbissen Meter für Meter zwischen Sträuchern und nassem Laub hindurch. Nach einer Stunde war sie immer noch erfolglos und ihre Motivation am Boden. Hatte sie vielleicht etwas übersehen? Oder suchte sie doch in einem ganz falschen Abschnitt des Gartens?
Hoffnungslos blickte sie sich um. Es würde Tage dauern, das ganze Grundstück abzusuchen. Dann wäre es vermutlich einfacher, ein neues Telefon zu kaufen. Zum hundertsten Mal kam Morty mit einem ihrer Tennisbälle angerannt und legte ihn mit aufforderndem Blick vor Ellas Füße. Zumindest der Hund sollte seinen Spaß haben – deswegen nahm sie den Ball und warf ihn mit Schwung in Richtung des meterhohen Rhododendrons. Lächelnd beobachtete Ella, wie Morty begeistert die Verfolgung aufnahm, durch einen kleinen grünen Tunnel im Inneren des riesigen immergrünen Gewächses verschwand und wenige Augenblicke später an einer anderen Stelle wieder auftauchte.
Mit gerunzelter Stirn näherte Ella sich dem Tunneleingang. Würde sie dort auch durchpassen? Rund um den

Rhododendron hatte sie natürlich schon alles dreimal abgesucht. Aber in das Innere war sie bisher noch nicht vorgedrungen. Als Morty sah, dass Ella vor dem Eingang auf die Knie ging, drängelte sie sich schnell an ihr vorbei, als ob sie ihr den richtigen Weg zeigen wollte. Ella folgte dem Hund und befand sich nach wenigen Metern in der Mitte des Busches. Hier konnte sie sich zwischen zwei dicken Ästen ein wenig aufrichten und umsehen.

In dem Augenblick, als sie ihr Smartphone entdeckte, stieß sie einen kleinen Freudenschrei aus, der sofort wieder Morty anlockte. Zusammen mit ihr war es im Inneren des Busches aber deutlich zu eng, und es kostete Ella sehr viel Mühe, dem Hund zu erklären, dass er wieder aus dem Geflecht von Ästen und Blättern verschwinden sollte. Von ihrer Position aus konnte sie das silbern glänzende Gerät deutlich sehen – aber nicht erreichen. Umständlich brach sie einen der Äste in ihrer Nähe ab und benutzte diesen als Angel. Nach wenigen Augenblicken hatte sie es endlich geschafft, aber ihre Freude wurde beim Anblick des Geräts deutlich gedämpft. Bis auf einen großen Kratzer auf dem Display schien es nicht beschädigt zu sein, aber es war schmutzig und nass – und es ließ sich nicht anschalten.

Ella war sich sicher, dass es am Vortag, als Konstantin es zuletzt in der Hand gehabt hatte, noch an war. Schließlich hatte er ihr selbst demonstriert, dass es durch den Aufprall auf das Parkett keinen Schaden genommen hatte. Warum blieb das Display nun dunkel, wenn sie versuchte, es anzuschalten? War das Gerät durch die harte Landung im Garten kaputt? Oder hatte das Blätterdach des Rhododendron den Sturz vielleicht ausreichend abgemildert, und jetzt war einfach nur der Akku leer? Am wahrscheinlichsten schien ihr, dass die Nässe das Problem war. Vorsichtig versuchte Ella erneut das Gerät anzuschalten – ohne Erfolg.

Enttäuscht suchte sie sich einen Weg aus dem Geäst und ging zurück ins Haus. Sowohl sie als auch Morty brauchten eine Dusche. Anschließend wollte sie bei Theresa anrufen, deren Mann André ein kleines Technik-Genie war. Wenn ihr jetzt jemand helfen konnte, dann er.

Zwei Stunden später befand Ella sich am lebhaften Mittagstisch ihrer Freundin, und die Erlebnisse des Vortags erschienen ihr wie ein böser Traum. Auf Andrés Frage, wie es denn passieren konnte, dass ihr Smartphone die Nacht im Garten verbracht hatte, druckste sie ein wenig rum und murmelte etwas von einer unglücklichen Verkettung der Ereignisse. Wirklich wissen wollte André es anscheinend sowieso nicht. Er war im Prinzip nur interessiert daran, herauszufinden, ob das Gerät am Ende wieder funktionieren würde. Nach dem Essen nahm er es mit einem ausgesprochen kritischen Gesichtsausdruck in die Hand und sagte: »Wir machen es hinten mal auf und nehmen den Akku und die Karten raus … und dann lassen wir alles trocknen.«
»Und wie lange dauert das?«
Mit gerunzelter Stirn betrachtete André das Smartphone nochmal von allen Seiten. »Keine Ahnung … bestimmt so ein bis zwei Tage … man kann ja nicht wissen, wie tief das Wasser eingedrungen ist.«
»Können wir es nicht auf die Heizung legen? … Oder föhnen?«
Andrés Blick war eine Mischung aus Entsetzen und Mitleid. »Nein … bloß nicht. … Damit machen wir alles nur noch schlimmer. Jetzt hilft nur noch Geduld … und vielleicht noch nicht einmal die.« Vorsichtig nahm er den Akku heraus und entfernte die SIM-Karte. Nachdem er die Einzelteile nebeneinander auf ein Küchentuch gelegt hatte, sah er Ellas traurigen Blick. »Kommst du denn so lange ohne das Teil klar?«
An dieser Stelle mischte sich Theresa ein, die schon die ganze Zeit das Gesicht ihrer Freundin beobachtet hatte. »Ella braucht immer ein Telefon für unterwegs. Gerade weil sie doch so viel mit dem Hund draußen herumläuft. … Bekommst du das nicht schneller wieder hin?«
»Vergiss es«, murmelte André, »da kann man nur abwarten.«

Theresa war aufgestanden und recherchierte auf dem Tablet »Erste-Hilfe-Maßnahmen« für durchnässte Smartphones. Zwei Minuten später gab sie einen triumphierenden Laut von sich und hielt ihrem Mann unter die Nase, was sie gefunden hatte. »Hier! … Was hältst du davon?«

»Ist einen Versuch wert. Zumindest schadet es nicht.«

Ella sah zu, wie ihre Freundin in die Küche lief und kurz darauf mit einer Auflaufform und einer Packung Reis zurückkam. »Lass mich raten: ›… Wir machen einen Smartphone-Auflauf.‹«

»Nein …« Theresa lachte. »Wir bedienen uns an uraltem mystischen Hausfrauenwissen.« Mit diesen Worten schüttete sie eine dicke Schicht Reis in die Schale und legte die Einzelteile des Smartphones vorsichtig darauf. »Eine Nacht im Reisbett … und mit ein bisschen Glück ist das Teil schon morgen so gut wie neu.«

Zweifelnd begutachtete Ella das merkwürdige Arrangement. Das mit dem Glück war bei ihr ja im Moment so eine Sache. Schwer vorstellbar, dass sich das Blatt so plötzlich wenden sollte.

12. Kapitel

17. November 2014 - am Morgen

Bäume, Häuser, Fahrzeuge und Menschen flogen in schnellen Bildern an ihr vorüber, doch Ella nahm an diesem Morgen nichts davon wahr. Der starre Blick aus dem Fenster der Bahn verriet, dass sie ganz andere Sachen sah, die mit dieser nasskalten Montagmorgenrealität nichts zu tun hatten. Das letzte Mal, als sie zur Uni gefahren war, erschien ihr unendlich lange her zu sein. Es war der Tag, an dem Samuel vollkommen überraschend den Vorschlag mit dem Treffen geäußert hatte. Seitdem war so viel geschehen und als Ella nun wieder in der Bahn saß und an all das zurückdachte, erschien ihr die ganze Geschichte fast schon unwirklich.

Seit fast drei Tagen hatte sie nichts mehr von Samuel gehört. Während in den ersten 24 Stunden, in denen sie vergeblich auf seine Nachricht wartete, eine Enttäuschung die nächste gejagt hatte, war die dann folgende Zeit ohne Smartphone für Ella so etwas wie ein kalter Entzug. Von einer Sekunde auf die nächste war sie nicht mehr in der Lage, dieses bittere Gefühl der Ernüchterung durch einen kurzen Blick auf das Display hervorzurufen. Tat es wirklich weniger weh, wenn man sich nur vorstellte, dass eine Nachricht, auf die man so dringend wartete, nicht gekommen war? Obwohl Ella ausreichend andere Probleme am Hals hatte, kehrten ihre Gedanken immer wieder zu Samuel zurück. Warum hatte er sein Versprechen nicht gehalten? Vielleicht war es ja wirklich so, wie Konstantin gesagt hatte. Vielleicht war sie ein Nichts – oder zumindest – nicht genug.

Eine halbe Stunde später sah sie Theresa freudestrahlend auf sich zukommen. Ihr gegenüber hatte Ella ein schlechtes Gewissen, denn obwohl sie am Vortag noch bis zum Abend bei ihrer Freundin geblieben war, hatte sie sich nicht überwinden können, ihr von dem unschönen Vorfall mit Konstantin zu erzählen. Ella schämte sich, auch wenn sie wusste, dass es keinen Grund dafür gab. Aber Theresa hielt Konstantin sowieso schon für einen absoluten Widerling, und obwohl es absurd war, wollte Ella einfach nicht noch mehr Öl in dieses Feuer gießen. Sie konnte sich nämlich lebhaft vorstellen, was für einen Aufstand Theresa veranstalten würde, wenn sie erfuhr, dass Konstantin seine Frau stundenlang eingeschlossen hatte. Bei dem aufbrausenden Temperament ihrer Freundin musste Ella befürchten, dass diese umgehend bei Konstantin anrief, um ihn lautstark zu beschimpfen. Und dieses war das Letzte, was Ella in ihrer schwierigen Situation gebrauchen konnte. Bis auf weiteres blieb diese Demütigung also erst einmal ihr Geheimnis. Wenn sie in ein paar Tagen hoffentlich wieder festen Boden unter den Füßen hatte, dann würde sie bestimmt auch den Mut finden, Theresa die ganze Geschichte zu erzählen.

»Guten Morgen Süße, … ich habe gute Nachrichten für dich.« Grinsend schob Theresa ihre Freundin in den hinteren Bereich des Seminarraums, der noch ganz leer war. Dann zog sie triumphierend Ellas Smartphone aus ihrer Tasche. »Ta-ta-ta-taaaaaa! … Operation Reisbett mit Erfolg abgeschlossen.«

Mit großen Augen starrte Ella erst Theresa und dann ihr Telefon an. »Du meinst damit, … dass es wieder funktioniert?«

»Sieht so aus. Zumindest lässt es sich wieder hochfahren. André glaubt nicht, dass die Apps irgendeinen Schaden genommen haben. Aber das musst du selbst nachprüfen.«

»Du bist ein Schatz. … Vielen Dank.« Voller Freude nahm Ella ihre Freundin in den Arm.

»Und nun? … Willst du nicht nachsehen?«

Obwohl sie wusste, worauf Theresa hinauswollte, stellte Ella sich dumm. »Was nachsehen?«

»Komm, … jetzt tu mal nicht so, … nachsehen, was *er* dir geschrieben hat.«

Ella spürte deutlich, dass sie das wohlbekannte Gefühl der Enttäuschung lieber noch ein wenig nach hinten schieben wollte. Mit dem Erscheinen des Dozenten erübrigte sich das Thema glücklicherweise erst einmal ganz von alleine. Nach dem Seminar verließ Ella dann zügig den Raum, und Theresa nickte ihr verständnisvoll zu. Sie besaß offensichtlich ausreichend Feingefühl, um zu merken, dass ihre Freundin in diesem Moment lieber alleine war.
In einem der leeren Seitenflure beobachtete Ella dann ihr Smartphone beim Hochfahren. Auch wenn sie es nicht komplett ausschloss, dass Samuel sich in der Zwischenzeit noch gemeldet hatte, hielt sie es doch für ziemlich unwahrscheinlich. Ihre Gefühle, als sie sah, dass tatsächlich eine Nachricht von ihm auf sie wartete, waren nur schwer zu beschreiben. Zunächst waren da Freude und Aufregung. Ihr Herz schlug schneller, und das flaue Gefühl im Bauch hätte durchaus von diesen berühmten Schmetterlingen stammen können. Aber hinter dieser ersten dominanten Gefühlswelle war noch mehr. Halblaut sagte Ella zu sich selbst: »Es ist noch nicht zu Ende.« Und so wie diese Feststellung eine freudige Entdeckung beschrieb, die glückliche Erleichterung und Vorfreude in ihr weckte, so lagen in diesen Worten auch Sorge und Angst vor dem, was da auf sie zukam. Drehte Ella jetzt langsam aber sicher durch? Tagelang quälte sie sich mit der Frage, ob es zu Ende war, und hatte Angst, dass er den Kontakt abbrach – und bei der Erkenntnis, dass es nicht zu Ende war, bekam sie plötzlich Angst, weil er den Kontakt nicht abgebrochen hatte.

Samu	**Ella**
Hi Ella :-) … Sorry, ich wollte mich schon viel früher bei dir melden, … aber es gab Probleme mit meinem Akku. Vielen Dank nochmal für dein liebes Geschenk. … Unsere Begegnung am Flughafen habe ich	

wohl in den Sand gesetzt. …Tut mir wirklich leid.
Ich hoffe, du verzeihst mir, denn eigentlich fand ich es sehr schön, dich mal im »real life« zu sehen. :-)

Auch nachdem Ella die Nachricht ein zweites und ein drittes Mal gelesen hatte, wusste sie nicht, was sie damit anfangen sollte. Samuel hatte sie nicht vergessen, und natürlich freute sie sich darüber. Aber was jetzt? Erwartete er eine Antwort? Wollte sie überhaupt darauf antworten? Und was war das für eine Ausrede mit seinem Akku? Entsprach das der Wahrheit, oder hatte er einfach nur keine Lust gehabt, sich früher zu melden? Zu welchem Zeitpunkt er diese Nachricht geschrieben hatte, konnte Ella nicht sehen. Ihr gemeinsames Quizduell war schon lange abgelaufen. Samuel hatte seinen letzten Spielzug gemacht, bevor er ihr Date in Göttingen so kurzfristig absagte. In der Aufregung der nächsten Tage hatte Ella dann vergessen zurückzuspielen. Jetzt stand Samuels Avatar mit dem Hinweis »Zeit abgelaufen« auf ihrer Liste der beendeten Duelle. Nachdenklich sah Ella auf das Display. Jetzt lag es bei ihr, ob sie diesen Mann in der Abteilung »Beendete Spiele« belassen wollte. Die Freude an diesem Spiel war vom Ernst des Lebens verdrängt worden. Wollte sie einen Schlussstrich ziehen, dann sollte sie seine Nachricht zur Kenntnis nehmen, ohne darauf zu reagieren.

In ihrem Lieblingscafé saß Theresa zusammen mit ein paar anderen Studenten und diskutierte über die anstehenden Abschlussarbeiten. Ella setzte sich unauffällig dazu und beantwortete den fragenden Blick ihrer Freundin mit einem schiefen Lächeln. Auf dem Weg zur nächsten Vorlesung hakte sich Theresa bei ihr unter und eröffnete das Verhör, auf das Ella schon gewartet hatte. »Wenn er nicht geschrieben hätte, dann würdest du anders gucken.«

»Deine Beobachtungsgabe ist immer wieder beeindruckend.«
»Ich hab ja gleich gesagt, dass er sich wieder meldet. Jetzt, wo er dich gesehen hat, … kann er noch viel weniger seine Finger von dir lassen.« Mit einem zufriedenen Gesichtsausdruck sah Theresa ihre Freundin von der Seite an.
Aber Ella stieg nicht auf den scherzhaften Ton ein. »Vielleicht ist das jetzt ein guter Zeitpunkt, diese ganze Sache zu beenden.«
»Aber, … ich dachte, er ist so überaus charmant, … und es macht dir so einen Spaß, mit ihm zu chatten.«
»Ja, … so war das auch. Es war wirklich eine unglaublich schöne und intensive Zeit mit ihm. Aber jetzt fühlt es sich irgendwie anders an, … irgendwie falsch.«
»Du hast ein schlechtes Gewissen, … Konstantin gegenüber, oder?«
Ella schluckte. »Ja, … vielleicht auch das. … Aber in erster Linie glaube ich, dass das alles vollkommen sinnlos ist.«
»Hast du ihm das schon geschrieben?«, fragte Theresa neugierig.
»Nein.«
»Wirst du ihm das denn schreiben?«
»Meinst du, dass das nötig ist?« Es war Ella anzusehen, dass sie lieber darauf verzichten würde.
»Es wäre schon fair, oder? … Versetze dich doch mal in seine Lage. Angenommen, du bedeutest ihm etwas, … wovon ich ausgehe, … dann ist es für ihn doch ziemlich blöd, wenn du jetzt einfach den Kontakt abbrichst. Der weiß doch gar nicht, warum.«
»Für mich war es auch ziemlich blöd, wie er sich am Flughafen benommen hat.« Trotzig verschränkte Ella die Arme vor der Brust.
»Heißt das, … du willst es ihm heimzahlen? … Komm Ella, … so bist du doch nicht.«
Aber Ella beharrte auf ihrem Standpunkt. »Warum soll ich mich denn jetzt fair verhalten? Damit er einen guten Eindruck von mir hat? Oder damit er sich besser fühlt?«

»Wie es diesem Typen hinterher geht, ist mir ehrlich gesagt herzlich egal. … Ich denke eigentlich eher an dich.«
»An mich?« Fragend wandte Ella sich ihrer Freundin zu.
»Ja, … weil ich glaube, dass du diese ganze Sache einfach besser verarbeiten kannst, wenn es nicht so blöd endet. Und einfach so den Kontakt abzubrechen, … das ist wirklich total blöd.«

Auf dem Weg nach Hause ließ Ella ihr Smartphone in der Tasche. Natürlich hatte Theresa mit vielem, was sie gesagt hatte, recht. Trotzdem erschienen Ella die erklärenden Sätze, die sie Samuel schreiben sollte, wie eine unüberwindbare Hürde. Solange es zwischen ihnen so unverbindlich und harmonisch war, hatte sie von diesem Kontakt nur profitiert. Diese Ausflüge in eine virtuelle Zweisamkeit waren für Ella etwas ganz Besonderes gewesen. Warum war alles zwischen ihnen mittlerweile so kompliziert? Lag es daran, dass sie vielleicht mehr in ihre virtuelle Bekanntschaft hineininterpretiert hatte, als da in Wirklichkeit war? Erlebte Ella seine Überraschung am Flughafen vielleicht deswegen als Ablehnung, weil sie ernsthafter in ihn verliebt war, als sie sich das bisher eingestanden hatte? Samuels plötzliches Drängen auf ein Treffen hätte ja auch durchaus ein Hinweis darauf sein können, dass es ihm ähnlich ging. Aber zu dieser Vermutung passte sein Verhalten am Flughafen überhaupt nicht. Und in Ellas aktuelles Leben passte diese ganze Geschichte sowieso nicht. Anstatt unentwegt darüber nachzudenken, was im Kopf dieses fremden Mannes wohl vor sich ging, wäre es deutlich klüger, die Sache mit Konstantin wieder gerade zu biegen.

Samu **Ella**

Hi Samuel, da gibt es nichts zu verzeihen. Der Schlüsselanhänger soll dich an die schöne Zeit erinnern, die wir miteinander erlebt haben. Vielen Dank dafür. Ich werde immer gerne daran zurückdenken.

Das klingt so, als ob du nicht möchtest, dass wir das hier fortsetzen.

Es ist schwer zu erklären. Um mich herum fällt irgendwie alles zusammen … wie ein Kartenhaus. Vielleicht wäre es anders, wenn ich nicht zum Flughafen gekommen wäre. Aber man kann die Zeit leider nicht zurückdrehen.

Aber wir müssen die Zeit auch gar nicht zurückdrehen. Warum glaubst du, dass wir keine Chance in der Gegenwart haben?

Ich weiß ja nicht, wie deine Gegenwart in London so aussieht, … aber meine Gegenwart hier ist ziemlich kompliziert.

Habe ich sie so kompliziert gemacht?

Nein … sie war schon vorher kompliziert.… Mit dir konnte ich das eine Weile vergessen.

Und jetzt kannst du das nicht mehr? Weil ich mich am Flughafen wie ein Idiot benommen habe?

Auch wenn du dich am Flughafen nicht wie ein Idiot benommen hättest, würde das keinen großen Unterschied machen.

Ich möchte dir mein Verhalten wirklich gerne erklären … aber neuerdings ist meine Gegenwart auch ziemlich kompliziert.

Habe ich sie so kompliziert gemacht?

Ja … das geht auf dein Konto. ;-)

Indem ich zum Flughafen gekommen bin, oder?

Nein, … eigentlich hat es schon etwas früher angefangen.

Siehst du. …Deswegen ist es vielleicht das Beste für uns beide, wenn wir uns jetzt voneinander verabschieden.

Machst du das immer so?

Was?

Weglaufen … wenn es anfängt, kompliziert zu werden.

Ich laufe nicht weg. Ich trete lediglich zur Seite … damit ich dir nicht im Weg stehe.

Aber, … du stehst mir nicht im Weg.

Hast du nicht gerade gesagt, dass ich dein Leben kompliziert mache?

Kompliziert ist das neue cool. ;-)
Ich fange gerade an, es zu mögen.

Ich kann aber nicht noch mehr Komplikationen gebrauchen, Samuel. Ich bewege mich so ziemlich am Limit.

Und deswegen willst du mich loswerden? Ich fühle mich ein bisschen so wie ein Hund, der zu Beginn der Sommerferien an der Leitplanke bei einer Autobahnraststätte angekettet wird. ;-)

Was für ein hübscher Vergleich.
Ich will dich ja nicht aussetzen.

Dann gib mir die Chance, es wieder gut zu machen. Ich verspreche dir auch, dass ich mich in Zukunft besser benehme. :-)

Du willst also, dass wir weiterspielen?

Ja, ich fordere dich jetzt heraus … und wenn du mich nicht annimmst, dann jaule ich so laut, dass man es von London bis nach Hamburg hört. :-)

Samuel fragte sich, wer da soeben wen um den Finger gewickelt hatte. Sein Plan war doch ursprünglich, die traurige Ella ein wenig zu trösten und sich dann ganz geschickt und

unauffällig aus der Affäre zu ziehen – einer Affäre, mit der er genau genommen gar nichts zu tun hatte. Wie man so etwas initiierte, wusste er nur zu gut, denn in seinem Leben als Single spielte das Chatten mit potenziellen Dates seit einiger Zeit eine große Rolle. Über diese Flirt-Apps und Dating-Portale war es mittlerweile mehr als einfach, Frauen auf virtuellem Wege kennenzulernen.
Samuel wusste mittlerweile, wie solche Kontakte für gewöhnlich abliefen und dass er ziemlich schnell merkte, ob man etwas miteinander anfangen konnte. Wenn das nicht der Fall war, dann warf man seine virtuelle Angel einfach erneut aus – das Meer war voller hungriger Fische. Ein wenig unangenehm war es immer, wenn so eine virtuelle Beute sich nicht so einfach vom Angelhaken ablösen ließ. Er wollte diesen Frauen schließlich nicht wehtun und bemühte sich deswegen immer, seine Bekanntschaften so zu beenden, dass er möglichst wenig Gefühle verletzte. Entsprechendes Fingerspitzengefühl wollte er auch bei dieser Sache anwenden, die sein Vater ihm da eingebrockt hatte, aber Ella hatte seinen ganzen schönen Plan vollkommen durcheinander gebracht.
Die erste Überraschung war, dass Ella zunächst einfach gar nicht auf seine Nachricht reagierte. So etwas war Samuel überhaupt nicht gewöhnt, und deswegen fühlte er sich auch ein klein wenig gekränkt. Nach einem Tag hatte er sich dann schweren Herzens mit dem Gedanken arrangiert, dass seine Nachricht an Ella, die er sich so gut überlegt hatte, ohne eine Antwort bleiben würde und diese Frau anscheinend noch immer stocksauer auf ihn war. Eine Niederlage auf ganzer Linie.
Dementsprechend erleichtert war Samuel dann natürlich, als er endlich doch noch etwas von ihr hörte. Über die zwei Tage Verspätung sah er unter den gegebenen Umständen großzügig hinweg, nur um gleich die zweite Überraschung zu erleben. Ella, die am Flughafen noch so gewirkt hatte, als ob sie ihm geradezu verfallen war, versuchte ihn kurz und schmerzlos abzuservieren. Dabei kannte sie ihn doch gar

nicht. Samuel verstand die Welt nicht mehr. War sein Vater am Ende der bessere Chatpartner?

Im Nachhinein konnte er nicht mehr sagen, an welcher Stelle er seinen Plan dann gänzlich aus den Augen verloren hatte – aber irgendwie endete es damit, dass er freudestrahlend auf das Nochmal-Feld tippte, um mit Ella Quizduell zu spielen.

Ella **Samu**

Tut mir leid, Samu. … Ich muss jetzt wirklich ins Bett.

Nicht doch, Ella … die Nacht ist noch jung. … Du willst mich doch nicht wirklich schon verlassen? ;-)

Du hast meine Müdigkeit schon lange genug schamlos ausgenutzt. Was glaubst du denn, wie oft ich noch gegen dich verlieren möchte. Hast du gar kein Mitleid?

Mitleid??? Was willst du? Ein virtuelles Trostpflaster? Wo soll ich es hinkleben. ;-)

Solange du es mir nicht auf meinen virtuellen Mund klebst, ist mir das egal. ;-) *Aber ich gehe trotzdem schlafen …mit oder ohne Pflaster.*

Na gut, … scheinbar kann ich dich nicht mehr davon abhalten. Danke für den schönen Abend, Ella, und bis morgen. :-)

Nachdem er sein Smartphone ausgeschaltet hatte, saß Samuel noch eine Weile da und überdachte seine Strategie. Von der ursprünglichen Idee, den Chat mit Ella gezielt auslaufen zu lassen, hatte er sich mittlerweile komplett verabschiedet. Was sprach schon dagegen, ihr virtuelles Gespräch noch ein wenig fortzusetzen? Sein Vater hatte ihn ohnehin damit beauftragt, Ella eine weitere Enttäuschung zu ersparen. Also brauchte Samuel ihm gegenüber auch kein schlechtes Gewissen zu haben, wenn er den Kontakt zu Ella aufrechterhielt.

Ein Kopfschütteln war Ellas erste Reaktion, als sie am nächsten Morgen sah, dass Samuel ihr bereits eine neue Spielaufforderung geschickt hatte. Gestern war sie doch fest entschlossen gewesen, diese ganze Sache zu beenden. Im Nachhinein ärgerte Ella sich ein wenig darüber, dass sie ihrem Vorsatz nicht treu geblieben war. Natürlich war es schön, nach so langer Zeit mal wieder einen Abend mit Samuel zu verbringen. Nachdem er wieder zurück in London war, wirkte ganz anders auf sie – irgendwie ausgelassener, frecher und spontaner als vorher. Bestimmt lag das daran, dass seine dienstlichen Verpflichtungen in Frankfurt ziemlich anstrengend waren und er zurück in London ein wesentlich entspannteres Leben führte.
Aber auch seine Wesensveränderung sollte sie jetzt nicht davon abhalten, ihre virtuelle Freundschaft zu beenden. Umso länger Ella darüber nachdachte, desto richtiger erschien ihr dieser Schritt. Wenn Konstantin am folgenden Tag nach Hause kommen würde, dann hatte sie mit Sicherheit genug andere Probleme.
Mit der Antwort auf Samuels Spielanfrage ließ Ella sich Zeit. Zuerst machte sie einen großen Spaziergang mit Morty, zu dem sie ihr Smartphone vorsorglich gar nicht mitnahm. Irgendwie hatte sie ein gutes Gefühl dabei, wenn sie ihn warten lassen konnte. Es war ein bisschen so, als ob sie die Oberhand behielt.

Samu **Ella**

Guten Morgen, schöne Ella. :-)
Ich hoffe, du hast gut geschlafen.

Hi Samuel :-) … Ja, ich habe gut geschlafen. Du auch?

Abgesehen davon, dass ich noch die halbe Nacht an das denken musste, was du gestern gesagt hast, … ja.

Oje, … ich habe gestern aber ziemlich viel gesagt … Was meinst du denn jetzt konkret?

Die Sache mit dem Kartenhaus. Du erinnerst dich?

Natürlich erinnere ich mich.

Erklärst du es mir?

Warum?

Es lässt mir keine Ruhe. Ich habe den Eindruck, dass es dir nicht gut geht.

Ja, … das stimmt. Es geht mir wirklich nicht gut. Das ist auch der Grund dafür, dass ich nicht mehr so viel Zeit mit dir verbringen kann.

Aber warum? Warum geht es dir nicht gut? Gestern hast du

gesagt, dass es nichts mit mir zu tun hat.

Das stimmt auch.
Es hat nichts mit dir zu tun.

Mit wem dann? Wer ist es, der dein Kartenhaus zum Einsturz bringt?

Ich habe im Moment ziemlich große Probleme mit meinem Mann.

Ist er sauer, weil wir beide chatten?

Nein, … das weiß er gar nicht. Wir verstehen uns einfach nicht mehr. Vermutlich haben wir uns im Laufe der Jahre einfach ziemlich weit voneinander entfernt.

Im Laufe der Jahre??? Das klingt so, als ob ihr schon eine Ewigkeit verheiratet seid.

12 Jahre … das ist schon eine kleine Ewigkeit. … Zumindest fühlt es sich so an.

Dann warst du aber eine ziemlich junge Braut. Warum hast du denn so früh geheiratet? Warst du schwanger?

Nein. Wir haben keine Kinder. Ich war in einer schwierigen Situation, und es erschien damals als eine gute Lösung.

Klingt ziemlich strategisch.

Ich war nicht strategisch. Ich war einfach nur jung. … 24 Jahre.

Und wie alt war er?

Als wir geheiratet haben, war er 47.

Verstehe. Ist bestimmt nicht einfach mit einem Partner, der so viel älter ist.

Ich glaube nicht, dass es nur am Alter liegt. Da kommen einfach verschiedene Sachen zusammen. Aber du hast recht,… es ist wirklich nicht einfach.

Und jetzt willst du also unseren Kontakt beenden, weil du glaubst, dass es für dich dann wieder einfacher wird?

Ja, … so ähnlich ist es.

Kann sein, dass sich da gerade der pure Egoismus in mir meldet, … aber ich glaube das wirklich nicht. Warum sollte es einfacher für dich werden, wenn du deine Freunde abschaffst? Bin ich der Erste? Wer muss dann als nächstes dran glauben?

Bist du mein Freund, Samuel? Wir kennen uns nur virtuell, und auch wenn sich das gut anfühlt, was wir hier miteinander haben, hat es doch nichts mit der Realität zu tun.

Wir beide SIND Realität, Ella. … Am Flughafen hat deine Hand in meiner gelegen, und das hat sich nicht nur real, sondern auch gut angefühlt. Ich hätte sie einfach nicht loslassen dürfen, … aber ich war zu überrascht von diesem Gefühl.

Ach komm, Samuel … wir sind beide erwachsen. Was willst du mir denn jetzt damit sagen? Dass es etwas ganz Magisches oder Besonderes zwischen uns gibt??? Selbst wenn, … ich kann mir so etwas wirklich nicht erlauben. Mir fliegt hier auch so schon alles um die Ohren. … Das mit uns ist hoffnungslos.

Warum gibst du mir nicht die Chance, dir das Gegenteil zu beweisen? Mache ich dir solche Angst?

Ja, … ich habe schreckliche Angst. Die hatte ich schon ohne dich, … aber mit dir habe ich noch mehr.

Nun war es raus. Ella fühlte sich ein bisschen besser als vorher – aber trotzdem nicht gut. Hatte sie den richtigen

Weg eingeschlagen? Sie wollte sich doch von Samuel lösen. Warum ließ sie ihn dann trotzdem noch einmal so nah an sich heran?
Das Gesicht, das Samuel ihr neuerdings zeigte, machte Ella tatsächlich ein wenig Angst. Wo war der behutsame Gesprächspartner, der geduldig nach dem Morgenstern Ausschau hielt, geblieben? Diese liebevolle Anrede hatte sie schon so lange nicht mehr gehört. Stattdessen fragte er sie ohne Umschweife, warum er abgeschafft werden sollte. Behandelte sie ihn wirklich so? Wie ein Tier? – das man nach Belieben an- oder abschaffte? War der sanfte Samuel deswegen vielleicht verschwunden?
Mit einem tiefen Atemzug schaltete Ella das Smartphone aus. Sie brauchte etwas Ruhe und Zeit, um über alles das nachzudenken. Das Szenario, das Samuel bezüglich der Abschaffung ihrer Freunde aufzeichnete, traf zumindest einen Nagel genau auf den Kopf. Im Prinzip war es das, was Konstantin sich wünschte. Er wollte Ella besitzen und mit niemandem teilen. Mit zunehmendem Alter schien dieses Verlangen stärker zu werden. Würde ihr Leben leichter werden, wenn sie seinem Wunsch nachgab? Man brauchte kein Psychologiestudium, um zu erkennen, dass Ella selbst über kurz oder lang auf der Strecke bleiben würde, wenn sie sich für diesen Weg entschied.

Samuel fühlte sich vollkommen hilflos, denn diesmal war er es, der am Haken baumelte. Würde sie vorsichtig mit ihm umgehen? Schon vor Stunden hatte er Ella geschrieben, aber bisher keine Antwort erhalten. Langsam wurde er nervös. War das vielleicht schon das angekündigte Ende? So ganz ohne Lebewohl und die üblichen Floskeln? Seit ihrem Gespräch am Vormittag ging Ella ihm nicht mehr aus dem Kopf. Zum Glück war im Büro nicht viel los und deswegen fiel es nicht weiter auf, dass Samuel zwischendurch immer wieder mit seinem privaten Smartphone beschäftigt war. Was war das für ein Leben, das Ella führte? Diese Promi-Ehen mit gravierenden Altersunterschieden wurden ja in

den Medien immer mal wieder zur Schau gestellt. Manche Fotos wirkten auf ihn dabei geradezu grotesk. War das bei Ella wohl genauso? Sie sah auf jeden Fall deutlich jünger aus, als sie tatsächlich war. Auf Mitte dreißig hätte Samuel sie niemals geschätzt. Ihr Ehemann konnte mit Ende fünfzig durchaus noch dynamisch sein. Samuel kannte einige Männer um die sechzig, denen man ihr Alter überhaupt nicht ansah.
Ob Johannes eigentlich auch über diese Ehe Bescheid wusste? In ihrem heutigen Chat klang es zumindest nicht so, als ob Ella vorher schon einmal davon berichtet hatte. Unglücklich sah Samuel auf sein Smartphone. Mittlerweile war es schon später Nachmittag. Wie lange wollte sie ihn denn noch warten lassen?

Ella **Samu**

Hi Ella :-) Ich wollte mal hören, wie es dir so geht. Alles gut ?

Ja … alles gut :-) Und bei dir?

Jetzt wo ich weiß, dass ich noch nicht abgeschafft wurde, … geht es mir besser. ;-)

Dachtest du etwa, ich mache mich einfach so aus dem Staub? … Ohne Abschied???

Keine Ahnung, wie du das sonst so machst. So gut kenne ich dich noch nicht. :-)

Bist du immer so unsicher im Umgang mit Frauen? ;-)

Hallo? … Nach dem, was du heute früh zu mir gesagt hast, fühle ich mich wie eine Kugel im Magazin einer Waffe, die darauf wartet, dass du abdrückst. ;-)

Ich bin überzeugte Pazifistin. :-)

Wie sympathisch. :-) … Das heißt, ich bin noch nicht zum Abschuss freigegeben?

Solange du dich so sympathisch mit Händen und Füßen dagegen wehrst, … bringe ich es nicht übers Herz.

Also hast du keine Angst mehr?

Doch, … die habe ich immer noch.

Wovor eigentlich?

Weißt du noch, als du mir gesagt hast, ich wäre für dich wie ein Stern in der Dunkelheit aufgegangen? Wie dein Morgenstern, …oder dein Abendstern?

Deswegen hast du mir den Sternenanhänger geschenkt.

Ich habe erst spät begriffen, dass es für mich genauso ist. Eigentlich habe ich es erst gemerkt, als du unser Treffen in Göttingen abgesagt hast.

Aber das ist doch etwas Gutes,
... dass ich dein Stern bin. :-)

Vielleicht auf den ersten Blick. Aber so romantisch diese Vorstellung auch ist, ... die meiste Zeit ist es in meinem Leben stockdunkel. Ich kann nicht immer darauf warten, dass irgendwann für ein paar Stunden am Tag jemand auftaucht, der es hell werden lässt. Das ist mir zu wenig.

Damit hast du vollkommen recht. Aber wenn du jetzt jemanden suchst, der dauerhaft Licht in dein Leben bringt, dann bist du auf dem Holzweg, fürchte ich.

Du meinst, ich soll mich mit der Dunkelheit arrangieren?

Nein, das meine ich ganz sicher nicht. Ich meine, du sollst selbst anfangen zu leuchten. Keiner kann Licht in dein Leben bringen, wenn in dir selbst die Flamme erloschen ist.

Also bin ich selbst daran schuld, wenn ich hier im Dunkeln sitze?

Schuld ist hier keine Kategorie, in der du denken solltest. Was immer dich in diese Dunkelheit gebracht hat, es liegt hinter dir. Lass dich nicht mehr davon bestimmen.

Und dann??? Was mache ich dann?

Dann bist du dein eigener Morgenstern.

Klingt einsam.

Klingt unabhängig.

Ich bin mir nicht sicher, ob ich alleine die Kraft dafür finde.

Aber du bist doch nicht alleine. Du hast doch Freunde. Oder?

Ja, … ich denke, ich habe Freunde.

Gut. Dann schaffe sie nicht ab.

Alles, was Samuel in das Chatfenster geschrieben hatte, entsprach seiner vollsten Überzeugung. Trotzdem plagte ihn hinterher ein schlechtes Gewissen. Ein schöner Freund war er. Wenn Ella erfuhr, dass es in den ersten zehn Tagen sein Vater war, der mit ihr über den Morgenstern philosophiert hatte, dann würde sie Samuel die Freundschaft vermutlich umgehend kündigen.
Mittlerweile war die ganze Sache natürlich nicht mehr so einfach zu erklären, und im Grunde genommen war es auch nicht seine Aufgabe. Er war schließlich nicht derjenige, der unter einer anderen Identität chattete. Das einzige, was er sich zum Vorwurf machen musste, war, dass er nicht in dem Moment, als er es entdeckte, reinen Tisch gemacht hatte. Irgendwann würde er sich an dieses Thema herantrauen müssen, aber im Moment erschien ihm der Kontakt zu Ella für eine solche Belastungsprobe viel zu zerbrechlich.

Ella hatte es sich nicht leicht gemacht. Nach ihrem letzten Gespräch mit Samuel verbrachte sie eine unruhige Nacht, in der sie sich darüber klar wurde, dass alles in ihrem Leben nach Veränderung schrie. Wenn das Licht in ihr wirklich

leuchten sollte, dann musste Ella damit beginnen, eigene Entscheidungen zu treffen.
Nach dem, was Samuel ihr am Abend zuvor geschrieben hatte, sollte gerade er ihre Entscheidung verstehen. Sie wollte ihn keinesfalls bestrafen, aber dieses tägliche Chatten mit ihm blockierte einfach zu viel in ihrem Kopf. Und für dieses »Kribbeln im Bauch«, das seine Nachrichten immer wieder bei ihr auslösten, hatte Ella leider ebenfalls keine Kapazitäten frei.

Samu **Ella**

Hi Samu, mein Freund. :-)

Hi Ella, … du Morgenstern. :-)

Alles gut bei dir?

Klar. :-) … *Und bei dir?*
Dunkel oder hell? ;-)

Sagen wir … es dämmert ;-)

Klingt vielversprechend. :-)
Was hast du heute vor?

Ich muss in die Uni … deswegen habe ich auch nicht viel Zeit. Aber vorher wollte ich dir noch etwas sagen.

OK … Schieß los. :-)

Ich brauche eine Chat-Pause.

Warum?
Habe ich etwas Falsches gesagt?

Nein, Samuel :-) … du hast gestern vieles gesagt, das vollkommen richtig und sehr wichtig für mich war … und jetzt brauche ich etwas Zeit, um ganz in Ruhe darüber nachzudenken.

Aha. … Wie lange?

Eine Woche.

Und dann?

Dann melde ich mich bei dir.

Versprochen?

Ja … versprochen, Samuel :-)
Bitte sei mir nicht böse. Das ist jetzt wirklich wichtig für mich.

Ich bin dir nicht böse, Ella.
Ich mache mir nur Sorgen.

Worüber?

Um dich. … Um uns. … Ich möchte nicht, dass du mir verloren gehst.

So schnell gehe ich nicht verloren. ;-)

13. Kapitel

22. November 2014 - am späten Vormittag

Wartend stand Johannes am Flughafen und fragte sich, was ihn wohl erwartete. Samuel hatte zwei Tage zuvor angerufen und seinen Besuch angekündigt. Es gäbe etwas zu besprechen, das man nicht am Telefon klären könne. Das musste ja etwas sehr Wichtiges sein, wenn er sich dafür extra in den Flieger setzte und nach Frankfurt kam. Das ungute Gefühl, dass es in ihrem Gespräch um Ella gehen würde, konnte Johannes nicht abschalten.
Genau acht Tage war es her, dass er Ella hier am Flughafen getroffen hatte. Nach dem ersten Schreck, der Johannes bei ihrem Anblick durch die Glieder gefahren war, entwickelte sich ihre Begegnung durchaus positiv. Noch schöner wäre es gewesen, wenn Ella nicht so viel geweint hätte, aber zwischendurch konnte Johannes das Zusammensein mit ihr auch in vollen Zügen genießen. Ella war etwas anders, als er sie sich vorgestellt hatte. Zum einen war sie deutlich größer als erwartet, und darüber hinaus sah sie mit ihren fünfunddreißig Jahren noch sehr jung aus.

Die täglichen virtuellen Gespräche mit Ella fehlten Johannes immer noch. Am schlimmsten waren natürlich die ersten Tage, an denen es sich wie Liebeskummer angefühlt hatte. Rückblickend erschien es Johannes allerdings vollkommen absurd, dass er aufgrund von ein paar Chatnachrichten die Kontrolle über seine Emotionen verloren hatte. Aber durch dieses ständige Miteinander-in-Kontakt-Stehen und das intensive Teilen von Erlebnissen und Gedanken hatte er tatsächlich angefangen, Gefühle für Ella zu entwickeln. Gefühle, die Johannes niemals jemand anderem gegenüber zugeben würde – aber zumindest sich selbst gegenüber sollte er bei der Wahrheit bleiben. Ja – es war

ihm unter die Haut gegangen, und nein – er hatte nie geglaubt, dass etwas aus ihnen werden könnte.
Ihre Begegnung am Flughafen war deswegen ein heilsamer Schock für ihn, denn im Gespräch mit dieser zauberhaften jungen Frau war eines ganz deutlich geworden. Ihr war es ebenso gegangen wie ihm. Auch Ella war in diesen emotionalen Gefühlsstrudel geraten, den man gemeinhin als Verliebtsein bezeichnete. Aber keines dieser intensiven, zugleich glücklich und traurig machenden, zerreißenden und berauschenden Gefühle hatte ihm gegolten. Ella hatte sich in Samuel verliebt.

Dass seine virtuelle Freundin ihm so vollkommen aufgelöst am Flughafen in die Hände fiel, musste wohl ebenso unter Ironie des Schicksals verbucht werden, wie die Tatsache, dass sie eine unglückliche Ehe mit einem viel älteren Mann führte. Hatte Johannes jemals mit dem Gedanken gespielt, Ella die Wahrheit über ihren Quizduell-Chat zu erzählen – spätestens nach dieser Information war ihm klar, dass Ellas Bedarf an Männern jenseits der fünfzig mehr als gedeckt war.

An diesem Tag hätte er schon sehr gerne die Rolle mit seinem Sohn getauscht, der sich wirklich alles andere als geschickt anstellte. Johannes konnte es nur schwer mit ansehen, wie Samuels Unverständnis tiefe Wunden in Ellas rosaroter Gefühlswelt hinterließ. Dabei war es Johannes immer noch ein Rätsel, was Samuel vorhatte, als er sich in den Chat einmischte. Ella berichtete davon, dass er zuerst auf ein Treffen in Göttingen gedrängt und dieses dann kurzfristig abgesagt hatte. Den Grund für die kurzfristige Absage wusste Johannes natürlich, aber warum war es Samuel vorher so wichtig, Ella zu sehen? Was wollte er damit erreichen? Und was hatte er jetzt wieder vor? Kam Samuel vielleicht an diesem Wochenende nach Deutschland, um dieses geplatzte Treffen mit Ella nachzuholen? Warum war es ihm dann so wichtig, vorher mit seinem Vater zu sprechen? Bei seiner

ersten Verabredung mit Ella hatte er doch auch nicht um Erlaubnis gefragt.
Das aufkeimende Gefühl von Eifersucht schob Johannes energisch zur Seite. Er selbst hatte Samuel angerufen und ihn gebeten, nett zu Ella zu sein. Dahinter stand die Überzeugung, dass seine Geschichte mit Ella zu Ende war. Rückzug auf ganzer Linie nannte man das wohl. Je weniger er über den weiteren Verlauf der Geschichte wusste, umso besser. Die Mechanismen der Verdrängung hatten bereits eingesetzt. Deswegen passte ihm Samuels Besuch und das bevorstehende Gespräch überhaupt nicht.

Auf dem Weg vom Flughafen nach Hause bemühten sich beide Männer um einen lockeren Smalltalk über das Wetter in London und Samuels aktuelle Projekte. Der Vorschlag, unterwegs zum Mittagessen anzuhalten, verschob den Moment, dem Johannes mit einem unguten Gefühl entgegensah, noch ein wenig nach hinten. Nachmittags war es dann letztendlich er selbst, der das Gespräch eröffnete, weil er diese innere Anspannung nicht mehr länger ertragen wollte. Schließlich war Samuel nicht den weiten Weg nach Frankfurt gekommen, um über das Wetter zu reden.
»Es muss ja etwas ziemlich Kompliziertes sein, das du nicht mit mir am Telefon besprechen kannst.«
»Eigentlich nicht. … Im Grunde genommen ist es ganz einfach.«
»Ich nehme an, es geht um Ella. Hast du noch einmal mit ihr gechattet und dich entschuldigt?«
»Ja, habe ich.« Samuel suchte nach den richtigen Worten. »Jeden Satz, den ich ihr schreibe, muss ich mir doppelt und dreifach überlegen. Das ist vollkommen bescheuert, wenn man immer aufpassen muss, dass nicht alles auffliegt.«
»Ich verstehe.«
»Ich habe einfach keinen Bock darauf, ein Teil dieser Lügengeschichte zu sein.«
»Klingt so, als ob diese Geschichte, so wie du es nennst, noch weitergeht?«

»Ich will meine eigene Geschichte mit Ella.«
»Und was habe ich damit zu tun?«
Die Worte seine Vaters machten Samuel aggressiv. »Was du damit zu tun hast? Diese Frage meinst du hoffentlich nicht ernst.«
»Doch, die meine ich ernst. … Ich habe mich doch vollkommen zurückgezogen. Was soll ich denn noch tun?«
»Ella muss die Wahrheit erfahren.«
So etwas in der Art hatte Johannes befürchtet. »Ich glaube nicht, dass das eine gute Idee ist.«
»Das war mir klar. Solange man sich amüsieren kann bist du immer vorne mit dabei … aber kaum wird es unangenehm … « Samuel ließ den Satz unvollendet.
»Ich habe keine Ahnung, was du mir da gerade unterstellen willst. Du hast selbst gesagt, dass es in Ordnung ist, wenn ich den Chat benutze.«
»Da wusste ich ja auch nicht, dass du auf diesem Weg irgendwelche Frauen aufreißen würdest.«
»Ich habe keine Frauen aufgerissen.«
»Zumindest nenne ich keinen Quizduell-Gegner mein Morgenstern«, erwiderte Samuel trocken.
Johannes strich sich mit der Hand über die Augen. Er schämte sich ein wenig. Was wusste Samuel wohl sonst noch alles? »Hat sie dir davon erzählt?«
»Nein, für sie gibt es nur einen Samu. Schon vergessen?«
»Was soll ich denn bitteschön machen? Willst du ein Protokoll über das, was wir uns geschrieben haben? … Damit du auf dem gleichen Stand bist?«
»Wenn ich eines nicht will, … dann ist es, auf dem gleichen Stand mit dir zu sein.«
Die Abscheu in Samuels Stimme war unüberhörbar. Alarmiert blickte Johannes seinen Sohn an. »Was meinst du denn genau?«
»Ich bin nicht so skrupellos.«
»Aha, … und seit wann bist du der Meinung, dass ich skrupellos bin?«

»Seit Birgit mir erzählt hat, wie du mit Menschen umgehst, die Hilfe brauchen.«

»Birgit? … Welche Birgit denn jetzt?« Johannes war sichtlich irritiert.

»Birgit Rademacher. Schon praktisch, so ein schlechtes Gedächtnis.«

»Ich kenne nur eine Birgit Rademacher … und die kannst du unmöglich meinen.«

»Ich meine die Freundin von Angela, die mich freundlicherweise über die Skrupellosigkeit meines allseits beliebten Vaters in Kenntnis gesetzt hat.«

»Samuel, diese Geschichte ist Ewigkeiten her. Birgit war lange Zeit schrecklich böse auf mich, das weiß ich, … aber das lag auch daran, dass sie ein schlechtes Gewissen hatte.«

»Und du? … Du bist es doch, der ein schlechtes Gewissen haben müsste, … immer noch. So etwas streift man doch nicht einfach ab.«

Erschöpft sank Johannes in sich zusammen. »Nein, da hast du recht. … So etwas streift man nicht so einfach ab. … Es war vermutlich der größte Fehler, den ich jemals begangen habe.«

»Was? Dass du Angela geschwängert hast? Oder dass du sie zu der Abtreibung gezwungen hast, an deren Folgen sie jämmerlich verreckt ist?« Die letzten Worte hatte Samuel seinem Vater laut entgegen geschleudert, und darin klang die ganze verdrängte Wut und Enttäuschung, die er schon viel zu lange mit sich herumgetragen hatte. Offenbar war er von seinem Gefühlsausbruch selber überrascht, denn während Johannes noch erstarrt dasaß und zu verstehen versuchte, was er gerade gehört hatte, war Samuel ins Gästezimmer gegangen und hatte die Tür mit Wucht hinter sich zugeschlagen.

In der nächsten halben Stunde war Johannes damit beschäftigt, alle Gedanken zu sortieren, die seit Samuels Ausbruch unablässig auf ihn einstürzten. Der Vorwurf seines Sohnes hallte in seinem Kopf wider, und es war unerlässlich, all die Erinnerungen, die damit verbunden

waren, an die Oberfläche kommen zu lassen. Nicht einen Moment in den vergangenen vierzehn Jahren war er auf die Idee gekommen, dass Samuel etwas von dieser Angelegenheit wusste. Rebekka hatte damals die Meinung vertreten, dass es das Beste war, die ganze Geschichte von Samuel fern zu halten. Er war ja auch noch so jung und es machte nach damaligem Ermessen keinen Sinn, ihn damit zu belasten. Johannes hatte diesem Wunsch seiner Frau ohne Zögern nachgegeben. Es war ein sehr trauriges Kapitel in seinem Leben über das er, genauso wie alle anderen Beteiligten, nicht gerne sprach.
Nun war also der Tag gekommen, an dem er gezwungen wurde, alles noch einmal an sich heranzulassen. Bestimmte Sachen holen einen einfach früher oder später wieder ein. Diese Ahnung trug Johannes schon lange mit sich herum. Samuels Worte zeigten ganz deutlich, dass es einiges zu erklären gab.

Vorsichtig klopfte Johannes an die Tür des Gästezimmers und öffnete sie ein kleines Stück. »Darf ich hereinkommen?«
Samuels Schweigen interpretierte er als Zustimmung und betrat den kleinen Raum. Sein Sohn lag mit hinter dem Kopf verschränkten Händen auf dem Bett und starrte an die Decke. Zuerst wollte Johannes sich den Schreibtischstuhl heranziehen, um darauf Platz zu nehmen, aber diese Anordnung erinnerte ihn spontan an eine Sitzung beim Psychotherapeuten. Vielleicht gehörten sie ja demnächst beide auf die berühmte Couch, aber noch war er zuversichtlich, dass sie ihr Problem gemeinsam in den Griff bekommen könnten.
Nach kurzem Zögern setzte Johannes sich am Fußende des Bettes auf den Teppich. Er lehnte sich mit dem Rücken an den gepolsterten Rahmen, blickte auf die gegenüberliegende Wand und wartete. Nach einer Weile des Schweigens fragte er: »Wann hast du denn mit Birgit gesprochen?«
Samuels Antwort kam widerwillig. »Damals, … irgendwann im Winter. … Zum Ende des Semesters bin ich dann nach Düsseldorf gegangen.«

»Wolltest du deswegen so dringend weg aus Frankfurt?« Samuel schwieg. »Was hat sie dir denn genau erzählt?«
»Sie sagte, du wärest ein skrupelloses Schwein. Aber das war mir schon bekannt.«
»Aha.« Johannes bemühte sich, ruhig zu bleiben. Wenn er jetzt auch die Nerven verlor, dann hatten sie beide keine Chance. »Wie bist du damals zu dieser Erkenntnis gekommen?«
»Ich habe euch zusammen gesehen. … Bei einem eurer kleinen heimlichen Treffen.« Der Unterton in Samuels Stimme verhieß nichts Gutes.
»Wen hast du gesehen? Birgit und mich?«
»Du kannst nicht damit aufhören, oder? Du kannst einfach nicht aufhören zu lügen. … Gib dir keine Mühe. Ich weiß schon lange Bescheid.«
»Das bezweifle ich, Samuel. Wirklich Bescheid wussten damals nämlich nur ganz wenige. … Also nochmal: Mit wem hast du mich gesehen?«
»Mit Angela.«
»Und weiter? Sie war meine Studentin. Da hat man natürlich miteinander zu tun.«
»Gerade weil sie deine Studentin war, hättest du deine Finger von ihr lassen müssen.«
»Meine Finger von ihr lassen? …Du glaubst, dass ich ein Verhältnis mit ihr hatte?«
»Ich glaube es nicht, ich weiß es! … Ich habe euch zusammen gesehen.«
Verständnislos schüttelte Johannes den Kopf. »Das kann aber nicht sein. Da war nie etwas zwischen Angela und mir … also zumindest nicht etwas, das man als Verhältnis bezeichnen könnte.«
»Ach … und gleich erzählst du mir, dass sie überhaupt nicht schwanger war … und auch keine Abtreibung stattgefunden hat. Das habe ich mir alles nur eingebildet, oder was? Woran ist sie denn gestorben? … An einem Schnupfen?«
»Doch, … sie war schwanger, … aber nicht von mir.«

Eine Weile war es still. Johannes konnte spüren, dass sein Sohn ihm nicht glaubte. »Wenn wir geahnt hätten, dass du etwas weißt, dann …Warum hast du denn niemals etwas gesagt?«

Samuels Lachen klang bitter. »Ich hätte etwas sagen sollen? Dass ich nicht lache. Das wäre doch wohl deine Aufgabe gewesen.«

»Deine Mutter hat mich angefleht, dich nicht damit zu belasten.«

»Ach komm, … jetzt zieh Mama nicht auch noch mit da rein.«

»Aber sie wusste von Anfang an Bescheid. Ich habe es ihr an dem Tag erzählt, als ich selbst davon erfuhr. Sie war immer eine gute Ratgeberin. Und auch in diesem Fall wäre es besser gewesen, auf sie zu hören.«

»Merkst du nicht selbst, wie abstrus diese ganze Geschichte klingt?«

»Samuel, … diese ganze Geschichte war abstrus. Deswegen haben wir auch vermieden, darüber zu sprechen. Aber offensichtlich komme ich heute nicht drum herum, sie noch einmal zu erzählen, … wenn du bereit bist, mir zuzuhören.«

Weil sein Sohn nicht antwortete, fuhr Johannes fort. »Angela besuchte ein paar meiner Vorlesungen. Sie war wirklich nicht zu übersehen. Ich weiß nicht, wie gut du sie kanntest, aber es gab in meinen Lehrveranstaltungen jede Menge Jungs, die alles dafür gegeben hätten, sie näher kennenzulernen. Keine Ahnung, ob sie unter den Studenten mal einen Freund hatte. Es war auf jeden Fall ihr drittes Semester, als sie den neuen Kollegen kennenlernte. Reinhard Trautler, Dozent für Mineralogie, … jung, dynamisch, aber dummerweise auch verheiratet. Muss wohl relativ schnell zwischen Angela und ihm gefunkt haben. Aber so genau wollte ich das damals auch alles gar nicht wissen. Angela war auf jeden Fall wegen irgendeiner Hausarbeit, oder wegen eines Referats in meiner Sprechstunde. Wir hatten auch schon mal einen Kaffee miteinander getrunken, … waren immer angenehme Gespräche gewesen. Sie hatte eine tolle

Ausstrahlung, man musste sie einfach mögen. Tja … und dann brach sie bei einem dieser Treffen plötzlich in Tränen aus, erzählte mir die Sache mit dem Trautler … und dass sie schwanger war. … Zuerst wollte sie natürlich nicht, dass ich mit ihm spreche, aber wenn man in der 16. Woche schwanger ist, dann kann man sich solche Empfindlichkeiten wirklich nicht leisten. Es kam ja auch viel zusammen. Angelas Eltern waren streng katholisch, der Trautler war gerade zum zweiten Mal Vater geworden und hatte nicht die Absicht, seine Familie zu verlassen. Es war wohl auch schon wieder aus zwischen ihm und Angela, … trotzdem hätte das alles nicht so laufen dürfen.« Bei der Erinnerung schüttelte Johannes den Kopf.
Als er keine Anstalten machte, seine Erzählung fortzusetzen, fragte Samuel: »Und deswegen habt ihr in deinem Büro gestanden und euch innig umarmt?« Seine Stimme klang immer noch bitter.
»Ja, … sie kam mindestens einmal am Tag vorbei und hat sich bei mir ausgeweint. Besonders nachdem der Trautler das mit der Abtreibung in die Wege geleitet hatte. Angela hatte bis dahin immer noch gehofft, dass er sich am Ende gegen seine Familie und für sie entscheidet. Deine Mutter ist fast durchgedreht, als ich ihr von dem geplanten Schwangerschaftsabbruch erzählt habe. Nachdem es für einen legalen Eingriff in Deutschland zu spät gewesen war, hatte Trautler eine Klinik in Holland ausfindig gemacht. An dem Tag, als er sie eigentlich dort hinfahren sollte, rief er mich dann an. Hatte angeblich irgendeinen Virus, … die ganze Familie lag wohl plötzlich flach. Ich weiß bis heute nicht, ob das die Wahrheit gewesen ist.«
»Und dann hast du sie freundlicherweise gefahren? Weil man ihr nichts abschlagen konnte?«
»Glaub mir, ich hätte es nicht getan, wenn ich eine vernünftige Alternative gesehen hätte. … Dem Trautler habe ich am Telefon auch gesagt, dass ich dafür nicht zur Verfügung stünde. Über die moralischen Aspekte kann man ja vielleicht streiten, aber ich fand das medizinische Risiko einfach zu

groß. Angela sollte sich nicht in Gefahr bringen. Deine Mutter hatte mir jedes einzelne Detail von diesen späten Abtreibungen erzählt. Ich hätte sie niemals dort hinbringen dürfen.«

»Aber du hast es doch getan. Warum?«

»Angela ließ mir keine Wahl.«

»Was soll das denn heißen? Willst du mir jetzt erzählen, dass sie dich erpresst hat? … Deine Geschichte passt doch vorne und hinten nicht zusammen. Ich denke, du hattest mit ihrer Schwangerschaft nichts zu tun?«

»Angela tauchte schon eine halbe Stunde später in meinem Büro auf. Trautler hatte sie zu mir geschickt und ihr versprochen, dass ich sie fahren würde. Ich glaube, sie hatte gar keine Vorstellung davon, was da auf sie zukam. Sie stand mit diesem zauberhaften Lächeln in meinem Büro und fragte, wann wir losfahren, … fast so, als ob wir ins Kino gehen würden.«

Kurz versank Johannes in der Erinnerung an diesen Moment. Samuels Frage schreckte ihn auf. »Warum hast du deine Meinung denn dann geändert? Ich verstehe das einfach nicht. Es war doch glasklar, dass das falsch war.«

»Ja, es war glasklar. Angela sagte mir, dass sie sich das Leben nehmen würde. … Wenn ich sie nicht fahren würde, dann wäre am nächsten Tag nicht nur das Kind tot, sondern auch sie.«

»Und das hast du ihr geglaubt?«

»Zuerst nicht. Aber ich wusste, dass sie große Angst vor ihren Eltern hatte. Keine Ahnung, ob die wirklich so streng waren. … Dann habe ich ihr angeboten, dass sie zu uns ziehen könnte.«

»Was? Angela sollte zu uns nach Hause kommen?«

»Ja … es war eigentlich die Idee deiner Mutter. Natürlich nur übergangsweise, aber Rebekka hätte alles dafür getan, um diese Abtreibung zu verhindern.«

»Doch Angela wollte das nicht, oder? … Es war ja klar, dass sie das nicht wollte.« Zum ersten Mal klang Samuels Stimme traurig.

»Sie wollte es ganz und gar nicht. So richtig verstanden habe ich das auch nicht. Ich glaube, sie wollte das Kind einfach nicht bekommen. Sie wollte lieber tot sein, als mit dem Kind zu leben. … Irgendwann habe ich dann nachgegeben. Ich fuhr sie nach Maastricht, begleitete sie bis zur Rezeption und wartete dann draußen, weil ich es in dem Gebäude nicht aushalten konnte. Auf der Rückfahrt ging es ihr nicht besonders schlecht. Den größten Teil der drei Stunden verschlief sie, … das hatte bestimmt etwas mit den Medikamenten zu tun, die sie ihr gegeben hatten. Ich fuhr sie zum Studentenwohnheim und bin noch mit hochgegangen. An der Tür zu ihrem Appartement haben wir uns verabschiedet. Das mit der starken Nachblutung hat sie mir auch gar nicht erzählt, … ist halt doch eher ein Frauenthema, verständlich, dass sie das für sich behalten hat. Als ich am nächsten Tag anrief, erzählte sie mir, dass der Trautler am Nachmittag kommen würde. Und das Wochenende würde sie ganz ruhig zu Hause mit Birgit Rademacher verbringen. Am Montag würde sie dann wieder bei mir in der Vorlesung sitzen. Ich dachte, es ginge ihr gut.«

»Wann hast du denn gemerkt, dass es ihr nicht gut ging?«

»Als sie in der Vorlesung fehlte. … Ich habe gleich anschließend bei ihr angerufen, aber keinen erreicht. Nachdem ich an der Uni fertig war, bin ich sofort zu ihr hingefahren, und der Hausmeister hat dann ihre Appartementtür geöffnet, nachdem sie auf unser Klopfen nicht reagierte. Da war sie schon bewusstlos und hatte sehr hohes Fieber.«

»Aber warum ist sie dann trotzdem gestorben? Habt ihr denn keinen Arzt geholt?«

»Natürlich haben wir das. Sie ist sofort ins Krankenhaus gekommen. Aber die Ärzte sagten, es wäre eine schwere Sepsis. Das kann passieren, wenn das Gewebe der Gebärmutterschleimhaut bei einer Abtreibung nicht sorgfältig genug entfernt wird. Dann kommt es zu einer Entzündung … und wenn die nicht behandelt wird …«

»Und keiner hat gemerkt, dass sie Fieber hatte? Dieser Trautler nicht, und Birgit auch nicht?«

»Der Trautler war wohl nur eine halbe Stunde da, wie er mir hinterher erzählt hat. Und die Birgit war den Samstag tagsüber da, ist aber abends auf eine Party gegangen. … Ich weiß nicht, ob und wann die sonntags nochmal dort aufgetaucht ist. Angela ist dann so schnell gestorben, dass alle vollkommen überrascht waren.«
»Und zwischen dir und ihr, …. da ist nie etwas gewesen?«
Johannes dachte einen Moment über die Frage seines Sohnes nach. »Doch Samuel, … zwischen uns ist etwas gewesen. Zwischen uns gab es eine tiefe Sympathie. Ich habe in meinem Leben nur ganz wenige Menschen getroffen, die mir auf Anhieb so sympathisch waren.«

Eine Weile saßen sie einfach nur da, und jeder schien seinen eigenen Gedanken nachzuhängen. Mittlerweile war es dunkel geworden, und als Samuel die Nachttischlampe anmachte, brannte das helle Licht in Johannes' Augen. Trotzdem wendete dieser seinem Sohn das Gesicht zu, und für einen Moment sah es so aus, als ob er geweint hätte. Samuels Stimme war rau, als er fragte: »Und dieses Arschloch? … Ist er wenigstens dafür bestraft worden?«
»Nein. … Offiziell wusste ja auch keiner, wer etwas mit der Sache zu tun hatte. Die Gerüchteküche brodelte natürlich. Der Trautler hatte sowieso nur eine befristete Stelle, und die ist nicht verlängert worden. Ich habe dann nie wieder etwas von ihm gehört.«
»Und du? Bist du nicht zur Rechenschaft gezogen worden?«
»Es gab natürlich Gespräche. … Im Endeffekt waren alle froh, dass keiner Interesse daran hatte, die Sache an die große Glocke zu hängen.«
»Und Angelas Eltern?«
»Die waren ganz und gar nicht daran interessiert, dass jemand erfuhr, woran genau ihre Tochter so überraschend gestorben war. Blutvergiftung, … darunter konnte sich ja jeder etwas vorstellen. Und mehr Informationen hat es, soviel ich weiß, nicht gegeben. Sie veranstalteten eine riesige Beerdigung in diesem Dorf im Münsterland, von wo Angela

herkam. Leute von der Uni waren da nicht erwünscht. Ich hatte vorher einmal versucht, mit den Eltern zu reden, da gaben sie mir deutlich zu verstehen, dass sie keinen von uns dabei haben wollten.«

»Das heißt, … du warst nicht bei der Beerdigung?«

»Ich bin trotzdem hingefahren, zusammen mit deiner Mutter. In der Menge sind wir gar nicht aufgefallen.«

Nach der langen Zeit auf dem Fußboden fiel es Johannes sichtlich schwer, wieder auf die Füße zu kommen. Samuel beobachtete ihn dabei, machte aber selber keine Anstalten aufzustehen. In dem Moment, als Johannes die Tür erreicht hatte, fragte Samuel: »Und du meinst, Birgit hat mich damals absichtlich angelogen?«

»Ich weiß ja nicht, was sie genau gesagt hat. Aber wenn sie behauptet hat, dass das Kind von mir war, dann hat sie gelogen. Sie gehörte damals zu den wenigen, die Bescheid wussten, und konnte nicht verstehen, dass ich Angela zu der Klinik gefahren habe. Für sie war ich der Schuldige. … Vielleicht war es das, was sie dir mitteilen wollte.«

»Ich kann mich nicht mehr daran erinnern, was sie genau gesagt hat. … Aber für mich war sofort klar, dass nur du der Vater sein konntest.«

»Ich bedaure es sehr, dass wir das nicht schon damals miteinander geklärt haben. Das war bestimmt nicht einfach für dich. … Ich brauche jetzt mal eine Pause.«

Mit diesen Worten verließ Johannes den Raum. Samuel hörte, wie sein Vater ein paar Minuten darauf die Wohnungstür hinter sich zuzog.

Zwei Stunden später saßen sich die Männer wieder gegenüber. Samuel hatte in der Abwesenheit seines Vaters den Tisch fürs Abendbrot gedeckt. Es war ein bisschen so, als ob sie das tägliche Kontingent ihrer Worte bereits verbraucht hatten. Keiner von beiden wollte etwas sagen. Es war kein feindseliges Schweigen, das zwischen ihnen herrschte, sondern eher ein einvernehmliches Innehalten,

das den Erinnerungen, die sie heraufbeschworen hatten, noch ein wenig mehr Raum gab.
Nach dem Essen öffnete Johannes eine Flasche Rotwein, die er zusammen mit zwei Gläsern auf den Beistelltisch neben dem Sofa stellte. Diese unausgesprochene Einladung nahm Samuel gerne an. Er füllte die beiden Gläser und setzte sich neben seinen Vater. »Warum hast du sie Morgenstern genannt?«
Johannes ließ sich mit seiner Antwort Zeit. Er wollte nicht schon wieder einen Fehler machen, indem er seinem Sohn zu wenig erzählte. Aber nach einem Seelenstriptease war ihm auch nicht zumute.
»An dem Morgen, an dem Ella mir zum ersten Mal schrieb, wollte ich eigentlich den Venusaufgang dokumentieren.«
»*Sie* hat *dich* angechattet?« Die Überraschung in Samuels Stimme war unüberhörbar.
»Ja. … Ich wusste doch gar nicht, wie man das macht.« Bei der Erinnerung an ihre erste Begegnung lächelte Johannes.
Samuel versuchte nicht, seine Neugier zu verbergen. »Und dann?«
»Dann haben wir ein paar lustige Sätze hin und her geschrieben. Es hat mir Spaß gemacht, und ich konnte wirklich etwas Aufheiterung gebrauchen.«
»Und Ella hat dich aufgeheitert.« Es war mehr eine Feststellung als eine Frage.
»Ja, das hat sie wirklich. Sie war mein Stern in der Dunkelheit, … daher der Morgenstern.«
»Was meinst du mit Dunkelheit?«
»Ach, … ich weiß auch nicht. Das Leben besteht doch immer aus Phasen, die mal heller und mal dunkler sind. Und da war es eben mal dunkel. … Du weißt doch selber, wie das ist, oder?«
»Klar, weiß ich das. Aber ich weiß nicht, wie dunkel dein Dunkel ist.«
»Du stellst aber schwierige Fragen, Sohn.« Offensichtlich versuchte Johannes, sich um eine Antwort herumzudrücken.

»Du hast aber doch keine Depressionen?«, setzte Samuel nach.
»Depressionen hat doch heute jeder Zweite. Ist ja mittlerweile fast so etwas wie eine Modeerscheinung. Ich bin nicht depressiv. … Ich bin hin und wieder etwas deprimiert.«
Samuel nickte. »Und dann kam Ella, …. und hat dich aufgeheitert.«
»Genau. … Es war eine schöne Sache, mit ihr zu chatten. Das brachte mich auf andere Gedanken.« Welche Gedanken das waren, behielt Johannes lieber für sich.
»Und dann bin ich gekommen, … und habe sie dir weggenommen?«, stellte Samuel fest.
»Weggenommen? Das klingt ja so, als ob sie mein Eigentum war. … Sie ist ein sympathischer Mensch, mit dem ich gerne Zeit verbracht habe. Am Flughafen hat sich dieser Eindruck, den ich von ihr gewonnen hatte, bestätigt. Wir haben noch einen Kaffee miteinander getrunken. Sie brauchte Trost, … nach deinem Auftritt.«
Zerknirscht schaute Samuel seinen Vater von der Seite an. »Ja, das war echt sowas von blöd. … Ella hat mir gar nicht gesagt, dass ihr beide euch noch unterhalten habt, nachdem ich weg war. Oder hast du sicherheitshalber verschwiegen, dass du mein Vater bist?« Der Nachsatz tat Samuel sofort leid, aber es war zu spät, um ihn zurückzuholen.
»Nein. … Ich habe ihr gesagt, wie es ist. Genau wie du bin ich auch nicht davon begeistert, wie das mit unserem Chat gelaufen ist. Aber ehrlich gesagt, weiß ich keinen Ausweg.«
»Ich verstehe ja auch, wie du da reingerutscht bist. Konnte ja keiner ahnen, was sich daraus entwickelt.«
»Und was hat sich daraus entwickelt?« Jetzt war es Johannes, der neugierig wurde.
»Du hast ja selbst gesagt, dass sie ein sehr sympathischer Mensch ist. … Ich glaube, sie hat momentan ziemliche Probleme.«
»Mit ihrem Mann.«
Der Kommentar seines Vaters ließ Samuel zusammenzucken. »Das weißt du auch?«

»Sie hat es mir am Flughafen erzählt.« Johannes spürte den eifersüchtigen Blick seines Sohnes. »Sie war in einem Ausnahmezustand, … vollkommen aufgelöst, … und ich war gerade zur rechten Zeit am rechten Ort.«
»Und was weißt du noch?«
»Na ja, … er ist wohl deutlich älter, und sie entdeckt anscheinend gerade, dass sie ein eigener Mensch ist. Schwierige Geschichte.«
»Weißt du was sie studiert?«
»Psychologie, … im 5. Semester.«
In der folgenden Gesprächspause dachten beide an Ella.

Mit einem Ruck stand Johannes plötzlich auf. »Ich geh ins Bett. Im Moment fällt mir nichts ein, was ich tun könnte, um diese Situation zu klären, … aber ich verstehe natürlich, dass du dir eine Klärung wünschst.«
Samuel nickte seinem Vater zu. Er hatte auch keine Ahnung, was zu tun war. Alleine blieb er auf dem Sofa zurück, blickte in den Himmel und wartete auf den Morgenstern.

14. Kapitel

24. November 2014 – früh am Morgen

Johannes sah auf seine Armbanduhr. Der IC hatte den Frankfurter Hauptbahnhof gerade erst verlassen, und es mussten noch mehr als drei Stunden vergehen, bis er sein Ziel erreichen würde. Samuel hatte nicht besonders begeistert gewirkt, als Johannes ihm am Sonntagmorgen davon berichtete, wie er sich die Lösung ihres Problems vorstellte. Dabei lag es doch ganz klar auf der Hand, dass man die Komplexität der Ereignisse nur in einem persönlichen Gespräch erklären konnte. Wenn er versuchen würde, das alles im Chat klarzustellen, dann wären neue Missverständnisse doch schon vorprogrammiert.

Aus diesem Grund hatte Johannes sich für die Fahrt nach Hamburg entschieden und hoffte, dass sein Sohn unrecht damit hatte, diese Aktion als die berühmte Suche nach der Nadel im Heuhaufen zu bezeichnen. Er zweifelte auch nicht daran, dass an der Hamburger Uni jede Menge los sein würde, und ohne zu wissen, wo man suchen sollte, war es bestimmt ein hoffnungsloses Unterfangen. Aber nachdem Johannes alle Fakten, die er aus den zahlreichen Chats erinnern konnte, im Geiste sortiert hatte, stellte er fest, dass die Chance, Ella zu finden, gar nicht so gering war. Die Mittagszeit verbrachte sie anscheinend gerne in einem kleinen Café auf dem Campusgelände. Obwohl es davon mehrere gab, war es für Johannes relativ offensichtlich, dass es sich dabei um eines handeln musste, das sich in der Nähe des Gebäudes befand, in dem ihre Lehrveranstaltungen stattfanden. Den Namen des Cafés wusste Johannes nicht, aber nachdem er im Internet einen Blick auf den Lageplan der Universität geworfen hatte, war er sich ziemlich sicher, dass nur dieses Café »Für Gäste« in Frage kam.

Davon ausgehend, dass Ella also auch an diesem Tag dort auftauchen würde, hielt er es für eine gute Idee, dort einfach

auf sie zu warten. Die beste Zeit dafür erschien ihm zwischen 11.45 Uhr und 12.15 Uhr zu liegen. Vorlesungszeiten waren ja im Prinzip überall gleich, und in ihrer intensiven Chatzeit hatte er schließlich einen Eindruck davon gewonnen, wann Ella frei hatte.
Planmäßig erreichte der IC den Hamburger Hauptbahnhof um 10.35 Uhr, und da die Fahrt zur Uni mit der S-Bahn nicht mehr als 3 Minuten dauerte, blieb Johannes ausreichend Zeit, in aller Ruhe das Café aufzusuchen.
Nur für den Fall, dass Ella vielleicht doch nicht, wie erhofft, auftauchen würde, hatte Johannes bereits recherchiert, in welchen Räumen ab 12.15 Uhr Veranstaltungen stattfanden, an denen sie vermutlich teilnehmen würde. Dann hatte er auf dem Lageplan nachgesehen, welchen Weg sie von dort aus vermutlich zur S-Bahn nehmen würde. Das war sein Plan B. Er würde sich strategisch günstig positionieren und sie auf ihrem Weg zur Haltestelle abfangen, wenn sie sich auf den Heimweg machte.

Alles in allem war es natürlich gut möglich, dass beide Pläne fehlschlugen. Wenn Ella an diesem Tag aus irgendwelchen Gründen gar nicht an der Uni auftauchte, dann hätte Johannes den weiten Weg nach Hamburg vollkommen umsonst gemacht. Bestand die Möglichkeit, über das Studentensekretariat etwas Näheres über Ella herauszufinden? Schließlich war er Lehrender der Uni Frankfurt und könnte behaupten, dass es irgendein verwaltungstechnisches Problem mit einer Anfrage gab. Aber damit würde er nur eine weitere Lüge benutzen, um Ella näher zu kommen. Im schlimmsten Fall musste er also unverrichteter Dinge wieder nach Hause fahren. Das gleiche Wagnis war Ella schließlich auch eingegangen, als sie zehn Tage zuvor am Flughafen auftauchte. Wie wäre die ganze Geschichte wohl weitergegangen, wenn sie sich an diesem Tag nicht auf den Weg nach Frankfurt gemacht hätte?

Mit einem freundlichen Lächeln brachte die Bedienung den bestellten Espresso zu Johannes an den Tisch. Ein Blick auf die Uhr sagte ihm, dass die reguläre Vorlesungszeit in zwanzig Minuten endete. Trotz aller Unsicherheiten freute er sich darauf, Ella wiederzusehen. Diese Klarstellung, wegen der er gekommen war, machte für ihn eigentlich gar keinen Unterschied. Für ihn war die virtuelle Zeit mit Ella definitiv vorbei. Die Frage war, ob Ella nach der Eröffnung, die er zu machen hatte, den Kontakt zu Samuel aufrechterhalten wollte. Der Verlauf ihres Gesprächs würde einen großen Einfluss auf ihre Entscheidung haben. In erster Linie wollte Johannes Ella die Wahrheit über ihren Chat sagen. Aber hatte die Wahrheit nicht immer viele Gesichter? Hielt er damit nicht die Fäden in der Hand und bestimmte darüber, ob es für seinen Sohn und Ella weitergehen würde? Konnte er sich überhaupt mit der Vorstellung arrangieren, dass es für Samuel und Ella weiterging?

Die kleine Studentengruppe, die zielsicher auf das Café zusteuerte, sah Johannes schon von weitem. Zufrieden lehnte er sich zurück, als er das blonde Haar in der Menge der Köpfe entdeckte. Unverkennbar Ella – er hatte alles richtig gemacht.
Beim Betreten des Cafés schweifte ihr Blick auf der Suche nach bekannten Gesichtern durch den Raum und streifte ihn, ohne hängen zu bleiben. Hatte sie ihn nicht wiedererkannt? Nachdem Ella ihm den Rücken zugedreht hatte, um sich zu ihren Begleitern zu setzen, war Johannes ein wenig enttäuscht. Anscheinend hatte er keinen bleibenden Eindruck bei ihr hinterlassen. Ihre Reaktion wäre sicher anders gewesen, wenn an seiner Stelle Samuel an diesem Tisch sitzen würde. Für ein paar Minuten beobachtete Johannes, wie Ella sich aus ihrer Jacke schälte und zu einer Frau setzte, die unablässig redete. Sah Ella blass aus? Auf Johannes wirkte sie müde und irgendwie farblos. Ganz anders als die junge Frau mit den leuchtend blauen Augen und den vor Aufregung geröteten Wangen, die er am Flughafen ge-

troffen hatte. Nun lag ein sorgenvoller Zug um ihren Mund, und die Augen schienen ihre Leuchtkraft verloren zu haben. Was war nur mit ihr geschehen? Und was würde das Gespräch, dass sie beide zu führen hatten, in ihrem Gesicht bewirken?

Für einen Moment dachte Johannes darüber nach, seinen ganzen Plan über Bord zu werfen. Einfach nur dort sitzen zu bleiben, Ella zu beobachten, um sie dann ziehen zu lassen. Wäre das nicht für alle Beteiligten das Beste? Zumindest wäre das der Weg des geringsten Widerstands. Wollte er ihn wirklich einschlagen? Johannes wusste nicht, was richtig war, und fühlte sich wie ein Feigling. Da fuhr er Hunderte von Kilometern, und in dem Moment, wo er nur ein paar Schritte von Ella entfernt saß, da verließ ihn der Mut. Während Johannes noch darüber nachdachte, was er tun sollte, war Ella aufgestanden. Zuerst sah es so aus, als ob sie zur Theke gehen wollte, aber plötzlich richtete sie ihren Blick auf ihn und kam direkt an seinen Tisch. Jetzt war es Johannes, der von der Situation überrascht war, obwohl er es eigentlich ganz anders geplant hatte.

»Entschuldigung.«, Ella lächelte ihn unsicher an. »Wir kennen uns doch, oder? … Du bist doch Johannes.«

Nach der ersten Schrecksekunde stand Johannes auf und erwiderte Ellas Lächeln. »Ja, … natürlich kennen wir uns, Ella. … Schön, dich zu sehen.« Er reichte ihr seine Hand, die sie zögernd ergriff.

»Das ist aber ein lustiger Zufall.« An ihrer Stimme hörte er, dass sie diese Situation alles andere als lustig fand. »Ich habe dein Gesicht schon beim Reinkommen gesehen. Aber ich war mir nicht sicher, ob du es wirklich bist.«

»Und ich dachte, du hast mich nicht erkannt. Möchtest du dich einen Moment zu mir setzen? Oder …« Anstatt den Satz zu vollenden, blickte er in die Richtung, aus der Ella gekommen war.

»Nein, … das ist schon OK. … Und was führt dich nach Hamburg? Hast du hier an der Uni zu tun?« Mit dieser

Frage ließ sie sich auf dem Stuhl gegenüber von Johannes nieder.
Er sah sie einen Moment lang an, bevor er antwortete. »Nein, … ich bin privat hier.«
»Privat hier … .« Ellas Worte klangen wie ein Echo.
»Wegen dir«, fuhr Johannes fort.
»Hat Samuel dich geschickt?«
»Nein.«
»Das verstehe ich jetzt nicht.«
»Das kannst du auch nicht verstehen. Deswegen bin ich hier, … um es dir zu erklären.«
»Aha.«
Es war deutlich schwieriger, als Johannes es sich vorgestellt hatte. Ella wirkte ziemlich abweisend auf ihn. Nicht unfreundlich, – aber an ihrem Tonfall meinte er zu erkennen, dass ihr Bedarf nach ungebetenen Erklärungen nicht besonders hoch war. Obwohl es im absoluten Gegensatz zu seiner inneren Anspannung stand, lehnte er sich zurück, bevor er weiter sprach. »Es ist nicht besonders einfach zu erklären, Ella, … und ich habe ursprünglich auch nicht vorgehabt, dich damit zu behelligen, … weil ich nicht dachte, dass es irgendeinen Unterschied machen würde.«
Unverwandt ruhte Ellas Blick auf seinem Gesicht, und das machte Johannes noch nervöser, als er sowieso schon war.
»Und jetzt macht es doch einen Unterschied? … Für wen? Für dich? … Oder für mich?«
»Na ja, … in erster Linie wohl für Samuel. … Aber für dich vermutlich auch, … und letztendlich auch für mich.«
»Hast du nicht gerade gesagt, dass es nichts mit deinem Sohn zu tun hat?«
»Ich habe gesagt, dass er mich nicht geschickt hat.«
Ella nickte und lehnte sich nun auch zurück. Abwartend betrachtete sie ihr Gegenüber. »Vielleicht wäre es gut, wenn du etwas ins Detail gehst. Ich verstehe gerade überhaupt nichts.«
»Es geht um den Quizduell-Chat.«
»Was ist damit?« Ella war offensichtlich irritiert.

»Nun ja, … die ersten Gespräche, … also diese ersten Chats, die hast du nicht mit Samuel geführt …«
»Sondern?«
»… sondern mit mir.« Johannes konnte an Ellas Mimik geradezu sehen, wie sie diese Information verarbeitete. »Mir dir? Warum? …. Ich meine, warum …« Ella schaffte es nicht, die Frage zu formulieren, die auf ihren Lippen brannte.
»Samuel hatte mir sein Smartphone überlassen, damit ich Quizduell spielen konnte. Als du mich angeschrieben hast, da habe ich geantwortet. … Ich war so fasziniert von unserem Gespräch … und habe offensichtlich den richtigen Zeitpunkt verpasst, die Wahrzeit zu sagen.«
»Und wie lange habe ich mit dir gechattet?«
»Insgesamt elf Tage.«
Ellas Augen weiteten sich. »Also im Grunde genommen die ganze Zeit. … Ich habe die ganze Zeit mit dir gesprochen?«
»Also nicht ausschließlich. Du hast zwischendurch auch mit Samuel gechattet.«
Aber Ella schien Johannes gar nicht zugehört zu haben. »Elf Tage lang hast du dich als dein Sohn ausgegeben?«
»Ganz so war es nicht.«
»Und dann? … Dann hast du mich weitergereicht? Oder wie darf ich das jetzt verstehen?«
»Nein, Ella! … Ich habe dich nicht weitergereicht. … Es war eine ganz unglückliche Situation. Ich habe dich nie anlügen wollen. Als wir uns kennenlernten, da hast du gefragt, ob ich Samu heiße … und ich habe geantwortet, dass Samu die Kurzform von Samuel ist. Natürlich wäre es besser gewesen, sofort zu sagen, dass ich aber nicht Samuel bin, … aber ich wusste doch nicht, … wie sich das zwischen uns entwickeln würde. Das war mein erster Chat im Quizduell. Mir war nicht bewusst, wie nahe man jemandem da kommen kann. Und dann hast du angefangen, mich auszufragen, … und ich dachte, wenn ich dir die Wahrheit über mich sage, … dann bricht unser Kontakt ab.«
»Und deswegen hast du mich fleißig weiter angelogen?«

»Im Prinzip habe ich immer versucht, so wenig wie möglich über Samuel zu schreiben, und habe nur auf deine Fragen geantwortet. Ich hatte mich so an dich gewöhnt, und das alles war wirklich etwas Besonderes für mich. … Das wollte ich einfach nicht aufs Spiel setzen.«
»Und nach den elf Tagen? Da hatte sich meine Besonderheit erschöpft, oder was?«
»Nein, Ella, … so war das nicht. Irgendwann hat Samuel den Chat entdeckt. Er hat dann auch mit dir gechattet. Zuerst habe ich das gar nicht gemerkt, … und als es dann offensichtlich war, hatte ich keine Gelegenheit mehr, etwas klarzustellen. Auf jeden Fall wollte er sich mit dir verabreden. So genau weiß ich das aber nicht. Er hat es mir nicht erzählt.«
Ella hatte den Kopf zum Fenster gedreht und blickte nach draußen. Eine Weile sagte keiner von beiden etwas, dann sprach Johannes einfach weiter.
»Am Flughafen ist mir klar geworden, wie verfahren die ganze Situation ist. Das hatte ich bis dahin immer verdrängt. Aber an diesem Tag konnte ich dir die Wahrheit auch nicht sagen. Du warst so unendlich traurig. Da habe ich es einfach nicht übers Herz gebracht.«
Mittlerweile sah Ella ihn wieder an. Sie schüttelte leicht den Kopf und unterstrich damit, dass sie das alles nicht verstand.
»Und heute? … Heute bringst du es übers Herz? … Dafür kommst du extra nach Hamburg? … Weil du dein Gewissen erleichtern willst?«
»Wenn es nur um mich ginge, Ella, … dann hätte ich mich nicht mehr bei dir gemeldet.«
»Ach, … willst du mir jetzt im Nachhinein einen Gefallen tun?« Ellas Lachen klang bitter. »Sorry, Johannes. … Das ist dir nicht gelungen. … Bis heute hatte ich zumindest die Erinnerung an eine schöne Begegnung. Genau genommen an zwei schöne Begegnungen. An eine schöne virtuelle Begegnung und an unser Gespräch am Flughafen. Jetzt hast du beides kaputt gemacht. Herzlichen Glückwunsch.« Bei diesen Worten war Ella aufgestanden und wollte den Tisch

verlassen. Aber Johannes hielt sie mit einer vorsichtigen Berührung ihres Armes auf. »Bitte, Ella, … bitte geh noch nicht. Ich verstehe deinen Ärger und würde niemals behaupten, dass er nicht gerechtfertigt ist. Aber bitte gib mir wenigstens die Chance, jetzt alles zu klären. Dafür bin ich extra nach Hamburg gekommen.«
Während Ella noch abwartend dastand und überlegte, wie sie auf diese Bitte reagieren sollte, war die Frau, mit der Ella an dem anderen Tisch gesprochen hatte, zu ihnen herübergekommen und fragte: »Ist hier alles in Ordnung?« Dabei warf sie einen abschätzenden Blick auf Johannes und sagte dann zu Ella: »Wir müssen los, Süße. Kommst du?«
Ella zögerte. Es war ihr anzusehen, wie hin und her gerissen sie war. Dann schien sie ihre Entscheidung getroffen zu haben. »Theresa, … schreibst du bitte für mich mit? Ich muss hier noch was klären und komme gleich nach. Halte mir bitte einen Platz frei, OK?«
Dann ließ sie sich mit einem tiefen Ausatmen erneut auf dem Stuhl nieder und sah Johannes abwartend an, der erst weitersprach, als sie wieder alleine waren.
»Für mich wäre es viel bequemer gewesen, wenn ich nicht hergekommen wäre, Ella. Und ich wusste auch, dass du dich über das, was ich dir zu sagen habe, nicht freuen würdest.«
»Und für wen hast du es dann gemacht?«
»Für Samuel.«
»Der dich ja nicht hergeschickt hat.«
»Für Samuel, der ein Problem damit hat, dass sein Kontakt mit dir auf meinen Versäumnissen aufgebaut ist.«
»Das ist aber doch immer noch derselbe Samuel, der hinter deinem Rücken eine Verabredung mit mir geplant hat. So ganz genau scheint er das mit der Ehrlichkeit also auch nicht zu nehmen, oder?«
»Ich habe bereits gesagt, dass ich nicht weiß, warum er das gemacht hat. Da kannte er dich kaum. Jetzt scheint das anders zu sein.«

Nachdenklich sah Ella Johannes in die Augen. »Weißt du, … mittlerweile kann ich nicht mehr abschätzen, wen von euch beiden ich kenne und wen nicht.«
»Samuel ist letztes Wochenende extra aus London gekommen, um mit mir über diese Sache zu sprechen. … Es scheint ihm sehr wichtig zu sein.«
»Er war am Wochenende also hier?«
»Ja. … Es hat ihm anscheinend keine Ruhe gelassen. Ich glaube, er mag dich sehr.«
»Das ist mir jetzt alles zu viel auf einmal.« Mit den Handflächen rieb Ella sich über ihr Gesicht. »Das muss ich erst mal auf mich wirken lassen.«
Dann stand sie auf und holte ihre Jacke von der Garderobe. Johannes hätte gerne noch etwas besonders Nettes zu ihr gesagt, aber sie wirkte so verschlossen und in sich gekehrt, dass ihm nichts einfiel, was sie erreicht hätte. War das Gespräch nur ein weiterer Fehler in dieser schrecklichen Aneinanderreihung von falschen Entscheidungen? Hatte er damit alles nur noch schlimmer gemacht, als es ohnehin schon war? Zum Abschied gaben sie einander die Hand, und Johannes quälte das unbestimmte Gefühl, dass er Ella niemals wiedersehen würde. In ihren Augen standen wieder mal Tränen, und das wunderte ihn nicht.

Die vergangenen Tage waren für Ella nicht einfach. Nach Konstantins Rückkehr war sie zunächst intensiv damit beschäftigt, die Wogen zu glätten. Nicht, dass sie auf einen wirklichen Frieden abzielte, denn sie wusste mittlerweile, dass dieser nur auf ihre Kosten zu haben war. Aber wenn sie sich auf einen offenen Krieg einließ, dann würde ihr am Ende die Kraft dafür fehlen, ihre Gedanken zu ordnen. In der letzten Zeit war es mehr als offensichtlich geworden, dass ihr Leben so, wie es verlief, nicht weitergehen konnte. Konstantins Verhalten wurde immer extremer, und ihre Bereitschaft, sich unterzuordnen, schrumpfte mit jedem Tag. Egal was Ella vorhatte – sie durfte auf gar keinen Fall irgendeine übereilte Entscheidung treffen, die sie anschlie-

ßend bitter bereuen würde. Aus diesem Grund hatte sie letztendlich auch die Chatpause mit Samuel vereinbart. Diese Träumereien von einem verständnisvollen jungen Mann in London konnte Ella sich genauso wenig erlauben wie das Risiko, beim Chatten von Konstantin erwischt zu werden. Schließlich war sie kein Teenager mehr, der sich heimlich mit seinem Smartphone auf dem Klo einschloss.
Nach der ersten Zeit des selbst gewählten Verzichts, in der sie regelrechte Entzugserscheinungen erlebte, fing Ella an, sich zu entspannen. Dahinter stand die Überzeugung, dass eine Pause Samuel und ihr nicht schaden würde. Ihre Verbindung war mittlerweile so vertraut und intensiv, dass diese kurze Unterbrechung ihnen bestimmt nichts anhaben konnte. Mit Samuel erlebte Ella einfach etwas ganz Besonderes, und wenn sie in Bezug auf ihre Zukunft klarer sah, dann war bestimmt auch deutlicher zu erkennen, welchen Platz dieser Mann in ihrem Leben einnehmen sollte.
Mit dem Auftauchen von Johannes in Hamburg war diese Illusion wie eine Seifenblase zerplatzt. Das, was sich gerade noch wie das wunderbare virtuelle Traumpaar angefühlt hatte, entpuppte sich von einer Minute auf die andere als ein hinterhältiges Trugbild. Auch wenn sie Johannes keine böse Absicht unterstellte, machte es unterm Strich keinen Unterschied für sie. Für Samuel war sie offensichtlich nie der Morgenstern gewesen.
Daraus erklärte sich im Nachhinein auch seine merkwürdige Reaktion am Flughafen. Wie sollte er die Gravur auf dem Schlüsselanhänger denn auch verstehen, wenn es immer sein Vater war, der sie als Morgenstern bezeichnet hatte? Dass Samuel ihr bei ihrer Begegnung vollkommen fremd vorkam und Johannes im Gegensatz dazu so vertraut – plötzlich machte alles Sinn. Auch diese merkwürdigen Rückfragen im Chat erschienen vor diesem Hintergrund in einem anderen Licht. Ella schämte sich, weil sie nicht schon vorher auf die Idee gekommen war, dass jemand ein falsches Spiel mit ihr trieb. Sie ärgerte sich über ihre Naivität und war enttäuscht darüber, dass diese ganze Geschichte

nicht halb so romantisch war, wie sie sich das erträumt hatte. Alles in allem blieb das Gefühl, sich lächerlich gemacht zu haben.

Was sollte Ella jetzt mit der Behauptung anfangen, die Johannes über die Gefühlslage seines Sohnes aufgestellt hatte? Angeblich war es demnach Samuel, der auf eine Klärung der Situation drängte, weil Ella ihm etwas bedeutete. Nach dieser ganzen Vorgeschichte sollte sie das jetzt noch glauben? Warum war er dann nicht am vergangenen Wochenende, das er sowieso in Deutschland verbracht hatte, zu ihr gekommen und hatte es ihr selbst erklärt? Warum schickte er seinen Vater vor? Ihr Leben war wirklich schon kompliziert genug, und sie hatte schon lange keine Lust mehr darauf, dass andere über sie verfügten. Ella wollte sich nicht weiterreichen lassen. In Zukunft würde sie selbst entscheiden, mit wem sie Kontakt hatte und mit wem nicht. Es war ja gut möglich, dass Johannes sich wünschte, dass der Kontakt zwischen Samuel und ihr bestehen blieb. Aber eine Kleinigkeit hatte er dabei vergessen. Er hatte vergessen zu fragen, ob Ella das auch wollte. Die Zeit, in der sie andere über ihr Leben entscheiden ließ, war endgültig vorbei. Der Morgenstern hatte soeben seine Umlaufbahn verlassen.

Die Kollision war vorprogrammiert. Jeder Hobbyastronom hätte das vorhersagen können. Ella war über alle Maßen frustriert und angespannt von der Uni nach Hause gekommen und sofort anschließend zu einer großen Hunderunde aufgebrochen. Sie musste dringend den Kopf freibekommen, und die Zeit mit Morty an der frischen Luft war ihre bevorzugte Flucht aus der Realität. Als sie zwei Stunden später dreckig und verschwitzt nach Hause kam, war es fast dunkel. Konstantin stand mit vor der Brust verschränkten Armen im Flur, und seinem Gesichtausdruck war zu entnehmen, dass er auf sie gewartet hatte.
»Ich versuche seit einer Stunde, dich zu erreichen. Wo warst du die ganze Zeit?«

»Mein Telefon liegt in der Küche. Ich habe es vergessen. Tut mir leid.«
»Dann sieh mal zu, dass du dich fertig machst. In einer halben Stunde müssen wir los.«
Ella war sich sicher, dass kein Termin für den Abend vorgesehen war und fragte: »Los? Wohin?«
»Phillip und Luise sind überraschend in der Stadt … wir treffen uns zum Abendessen.«
»Und da kannst du nicht ohne mich hingehen?«
»Nein. Da will ich nicht ohne dich hingehen.« Konstantin blickte sie von oben bis unten an und fügte hinzu. »Also beeile dich. … Ich hasse es, zu spät zu kommen.«
»Ich fühle mich aber nicht wohl und würde lieber zu Hause bleiben.«
»Elisabeth, … wer mehr als zwei Stunden mit dem Hund im Wald rumhüpfen kann, der kann auch hinterher auf einem Stuhl im Restaurant sitzen und ein hübsches Gesicht machen.«
Ellas Wangen glühten. »Ob, wann und für wen ich ein hübsches Gesicht mache, das entscheide ich ab heute selbst. Schönen Abend noch.« Mit diesen Worten öffnete sie die Kellertür und stieg gefolgt von Morty die Treppe herab. Sowohl der Hund als auch ihre Stiefel brauchten eine Dusche. Dazu benutzte sie einen Schlauch, der in der Waschküche hing. Noch bevor sie den Wasserhahn geöffnet hatte, hörte sie Konstantins Stimme hinter sich.
»Geht das jetzt schon wieder los? Ich dachte, das hätten wir ein für allemal geklärt.«
Ella drehte das Wasser an und fragte sich, was passieren würde, wenn sie den kalten Strahl, mit dem sie noch auf den Bodenabfluss in der Mitte der Waschküche zielte, auf das Gesicht ihres Mannes richten würde. »Klar ist, … dass ich heute Abend zu Hause bleibe.«
Vielleicht hatte er die Gedanken seiner Frau erraten. Nach einem Blick auf die Uhr sagte er: »Darüber sprechen wir noch«, und verließ eilig den Keller.

Erleichtert atmete Ella aus. Nachdem Morty sauber war, ging sie unsicher die Treppe hoch und prüfte, ob Konstantin sie wieder eingeschlossen hatte. Die Unsinnigkeit dieser Aktion war ihm aber anscheinend auch bewusst gewesen. Es gab nämlich einen Kellerausgang in den Garten und zwei Fenster, die er hätte verbarrikadieren müssen, wenn er sie tatsächlich wieder hätte einsperren wollen.
Die folgenden Stunden verbrachte Ella in ihrem Arbeitszimmer und versuchte, die Gedanken an alle drei Männer, die ihr das Leben schwer machten, zu verdrängen. Der Abend war noch nicht zu Ende, das wusste sie. Konstantin hatte gesagt, dass er noch etwas mit ihr zu besprechen hätte, also würde es auch nichts nützen, wenn sie schon ins Bett ging. Wenn ihr Mann ein Gespräch mit ihr führen wollte, dann tat er das auch, und für diesen Fall fühlte Ella sich wohler, wenn sie kein Nachthemd trug.
Es war kurz vor Mitternacht, als sie hörte, wie er die Haustür aufschloss. Mittlerweile saß sie im Wohnzimmer, und der Fernseher lief. Morty hatte beim Geräusch der sich öffnenden Haustür panisch das Sofa verlassen und legte sich gerade vor Ellas Füßen auf den Boden, als Konstantin das Wohnzimmer betrat. Sein prüfender Blick glitt über die Szene. Kein Stein des Anstoßes weit und breit. Ella wollte es ihm nicht zu einfach machen. Schließlich griff er nach der Fernbedienung und schaltete den Fernseher aus. Entschlossen, sich nicht provozieren zu lassen, blickte Ella ihrem Mann ruhig entgegen.
»Phillip und Luise sind wie ich der Meinung, dass es das Beste ist, wenn du das Studium sofort abbrichst.« Konstantin stand vor ihr und wartete auf eine Reaktion. Aber den Gefallen tat Ella ihm nicht. Sie richtete ihren Blick auf den dunklen Bildschirm des Fernsehers, als er weiter sprach. »Ab morgen kommst du wieder mit in die Firma.«
»Sicher nicht.«
»Du hast keine Wahl.«
»Man hat immer eine Wahl.«
»Du nicht.«

»Was willst du machen? Mich dauerhaft einsperren?«
»Ich zahle den Studien-Spaß einfach nicht mehr. Ab jetzt musst du selbst für deinen Lebensunterhalt arbeiten. Wenn du bei mir wohnen willst, … dann musst du arbeiten. Ich gebe dir einen Job. Als ungelernte Kraft findest du nichts Vergleichbares.«
»Ist das deine eigene Idee? … Oder ist das ein Tipp von unseren lieben Freunden?«
»Phillip und Luise sind nur ebenfalls der Meinung, dass du dich unangemessen verhältst, und glauben wie ich, dass dieser Umgang mit den Studenten dir nicht gut tut.«
»Vergiss es, Konstantin. … Du bestimmst nicht über mich.«
Ella stand auf und wollte an ihrem Mann vorbeigehen. Dieser hielt sie jedoch fest und drehte sie unsanft zu sich um.
»Siehst du«, zischte er. »Genau das meine ich. Dieses Gehabe hat es früher nicht gegeben. … Das kenne ich gar nicht von dir. Erst seitdem du dieses verfluchte Studium angefangen hast, suchst du permanent Streit.«
Der feste Griff schmerzte, aber Ella ließ es sich nicht anmerken. Mutig erwiderte sie den kalten Blick ihres Mannes. Morty hatte sich aufgerichtet. Die Hündin zitterte vor Angst und Aufregung. Sie hatte Konstantins Tritt nicht vergessen.
Wie in Zeitlupe zog Konstantin Ella immer näher an sich heran. Sie roch seinen Atem – er widerte sie an, aber sie sagte keinen Ton. Seine Lippen berührten fast ihr Ohr, als er leise hervorpresste: »Morgen beginnt dein neues Leben, Elisabeth. … Das schwöre ich dir.« Mit einem undefinierbaren Laut stieß er Ella so plötzlich von sich, dass sie nach hinten taumelte. Morty muss hinter ihr gestanden haben, oder gleichzeitig mit ihr zurückgewichen sein. In ihrer Rückwärtsbewegung prallte Ella gegen ihren Hund und verlor das Gleichgewicht. Bei dem Versuch, sich irgendwo festzuhalten, warf sie den kleinen Tisch am Fenster um, und die Blumenvase, die darauf gestanden hatte, zerbrach in tausend Stücke, so dass Ella in der nächsten Sekunde unsanft in einer Lache aus Wasser und Scherben landete. Der Arm, mit dem sie sich abstützen wollte, rutschte auf dem nassen

Boden weg, und Ella schlug unsanft mit der rechten Gesichtshälfte auf das Parkett. Für einen Moment war es totenstill, dann fing Morty an zu winseln, und als Ella ihre Augen öffnete, hörte sie, wie Konstantin die Treppe hoch in den ersten Stock ging. Vorsichtig hob Ella ihren Kopf an und sah sich um. Erschreckt entdeckte sie, dass die Hündin vor ihr in einer kleinen Blutlache stand. War Morty in eine Scherbe getreten? Ächzend setzte Ella sich auf und begann, die Pfoten des Hundes zu untersuchen, ohne aber eine Verletzung zu entdecken. Erst da bemerkte sie die beiden Schnitte an ihrem rechten Unterarm, aus denen immer noch Blut lief. Mit etwas Mühe kam sie auf die Beine und manövrierte den Hund aus den Scherben. Etwas zeitverzögert setzten die Schmerzen in ihrem Gesicht ein. Instinktiv legte Ella eine Hand auf ihre Wange und ging vorsichtig ins Gästebad, wo sie im ersten Moment erschreckt von ihrem Spiegelbild zurückwich. Auch ihre Wange blutete. Zwar nur aus einem schmalen, kurzen Schnitt, aber der Bluterguss auf dem Wangenknochen war dagegen schon deutlich beängstigender und musste dringend gekühlt werden.
Zwanzig Minuten später hatte Ella ihre Wunden versorgt und saß mit einem Kühlpack auf der Wange in der Küche. Sie wusste nicht, was ihr mehr Angst machte – die Drohung ihres Mannes oder die Tatsache, dass er sie verletzt im Wohnzimmer hatte liegen lassen? Zumindest machte er es ihr mit seinem Verhalten sehr einfach, die Konsequenzen zu ziehen. Nach einer Stunde Wartezeit war Ella sicher, dass Konstantin schlief und schlich ins Arbeitszimmer. Dort packte sie alles zusammen, was sie für die Uni brauchte. In das Schlafzimmer traute sie sich nicht, deswegen begnügte Ella sich mit ein paar Kleidungsstücken, die sie im Waschkeller fand. Anschließend suchte sie möglichst lautlos im Badezimmer ein paar Sachen zusammen. Das Herz schlug ihr bis zum Hals. Ella wollte sich wirklich nicht vorstellen, was passieren würde, wenn Konstantin jetzt aufwachte. Mit einem Gefühl der Erleichterung zog sie endlich ihre Jacke an und griff nach der Hundeleine. Was war sein letzter Satz

gewesen? Morgen beginnt dein neues Leben, Elisabeth? Entschlossen zog sie die Haustür hinter sich ins Schloss. Er ahnte noch nicht, wie sehr er damit recht behalten sollte.

15. Kapitel

30. November 2014 - am Vormittag

Auch nach sechs Tagen sah Ella immer noch aus, als ob jemand sie heftig verprügelt hätte. Es war auch gar nicht so einfach gewesen, Theresa davon zu überzeugen, dass dieses nicht der Fall war. Ein richtiger Unfall war es letztendlich auch nicht und der Bericht, den Theresa natürlich zu Recht erwartete, als Ella mitten in der Nacht blutend und aufgelöst vor der Tür stand, klang in der Tat ziemlich zweifelhaft. Wie immer es zu diesen Verletzungen gekommen war – für Theresa stand fest, dass ihre Freundin auf gar keinen Fall zu ihrem Mann zurückgehen durfte. Die erste Nacht verbrachte Ella deswegen auf dem Sofa im Wohnzimmer ihrer Freundin. Und dann räumten sie am nächsten Tag mit vereinten Kräften das kleine Arbeitszimmer auf, in das Ella vorübergehend zusammen mit Morty einzog.
Mit einem unguten Gefühl waren sie am nächsten Tag zusammen losgefahren und holten aus Konstantins Haus, was Ella brauchte. Es war nicht viel, drei Koffer voll Kleidung und zwei Kartons mit Büchern und persönlichen Gegenständen. Beim Blick ins Wohnzimmer schauderte Theresa. Konstantin hatte offenbar nicht aufgeräumt, und auf dem Parkett war immer noch ein großer, blutiger Fleck zu sehen. Das Wasser war inzwischen in das Holz eingezogen, aber nicht vollkommen getrocknet. Die nassen Glasscherben funkelten in der Nachmittagssonne, und der Blumenstrauß lag welk und traurig hinter dem umgefallenen Tisch.

Wenn es nach Theresa gegangen wäre, hätten sie noch am gleichen Tag einen Anwalt aufgesucht, aber Ella wollte nicht. Für sie war es viel wichtiger, darüber nachzudenken, wie sie ihr Leben neu ordnen konnte. In einem Rechtsstreit konnte Ella nur verlieren, das hatte Konstantin schon wiederholt

durchblicken lassen. Deswegen versuchte Ella, sich vollkommen auf ihren Neuanfang zu konzentrieren. Bis zum Ende der Vorlesungen dauerte es noch zwei Monate. Für diese Zeit konnte sie auf jeden Fall bei Theresa wohnen. Anschließend wollte sie sich einen Job suchen und nach einer Wohnung Ausschau halten. Vermutlich war es nicht ganz so einfach, mit dem großen Hund etwas Bezahlbares in Stadtnähe zu finden, aber Ella würde lieber unter einer Brücke campieren, als sich von Morty zu trennen.
Bis Anfang April die Vorlesungszeit wieder begann, blieb ihr genug Zeit, alles Nötige zu regeln, so dass sie sich danach wieder vollkommen auf ihr Studium konzentrieren könnte. In diesem letzten Semester würde sie sich fast nur noch um ihre Bachelorarbeit kümmern müssen. Da war es sicher auch kein Problem, nebenher etwas Geld zu verdienen, um sich zunächst über Wasser zu halten.

Den Kopf voller Zukunftspläne sollte Ella sich eigentlich frei und unabhängig fühlen, aber eine unbestimmte Traurigkeit hatte sich auf ihre Seele gelegt und ließ sich einfach nicht abschütteln. Am Wochenende war sie viel mit Morty im Wald unterwegs, und wenn sie sich im Haus aufhielt, zog sie sich am liebsten in ihr kleines Zimmer zurück. Obwohl Ella sich bei ihrer Freundin grundsätzlich sehr wohl fühlte, empfand sie sich zwischendurch immer wieder als ein Fremdkörper in dieser fröhlichen und etwas chaotischen Familie. Theresa spürte, wie unglücklich ihre Freundin war.
Der Sonntagabend ging seinem Ende entgegen, und die Teenager hatten sich bereits in ihre Zimmer zurückgezogen. André war an diesem Abend schon früh ins Bett gegangen, und so saßen die beiden Frauen schließlich alleine im Wohnzimmer. Prüfend sah Theresa auf Ellas Wange und fragte: »Soll ich dieses interessante Farbenspiel in deinem Gesicht morgen mal ein wenig zuspachteln, bevor wir zur Uni fahren? … Wobei Lila und Grün in diesem Winter natürlich die absoluten Trendfarben sind, … alternativ zum

Make-up könnte ich dir also auch ein passendes Halstuch leihen.«
»Ich glaube, ich entscheide mich lieber für das Make-up. Am Freitag hat mir eine Professorin auf dem Flur nämlich schon unauffällig die Telefonnummer vom Frauenhaus zugesteckt.« Obwohl Ella dabei kicherte, wusste Theresa nicht, ob das wirklich ein Scherz war.
»Sieht ja auch gruselig aus. … Sag mal, … wer war denn jetzt eigentlich der Typ, mit dem du Anfang der Woche im Café gesprochen hast? Hat der was mit deinem Mann zu tun?«
Ella schluckte. Nach dem Gespräch mit Johannes vor einer knappen Woche hatte sich keine Gelegenheit mehr ergeben, Theresa auf den neuesten Stand zu bringen. Sie war reichlich spät in die Vorlesung gekommen, und anschließend war Theresa in Eile, weil sie ihren Sohn zum Handballtraining fahren musste. Wie zu erwarten war, hatte Theresa sich neugierig erkundigt, wer der Typ im Café war, aber mit dem Hinweis auf eine komplizierte Geschichte hatte Ella sie an diesem Tag vertröstet.
»Mit Konstantin? Nein, … das war Johannes.«
»Welcher Johannes?«
»Samuels Vater.«
»Der vom Frankfurter Flughafen?« Überrascht zog Theresa die Augenbrauen hoch. »Was wollte der denn von dir?«
Sofort füllten Ellas Augen sich mit Tränen. Sie blinzelte ihrer Freundin entgegen und bemühte sich krampfhaft, nicht die Fassung zu verlieren. »Das ist kompliziert.«
»Das sagtest du schon mal. … Scheint ja sehr kompliziert zu sein, … und sehr traurig.«
Ella nickte. »Ja, … es ist auch irgendwie sehr traurig.«
»Ist deinem Samuel etwas zugestoßen?«
»Nein, … dem geht es sicherlich blendend.«
»Klingt ja fast so, als ob du schon wieder sauer auf ihn bist. … Und sein Vater wollte die Wogen glätten? Oh, das ist süß. … Das hatten wir doch schon mal, oder?«

Ellas Betroffenheit wandelte sich in Ärger. »Johannes ist genau so ein Idiot wie sein Sohn.«
»Jetzt komme ich nicht mehr mit. Ich dachte, dein Samuel hat sich bei dir entschuldigt und alles wäre wieder in Butter.« Die Ratlosigkeit stand Theresa ins Gesicht geschrieben.
»Ja, … alles in Butter, … das dachte ich auch. Es war auch wirklich so schön mit ihm. Er hat so viele nette Sachen zu mir gesagt. Es war plötzlich so, als ob er mir geradewegs in mein Herz blicken konnte, Theresa. … Das klingt jetzt super kitschig, ich weiß, … aber genau so war es. In den letzten Tagen kamen wir uns noch viel näher als bisher, das war fast schon unheimlich … verstehst du? … Deswegen habe ich dann auch um die Chatpause gebeten. Ich dachte, mein Herz zerspringt sonst einfach. Es war so schön und gleichzeitig so schrecklich.« Verzweifelt schüttelte Ella den Kopf. »Und jetzt weiß ich, dass ich vom ersten Tag an belogen wurde. Da war nichts so, wie es schien. Alles nur eine Illusion. Alles eine riesengroße Lüge.«
»Eine Lüge? Inwiefern?«
Mit wenigen Worten erklärte Ella, was sie von Johannes erfahren hatte, und fügte hinzu. »Ich bin so unglaublich naiv gewesen, … und habe die ganzen Ungereimtheiten einfach ignoriert. Ich war so blöd.«
»Schon eine merkwürdige Situation.« Theresa überlegte eine Weile, bevor sie weiter sprach. »Und was sagt Samuel dazu?«
»Das weiß ich nicht, … und es ist mir auch egal. Glaubst du allen Ernstes, dass ich dem jemals wieder etwas schreiben werde?«, fragte Ella trotzig.
»Das heißt, dass du nicht mit ihm darüber gesprochen hast, oder?«
»Der kann mir gestohlen bleiben!«
»Hat er denn nicht versucht, wieder Kontakt zu dir aufzunehmen?«
»Doch. Aber ich lese nicht, was er mir schreibt und nehme seine Spielanfragen nicht mehr an. Ich drücke ihn einfach immer wieder weg. Mein Bedarf an Lügen ist gedeckt.«
»Das ist unfair«, sagte Theresa trocken.

»Jetzt nimm ihn nicht schon wieder in Schutz. Das hast du letztes Mal auch schon gemacht, als er am Flughafen so blöd gewesen ist.«
»Und jetzt hat sich ja auch herausgestellt, dass ich recht hatte. Er konnte wirklich nichts dafür. … Schließlich hat er von alledem nichts gewusst.«
Demonstrativ verschränkte Ella die Arme vor der Brust. »Ich bin durch mit dem Thema.«
Theresa schwieg eine Weile und schaute ihre Freundin an. Für sie war das Thema offensichtlich noch nicht durch. »Ich verstehe ja, dass du sauer bist. Wäre ich auch. … Trotzdem ist es doch echt ganz großes Kino, dass der Typ extra nach Hamburg kommt, um dir die Wahrheit zu erzählen.«
»Ja toll, … ganz großes Kino, … eine Komödie, … mit mir in der Hauptrolle, … und Samuel sitzt in der ersten Reihe und lacht sich tot.«
Besänftigend strich Theresa ihrer Freundin über die Schultern. »Aber das stimmt doch nicht. Der wollte doch unbedingt, dass du die Wahrheit erfährst. … Und sein Job war es doch wirklich nicht, dir alles zu erklären. Damit wäre er seinem Vater doch auch total in den Rücken gefallen. … Woher wusste Johannes eigentlich, wie er dich findet?«
»Keine Ahnung. Ist mir auch ziemlich egal.«
»Sollte es aber nicht. … Deutlicher kann man doch wirklich nicht zeigen, dass es einem leid tut.«
»Mir tut nur leid, … dass ich auf die beiden Idioten reingefallen bin.«
»Du tust ja so, als ob sie dir eine Falle gestellt hätten, in die du reingetappt wärest. … Warum sollten sie sich dann jetzt so große Mühe geben, alles klarzustellen? Die sind da bestimmt auch irgendwie reingerutscht. Da kam eines zum anderen. Das haben sie ganz sicher nicht so geplant.«
»Ich will gar nicht wissen, was sie geplant haben und was nicht. Ich will einfach nur, dass sie mich in Ruhe lassen.« Ellas Stimme klang mittlerweile wie die eines trotzigen Kindes, und ihre Unterlippe zitterte.
»Willst du das wirklich? … Vermisst du ihn denn gar nicht?«

»Ich vermisse ihn. … Obwohl er es überhaupt nicht verdient hat, vermisse ich ihn unendlich. Zuerst habe ich gedacht, dieses Gefühl würde sich vielleicht legen, wenn wir nicht mehr jeden Tag miteinander chatten. Ich wollte ein wenig Distanz und Zeit zum Nachdenken. Aber weder unsere Funkstille noch die Sache mit Konstantin haben etwas daran geändert. Es vergeht kein Tag, an dem ich nicht an ihn denken muss. Selbst jetzt nicht, … wo ich endlich weiß, dass er mich angelogen hat.«
»Warum gibst du ihm denn nicht die Chance, dir seine Sichtweise einmal zu erklären?«
»Das ist doch alles nicht echt. Diese Chats versprechen so viel und halten so wenig. Das ist vielleicht genau das Richtige, wenn man sich ein wenig die Zeit vertreiben will, wenn man sich mal zwanglos amüsieren will, … dann ist das toll. Aber mit der Wahrheit hat das alles doch nur am Rande zu tun. Ich will das nicht mehr. In meiner jetzigen Situation fehlt mir die Kraft für sinnlose Träumereien.« Mit einem Nicken blieb Theresa zurück, als Ella abrupt aufstand und in ihr Zimmer verschwand. Es war anzunehmen, dass sie sich auch in dieser Nacht wieder in den Schlaf weinen würde. Das leise Schluchzen hatte Theresa auch an den vergangenen Abenden gehört, und es tat ihr unendlich leid, weil ihr nichts einfiel, das ihre Freundin trösten könnte.

Theresa war klar, dass diese räumliche Trennung von Konstantin eine große Belastung für Ella darstellte. Auch wenn die beiden sich innerlich schon meilenweit voneinander entfernt hatten, war dieser letzte entscheidende Schritt sehr schwer zu verarbeiten. Die Tatsache, dass Konstantin sich bisher nicht bemüht hatte, den Kontakt zu seiner Frau aufzunehmen, zeigte deutlich, dass er frei von Einsicht und Reue war. So, wie Theresa ihn kannte, wartete er ganz gelassen darauf, dass Ella der Mut oder das Geld ausging und sie dann demütig zu ihm zurückkehrte.
Das durfte auf gar keinen Fall passieren. Seit die beiden Frauen sich kannten, hatte Konstantin Ella tyrannisiert.

Theresa hatte schon stundenlang mit ihr darüber diskutiert und auf sie eingeredet, aber ihre Freundin fand immer wieder Entschuldigungen für Konstantins despotische Ausfälle. Ella bezeichnete ihr eigenes Verhalten als Rücksichtnahme, für Theresa war es die pure Unterwerfung. Jahrelang hatte dieser Mann es geschafft, Ella klein zu halten. Da war es kein Wunder, dass er in letzter Zeit vor Wut fast durchdrehte, wenn seine Ehefrau nun immer häufiger darauf bestand, ihren Willen durchzusetzen.

Auch wenn Ella auf den ersten Blick den Eindruck machte, ihr Leben so zu ordnen, dass sie in Zukunft ohne Konstantin zurechtkommen würde, hielt Theresa es nicht für ausgeschlossen, dass diverse emotionale Tiefpunkte ihre Freundin vielleicht doch noch in die Knie zwingen könnten. Der virtuelle Flirt mit diesem Samuel war bisher genau das Richtige gewesen. Es war für Theresa offensichtlich, dass Ella sich verliebt hatte. Nach der langjährigen Zweckgemeinschaft mit ihrem Mann war das sowieso schon lange fällig. Ob sich aus diesem kleinen Flirt letztendlich wirklich etwas entwickeln würde, war vollkommen gleichgültig. Zuerst musste Ella mal wieder einen Zugang zu diesem Gefühl des Verliebtseins bekommen, gegen das sie sich im Moment so sehr wehrte. Alles andere würde sich dann schon ganz von alleine ergeben.

Da war das Timing von diesem Johannes wirklich denkbar ungünstig. Hätte er mit seiner Eröffnung nicht noch etwas warten können? Woran sollte Ella denn jetzt glauben? Worauf sollte sie hoffen? Wovon sollte sie träumen?

Die Idee, welche im nächsten Augenblick in Theresas Kopf aufflammte, war sicher nicht durchschnittlich, aber in diese schräge Geschichte passte sie hervorragend. Es war ja nicht so, dass diese beiden virtuellen Herzensbrecher ihr besonders leid taten – aber wenn das, was Ella ihr soeben erzählt hatte, wirklich das Ende sein sollte, dann blieben alle Beteiligten weit hinter ihren Möglichkeiten zurück. Mit dem Gedanken, dass ungewöhnliche Situationen auch ungewöhnliche Maßnahmen erforderten, holte Theresa ihr Smartphone und startete die Quizduell-App. In das Feld »Spieler suchen« gab sie *Samu* ein und forderte ihn zu einem Duell heraus. Dann wartete sie gespannt. Würde er ihre Herausforderung überhaupt annehmen? Schließlich konnte er mit ihrem Spielernamen gar nichts anfangen und wenn auf seinem Display plötzlich die Anzeige »*T-Rexi* fordert dich zu einem Duell heraus« erschien, konnte er schließlich nicht wissen, dass sie zu Ella gehörte. Es geschah genau das, was Theresa befürchtet hatte. Ihre Spielanfrage wurde abgelehnt. Aber so schnell gab sie nicht auf. Kurzerhand änderte sie ihren Spielernamen in »*Ella's best friend*« und forderte Samuel ein zweites Mal heraus. Diesmal würde Samuel also lesen »*Ella's best friend* fordert dich zu einem Duell heraus«. Deutlicher konnte sie es nun wirklich nicht machen. Gespannt wartete sie. Offensichtlich war ihr Hinweis verstanden worden, denn dieses Mal wurde sie sofort angenommen. »Das hätte ich dir auch geraten, Freundchen«, murmelte Theresa und begann ohne ein Zögern in das Chatfenster zu schreiben.

Samu **Ella's best friend**

Hi Samu, ich bin Theresa …
eine gute Freundin von Ella.

Hi Theresa. Was ist mit Ella?
Ist ihr etwas passiert?

Jede Menge. Deswegen muss ich mit
dir reden.

OK … Schieß los.

Nein. Das ist alles zu kompliziert für
diesen Chat. Da brauche ich ja Stunden.
Kannst du mich anrufen? Ich gebe dir
meine Nummer.

Mache ich. Jetzt sofort?

Ja. Jetzt sofort.

Eine Stunde später legte Theresa das Smartphone zufrieden neben sich aufs Sofa. Manchmal musste man dem Schicksal eben ein wenig auf die Sprünge helfen. Er klang nett, dieser Samuel. Ob er wirklich etwas taugte, das musste Ella schon selbst herausfinden.

16. Kapitel

04. Dezember 2014 – am Morgen

An diesem Donnerstag hatte Ella länger geschlafen als sonst. Theresa war sowieso der Meinung, dass die Lehrveranstaltung zu »Grundlagen der Diagnostik« unglaublich langweilig war und es vollkommen reichte, wenn man diese nur vierzehntägig besuchte. Normalerweise war Ella eine konsequente Studentin, aber in den letzten Tagen wurde sie von einer schrecklichen Müdigkeit geplagt und hatte sich am Vorabend von ihrer Freundin dazu überreden lassen, den Morgen lieber mit einem gemütlichen Frühstück zu beginnen. Deswegen erschien sie erst in der Küche, als nur noch Theresa und André dort saßen. Die Kinder hatten sich bereits auf den Weg zur Schule gemacht.

Überrascht sah Ella auf den Briefumschlag, der auf ihrem Teller lag. Theresa hatte ihr dringend geraten, bei der Post einen Nachsendeantrag zu stellen, damit Konstantin nicht in Versuchung kam, wichtige Briefe der Universität verschwinden zu lassen. Bisher war aber noch nie etwas für Ella bei ihrer neuen Anschrift angekommen. Sie nahm den Umschlag in die Hand und sah auf den ersten Blick, dass es sich nicht um ein offizielles Schreiben handelte. Sowohl ihre Adresse als auch der Absender waren mit der Hand geschrieben. Damit war auszuschließen, dass der Brief von der Universität oder von einem Anwalt kam, denn die verwendeten für gewöhnlich gestempelte oder vorgedruckte Kuverts. Der Absender, welcher in geschwungenen Buchstaben auf die linke, obere Ecke des Umschlags geschrieben war, löste bei Ella ein ungutes Gefühl aus: J. Laurenz, Tannenberger Weg 36, 60328 Frankfurt. Sie fragte sich, ob das nur ein dummer Zufall war, und hielt den Brief etwas ratlos in der Hand, bis Theresa fragte: »Willst du ihn nicht aufmachen?« Ella nahm ihr Messer und begann, mit gerunzelter Stirn den gefütterten Umschlag aufzuschneiden. Beim Herausziehen des zusammengefalteten Blattes fielen mindestens zwanzig kleine, silberne Metallsterne auf ihren dunkelblauen Frühstücksteller. Wie in Trance starrte Ella darauf – es sah aus wie ein Sternenhimmel.

»Jetzt mach doch mal auf«, drängelte Theresa. Ihre Stimme klang ungeduldig, und sie rutschte mittlerweile angespannt auf dem Stuhl herum.

Als Ella fast schon ängstlich das Blatt auseinanderfaltete, fielen noch ein paar weitere Silbersterne heraus und landeten auf ihrer Jeans. Eingeschlagen in das Blatt war etwas, das wie ein Flugticket oder eine Bordkarte aussah. Die aufgedruckten Felder waren alle leer, aber an der Stelle, die unter anderem für das Reiseziel vorgesehen war, hatte jemand in großen Druckbuchstaben »London« eingetragen. Was hatte das zu bedeuten? In der Hoffnung auf eine Erklärung legte Ella den Zettel zur Seite und betrachtete das Blatt, in welches der Ticketvordruck eingeschlagen war. Dieses war im oberen Drittel mit der gleichen geschwungenen Handschrift beschrieben wie der Umschlag. Ella konnte kaum glauben, was sie da las.

Liebe Ella,

die richtige Bordkarte kannst Du Dir vor Abflug ausdrucken lassen. Ich wünsche Euch beiden von ganzem Herzen ein wunderschönes Wochenende und hoffe, dass Du mir irgendwann verzeihst.

Alles Liebe
Johannes

Unter dem handgeschriebenen Teil standen gedruckte Flugdaten mit einer Buchungsreferenz und die Information über eine Hotelreservierung. Wenn Ella es richtig verstand, dann hatte Johannes einen Flug für sie gebucht – nach London – für den nächsten Tag.

Hilfesuchend sah sie zu Theresa, die ihren Blick gespannt erwiderte. »Was soll das?«, fragte Ella und reichte das Blatt über den Tisch.
Theresa überflog grinsend das Geschriebene. »Ich glaube, das nennt man eine Überraschung.«
»Eine Überraschung? … Er hat einen Flug für mich gebucht? … Nach London? Ein Hotel reserviert? … Ohne mich vorher zu fragen?«
»Dann wäre es doch keine Überraschung mehr gewesen«, sagte Theresa vorsichtig, denn sie merkte, dass Ellas Begeisterung sich in Grenzen hielt. »Ist doch eine schöne Idee, … dachten wir.«
»Wie bitte? … Dachtet ihr?« Ella nahm Theresa ins Visier. »Du hast davon gewusst?«
»Ja … habe ich. Genau genommen habe ich sogar den Stein ins Rollen gebracht.«
»Was meinst du damit? Sag jetzt bitte nicht, dass du Johannes dazu überredet hast.« Ellas Stimme zitterte.
»Nein. … Mit Johannes habe ich gar nicht gesprochen. Das mit dem Wochenende haben Samuel und sein Vater sich alleine ausgedacht. Diesen Plan mit London habe ich am Ende nur abgesegnet.«
Ella schnappte nach Luft. »Den Plan abgesegnet? … Sag mal, … spinnst du jetzt total?«
Unerschrocken fuhr Theresa fort: »Es gibt gelegentlich Leute, die so etwas in der Art behaupten.« Bei diesen Worten warf sie André, der neben ihr saß, einen schelmischen Seitenblick zu. »Aber ich war noch nie ein großer Fan der Normalität. … Ich gebe zu, … diese Aktion war etwas gewagt, … aber ich werde mir auf gar keinen Fall länger mit ansehen, wie du leidest.«
»Ja, … ich leide! … Da hast du recht! … Ich leide, weil meine beste Freundin mir in den Rücken fällt.« Wütend stand Ella auf. »Kannst du nicht mehr mit ansehen, wie ich leide? … Kein Problem. Ich muss sowieso mit dem Hund raus.«
Schnaubend vor Wut stürmte Ella gefolgt von Morty aus

der Küche und knallte wenige Minuten später die Haustür hinter sich zu.
Während André noch mit eingezogenem Kopf am Tisch sitzen blieb, stand Theresa auf, um ihrer Freundin zu folgen. Es gab vom Haus aus nur einen Weg, den Ella nehmen konnte. Nach wenigen Minuten hatte Theresa sie eingeholt.
»Komm Süße, … jetzt hör dir die ganze Geschichte doch erst mal an, bevor du ausflippst.« Sie hakte sich bei Ella ein und redete weiter. »Den Kopf kannst du mir dann hinterher immer noch abreißen.«
Ella verzog keine Miene, und da sie nicht antwortete fing Theresa einfach an zu erzählen. »Letzten Sonntag habe ich deinen Samu per Quizduell-Chat kontaktiert. War so eine spontane Idee von mir, nachdem du mal wieder todtraurig ins Bett verschwunden warst. … Ich dachte, wenn jetzt keiner etwas unternimmt, … dann geht die ganze Sache den Bach runter. Also habe ich ihn angechattet und ihn darum gebeten, mich anzurufen.«
Zum ersten Mal drehte Ella sich zu Theresa um und warf ihr einen entgeisterten Blick zu.
Theresa lachte. »Genau, … es war schon ziemlich skurril, so mitten in der Nacht mit deinem Chatfreund zu sprechen. Aber unter den gegebenen Umständen fand ich das legitim. Vor allem weil der arme Kerl ja schon ganz fix und fertig war, seitdem sein Vater ihm von eurem Treffen an der Uni erzählt hat. Auf jeden Fall war er echt froh, zu hören, dass dir nichts Schlimmes zugestoßen ist.«
An dieser Stelle legte Theresa eine Erzählpause ein. Nach wenigen Augenblicken wurde Ella unruhig und fragte: »Was hat er denn gesagt?«
»Also zuerst einmal hat er erzählt, dass er dir ein paar Chatnachrichten geschickt hat, die du nicht beantwortest. … Aber das wusste ich ja schon. Ich habe ihm übrigens auch verraten, dass du den ganzen Kram gar nicht liest, den er sich da so zusammenschreibt. Ehrlich gesagt, tat er mir ein bisschen leid.«

Weil Theresa nicht weitersprach, hakte Ella nach. »Und sonst? … Hat er sonst noch etwas gesagt?«
»Na ja, … er wollte natürlich wissen, wie es dir geht.«
»Und was hast du ihm erzählt?«
»Die Wahrheit, … dass du ausgezogen bist und jetzt bei uns wohnst, … und dass du traurig bist, … und etwas sauer, wegen dieser ganzen Chat-Geschichte.«
»Etwas sauer? … Ich wusste gar nicht, dass du neuerdings zu Untertreibungen neigst.«
Den sarkastischen Kommentar ignorierend, fuhr Theresa fort: »War ihm, glaube ich, ein bisschen peinlich, dass ich das Thema erwähnte. Ich habe ihm auf jeden Fall gesagt, dass er sich das mit der Chatterei sparen soll … und wenn ihm wirklich etwas an dir liegt, dann sollte er sich mal etwas Besseres einfallen lassen.«
»Also war das mit dem Flug nach London seine Idee?« Der hoffnungsvolle Unterton in Ellas Stimme war unüberhörbar.
»Frag mich nicht, wer die Idee hatte. Soviel ich weiß, hat dein Samu dann irgendwann hinterher mit seinem Vater telefoniert. Der wollte wohl auch gerne wissen, was mit dir los ist. Mich hat dein Herzensbrecher dann am Dienstag nochmal angerufen und erzählt, was er vorhat.«
»Und was hat er vor?«
»Also ich persönlich glaube, es ist irgendetwas zwischen klärendem Gespräch und romantischem Wochenende. … Die offizielle Version lautet allerdings, dass du einfach nur zwei schöne Tage haben sollst, um auf andere Gedanken zu kommen.« Kichernd trat Theresa einen Stock zur Seite, den Morty angeschleppt und vor ihre Füße gelegt hatte. »Auf jeden Fall ist der Gute ziemlich nervös.«
»Was meinst du mit: ›Er ist ziemlich nervös?‹«
»Ich glaube, weil sein Vater dir unbedingt das Ticket schicken wollte. Auf mich wirkte es so, als ob dem Samu das eigentlich nicht recht war, … er seinen alten Herrn aber nicht davon abbringen konnte. Keine Ahnung, … ist auch nur so ein Eindruck. Vielleicht liege ich da falsch.«
»Und mit Johannes hast du also gar nicht gesprochen?«

»Nein. … Ich habe nur zweimal mit Samu telefoniert. Mehr nicht.«
»Dann macht es dir ja bestimmt nichts aus, noch ein drittes Mal mit ihm zu telefonieren«, stellte Ella fest.
»Warum sollte ich noch mal mit ihm sprechen?«
»Du sagst ihm, dass ich nicht komme. Er kann sein Wochenende anderweitig verplanen.«
Theresa versuchte nicht, ihre Enttäuschung zu verbergen. »Och Süße, … warum denn das? Gefällt dir die Idee denn nicht, ihn mal im wirklichen Leben kennenzulernen?«
»Mir gefällt nicht, dass permanent andere Menschen über mich bestimmen.« Entschlossen blickte Ella nach vorne. »Ich bin doch keine Marionette, die man nach Belieben hin und her tanzen lassen kann. Heute hier, morgen in London und übermorgen wieder ganz woanders? Ich will selbst bestimmen, wo ich mein Wochenende verbringe. Da können die beiden mir auch einen Flug auf die Fidschi-Inseln spendieren. Ich bin nicht käuflich. Das ist genau das Leben, von dem ich mich gerade verabschiedet habe. … Du warst es doch, die immer gepredigt hat, dass ich endlich mal meine eigenen Bedürfnisse in den Vordergrund stellen soll. Deswegen solltest doch gerade du mich jetzt verstehen.« Ella war stehengeblieben und sah Theresa auffordernd an.
Diese wirkte jedoch ziemlich unbeeindruckt und erwiderte: »Du taugst nicht als Marionette. … So wild, wie du um dich schlägst, seitdem dir dieser Samuel zu nahe kommt, gibt das nur Knoten in den Fäden. … Ich finde immer noch, dass du dich selbst bestimmen solltest, … aber wenn ich sehe, dass du dich dabei von deiner Angst leiten lässt, dann bin ich als deine Freundin in der Pflicht, dir das zu sagen.«
»Ach, … du glaubst also, dass ich Angst habe, nach London zu fliegen?«
»Ich glaube, dass du Angst vor deinen Gefühlen hast. Dieser Mann möchte dir einfach nur nah sein, und du stößt ihn weg, weil du glaubst, dass er dich beherrschen will.«
»Ich habe Angst vor allem, was jetzt auf mich zukommt. Verstehst du das nicht? Mein ganzes Leben ist gerade

auseinandergebrochen.« In Ellas Augen spiegelte sich ihre große Verzweiflung wider, und deswegen nahm Theresa ihre Freundin in den Arm und drückte sie fest an sich, bevor sie weiter sprach.
»Ich weiß, Süße, … du hast Angst, weil alles auseinanderfällt. Das verstehe ich. Aber du wirst sehen: Dein Leben ist nicht kaputt, … es ordnet sich einfach nur neu.«

Bis zum späten Nachmittag versuchte Ella, alle Gedanken an Samuel aus ihrem Kopf zu verbannen. Sie besuchte zwei Seminare, und nachdem sie von der Uni zurückkam, unternahm sie einen langen Spaziergang mit Morty. Der Brief von Johannes lag nach ihrer Rückkehr auf ihrem Kopfkissen – vermutlich hatte Theresa ihn dort hingelegt. Schon vor dem Abendessen zog Ella sich in ihr Zimmer zurück. Seufzend setzte sie sich auf das Bett und griff nach dem Umschlag. Zum zweiten Mal rieselten die silbernen Sterne auf ihren Schoß, als sie das zusammengefaltete Papier herauszog. Theresa hatte sich anscheinend die Mühe gemacht, alle einzusammeln und wieder in den Umschlag zu stecken. Für einen Mann war diese Idee mit den Sternen schon fast überdurchschnittlich. Vorsichtig nahm Ella einen der Sterne zwischen die Finger und betrachtete ihn. Die erste Begegnung mit Johannes war mehr als einen Monat her. In dieser Zeit hatte sich ihr ganzes Leben komplett verändert. War diese Quizduell-App letztendlich schuld daran, dass sie nun auf dem Gästebett ihrer Freundin saß?
Das Licht der alten Schreibtischlampe, die neben ihrem Bett stand, wurde von dem kleinen Metallstern, den sie langsam zwischen Zeigefinger und Daumen bewegte, reflektiert. Je nachdem, wie sie ihn hielt, glänzte er einmal mehr oder weniger, und Ella dachte an ihre Zeit als Morgenstern. Was hatte das alles für Johannes bedeutet? Was bedeutete Johannes für sie? Wie könnte sie Samuel begegnen, ohne an die Zeit mit Johannes zu denken?
Den Stern in der Hand stand Ella auf und setzte sich an den Schreibtisch, wo sie das kleine silberne Stück Metall neben

ihr Laptop legte. Dann griff sie nach dem Smartphone und suchte nach den Screenshots, die sie in den ersten elf Tagen von den Gesprächen mit Johannes gemacht hatte. Ein wenig bereute Ella, dass sie nach ihrer Begegnung am Flughafen damit aufgehört hatte, die Gespräche festzuhalten. Trotzdem waren es fast hundert Chatseiten, und es dauerte lange, bis sie alle gelesen hatte. Manche Passagen las sie sogar mehrfach, weil sie ihr besonders gut gefielen. Aus den Formulierungen sprach eine große Zuneigung. Nicht mehr und nicht weniger. Es fiel Ella schwer, diese Worte mit dem Mann zu verbinden, den sie als Johannes kennengelernt hatte. Beim Chatten hatte sie sich schließlich immer Samuel vorgestellt.

Mit dem Hintergrundwissen, dass dieser sich zwischendurch auch eingeschaltet hatte, war leicht zu erkennen, welche Passagen nicht von Johannes waren. Es war wirklich zu schade, dass Ella versäumt hatte, die späteren virtuellen Gespräche mit Samuel ebenfalls festzuhalten.

Nachdem sie André gebeten hatte, ihr zu zeigen, wie man Bilder vom Smartphone auf den Laptop übertrug und möglichst platzsparend ausdruckte, dauerte es eine ganze Weile, bis sie den kleinen Stapel Papier endlich in Händen hielt. Ella hatte alle Screenshots ihrer Gespräche mit Johannes ausgedruckt, ausgeschnitten und chronologisch zusammengeklebt. Das Ergebnis war ein kleiner Block, der ungefähr die Größe eines Smartphones hatte. An einigen Stellen, die ihr besonders gut gefielen, hatte sie ein paar von den silbernen Sternen aus dem Umschlag aufgeklebt. Später am Abend zeigte sie ihr Werk Theresa und nannte es einen kreativen Akt der Vergangenheitsbewältigung. Beide Frauen lachten, und zum ersten Mal seit Tagen fühlte Ella sich wieder wohl und entspannt.

»Und was machst du jetzt damit?«, fragte Theresa.

»Weiß ich noch nicht. Es war einfach nur gut, das alles noch einmal zu lesen. Viele Sachen, die Johannes mir geschrieben hat, verstehe ich jetzt plötzlich ganz anders.«

»Weil du jetzt weißt, wer sie geschrieben hat«, stellte Theresa fest.
»Ja, weil ich weiß, wer sie geschrieben hat. Außerdem bin ich emotional auch nicht mehr so aufgeputscht. Alles das«, dabei wedelte sie mit dem kleinen Block in ihrer Hand, »…alles das liest sich irgendwie ganz anders, wenn man nicht mehr auf rosaroten Wolken schwebt. … Es ist immer noch schön – aber es ist vollkommen anders.«
»Klingt so, als ob dieses Kapitel damit abgeschlossen wäre.«
Ella nickte. »Ich denke schon. Vielleicht sollte ich diesen Block Johannes schicken. … Seine Adresse habe ich ja.«
»Und was machst du mit Samuel? … Bekommt er auch seinen eigenen Block?«
»Dafür fehlt mir leider das Material. Von ihm muss ich mich anders verabschieden.«
Traurig schaute Theresa ihre Freundin an. »Ach Ella, … ich habe gehofft, du überlegst es dir nochmal.«
»Und ich habe gehofft, du rufst ihn für mich an.«
»Nein. Das mache ich nicht.« Entschieden schüttelte Theresa den Kopf. »Ich gebe dir gerne seine Nummer. … Das erklärst du ihm mal schön selbst.«

So saß Ella etwas später mit Samuels Telefonnummer in der Hand auf ihrem Bett. Was sollte sie ihm sagen? Wie sollte sie es ihm erklären? Die Erinnerung an ihr einziges, wirkliches Gespräch am Flughafen machte Ella wenig Mut. Grundsätzlich war es kein Problem, Samuel zu sagen, dass sie morgen nicht in das Flugzeug steigen würde, aber sie fürchtete sich vor seiner Erwiderung. Sie fürchtete sich vor seinem »Warum«, vor dem peinlichen Schweigen in der Leitung, wenn ihr die Worte, die sie sich vorher genau zurechtgelegt hätte, nicht mehr über die Lippen kommen wollten. Schon die Vorstellung, ihm zu sagen, dass sie ihn nicht sehen wollte, ließ Tränen in Ella aufsteigen. Dafür war sie noch nicht stark genug, aber der Flug ging schon am nächsten Tag.

Aus diesem Grund entschied Ella sich für eine letzte Chatnachricht. Seit dem ernüchternden Gespräch mit Johannes hatte sie um die Quizduell-App einen großen Bogen gemacht. Die automatischen Benachrichtigungen darüber, dass Samuel ihr offensichtlich immer noch auf diesem Weg schrieb, hatte sie zuerst wütend und später zunehmend wehmütig ignoriert. In ihren schwachen Momenten wünschte Ella sich nichts sehnlicher, als dass es zwischen ihnen wieder so werden würde wie vor der Enthüllung, die alles zerstört hatte.
Ella wollte ihm schreiben, dass es kein gemeinsames Wochenende und auch darüber hinaus nichts Gemeinsames zwischen ihnen geben könnte, weil sie erschüttert war von der Erkenntnis, weitergereicht und benutzt worden zu sein. Das klang vielleicht etwas zu vorwurfsvoll, aber Samuel sollte nicht den Hauch eines Zweifels in ihren Zeilen lesen können.
Beim Öffnen des Chatbildschirms zitterten ihre Finger. Es waren sechs Nachrichten von ihm angekommen. Sie spürte die Sehnsucht nach seinen Worten und las.

Samu **Ella**

Hi Ella, unsere Chat-Pause ist offiziell beendet, und du hast dich nicht gemeldet.
Ich kann nicht behaupten, dass ich davon überrascht bin. Nach dem Gespräch mit Johannes bist du zu Recht sauer. Es tut mir leid. …
Ich wollte dich nicht verletzen.

Für mich ist diese ganze Entwicklung auch schwer zu verstehen. Eigentlich war ich zu Beginn nur neugierig und wollte erfahren, mit wem mein

Vater sich da per Chat angefreundet hat. Ich weiß … das war nicht in Ordnung … aber obwohl mir das jetzt bewusst ist, bereue ich diesen Schritt nicht, … denn ohne meine Neugier hätte ich dich niemals kennengelernt.

Nun Ella … was soll ich noch sagen? Ich mag dich ein bisschen mehr als ursprünglich geplant. Seitdem ich wieder zurück in London bin, vergeht kein Tag, an dem ich nicht an dich denke. Ich mache mir Sorgen und frage mich, wie es dir geht. Hoffentlich sitzt du nicht immer noch in deiner inneren Dunkelheit.
Denk immer daran …
DU bist der Morgenstern!!!

Und um diesen Monolog nun abzuschließen: Für mich ist es vollkommen gleichgültig, auf was für merkwürdigen Wegen das Schicksal uns zusammengeführt hat. … Ich sitze hier …. mit dem Stern in der Hand, den du mir am Flughafen gegeben hast, und bin fest davon überzeugt, dass es genau so kommen musste. Ich glaube nicht an Zufälle. Das mit uns ist etwas Besonderes!!!

Deine Freundin Theresa hat mir erzählt, was geschehen ist. Nun verstehe ich, warum du dich nicht mehr meldest. Aber ich nehme es nicht hin.

Von Theresa weiß ich auch, dass es keinen Sinn macht, dir hier weiter Nachrichten zu schicken … weil du allem misstraust, was mit diesem Chat zu tun hat.
Aber weißt du was? …
Das macht nichts!!! Denn wir beide brauchen diesen Chat nicht länger. Ich traue dem wirklichen Leben auch deutlich mehr als dem Display meines Smartphones.
Vor einer Weile haben wir darüber gesprochen, dass du zu mir nach London kommst … zum Shopping …
Erinnerst du dich?
Ich denke, genau das solltest du jetzt tun, Ella. Komme hierher und lass uns gemeinsam herausfinden, ob wir zusammen in der Realität eine Chance haben.

Anstatt die im Geiste vorbereitete Antwort einzutippen, vergrub Ella ihr Gesicht im Kopfkissen. Warum musste er es ihr so verdammt schwer machen? Und was meinte er mit einer Chance? Spielte diese ganze unglückliche Vorgeschichte mit Johannes tatsächlich keine Rolle für ihn? Samuel wollte sie sehen – trotz allem, was passiert war – morgen in London. Und was wollte sie?

Ella wollte frei sein. Niemals zuvor hatte sie dieses Bedürfnis so deutlich gespürt. Die Vorstellung, in Zukunft selbst über ihr Handeln bestimmen zu können, hatte ihr die Kraft für den letzten Schritt gegeben, mit dem sie Konstantin und ihr altes Leben verlassen hatte. Nie wieder würde sie dahin zurückkehren. Viel zu lange hatte ein anderer Mensch ihr vorgeschrieben, was sie zu tun und zu lassen hatte. Viel zu oft musste sie sich für etwas rechtfertigen, das eigentlich selbstverständlich war. Viel zu viele Kompromisse waren auf ihre Kosten geschlossen worden.
Solange Ella sich erinnern konnte, hatten andere Menschen für sie entschieden. Sicher war es ungerecht, im Nachhinein zu behaupten, dass sie mit Konstantin kein schönes Leben geführt hatte. An seiner Seite lernte sie zu strahlen, und für eine lange Zeit machte es ihr nichts aus, dass ihr inneres Licht dabei genau von ihm kontrolliert wurde. Als ihr sanftes, fügsames Leuchten dann langsam ein Eigenleben entwickelte, dämmte Konstantin es zunächst so geschickt ein, dass Ella selbst gar nicht wusste, was sie vermisste. Deswegen glaubte sie viele Jahre, dass diese Art zu leben trotzdem für sie in Ordnung war. Warum hatte sich das so plötzlich geändert? Lag es am Ende tatsächlich an diesen virtuellen Begegnungen mit Samuel und Johannes? Oder bekam sie mit zunehmendem Alter einfach nur Angst, dass ihr inneres Licht eines Tages verlöschen würde, ohne jemals frei und ungehindert seine volle Kraft entfaltet zu haben?
Nachdem Ella ihr inneres Leuchten nun selbst entfesselt hatte, war sie erschreckt von seiner unglaublichen Kraft. Plötzlich brannte ihre Seele lichterloh. Und mitten in dieses Flammenmeer der widersprüchlichsten Gefühle schickte Samuel ihr seine Einladung nach London. Was sollte sie nur tun? Durfte sie sich überhaupt auf so etwas einlassen? Oder verriet sie damit ihre eigene Idee von Freiheit und Selbstbestimmung? Nichts erschien Ella erstrebenswerter als ein Leben in Unabhängigkeit, und nichts machte ihr mehr Angst als die Vorstellung einsam zu sein.

Samuel hatte ihr gesagt, dass der einzige Weg aus ihrer Dunkelheit darin bestünde, selbst zu leuchten. Sie sollte ihr eigener Morgenstern sein.
In Gedanken sah sie Johannes und Samuel vor sich. Waren diese beiden Männer der Grund für die entscheidende Wende in ihrem Leben? Oder wäre es auch ohne ihre merkwürdige Begegnung im Quizduell-Chat so weit gekommen? Zumindest wurde Ella durch die virtuellen Gespräche mit den beiden bewusst, dass sie etwas schmerzlich vermisste und verzweifelt danach suchte. Am Anfang fühlte es sich so an, als ob sie sich verliebt hätte, aber es war viel größer und bedeutsamer als das. Ella befand sich nicht auf der Suche nach der großen Liebe – Ella war auf der Suche nach sich selbst.

Als das Fahrgestell beim Aufsetzen auf die Landebahn in London Heathrow einen kleinen Ruck verursachte, atmete Ella tief durch. Über den Wolken hatte sie sich unendlich frei gefühlt, und auf dieser Basis wollte sie ihr neues Leben aufbauen. Frei und ohne Angst davor, Fehler zu machen, denn was nützte alle Freiheit der Welt, wenn man sich davor fürchtete, sie in Anspruch zu nehmen?
Ella hatte keine Ahnung, was als nächstes passieren würde. Theresa meinte, dass Samuel bestimmt am Flughafen auf sie wartete. Und wenn nicht, dann sollte sie einfach mit einem Taxi zu der Hoteladresse fahren, einchecken und ihn anrufen.
Mit einem aufgeregten Kribbeln in der Magengrube verließ Ella wenige Minuten später ihren Fensterplatz. Die Wartezeit an der Kofferausgabe fiel weg, weil sie nur ein Stück Handgepäck hatte. Mutig schritt sie auf die mattierte Glastür zu, die sich automatisch öffnete und den Blick auf eine Ansammlung von Wartenden freigab.
Die Vorstellung, dass Samuel möglicherweise mit einem peinlich beschrifteten Schild dort stand, oder mit so einem albernen, heliumgefüllten Ballon in Herzchenform, löste eine heiße Welle aus, die ihren Körper flutete. War er überhaupt da?

Ella entdeckte ihn in der nächsten Sekunde. Ihre Blicke trafen sich, und das Lächeln, das sich sofort in seinem Gesicht ausbreitete, ließ ihr Herz kurz aussetzen. Es war das erste Mal, dass sein Lächeln ihr galt. Für den Moment war Ella unfähig, irgendetwas Sinnvolles zu tun, und beobachtete wie Samuel sich geschickt an den anderen Wartenden vorbeischob und sie endlich erreichte. Während Ella noch überlegte, ob es angemessen wäre, ihm die Hand zu geben, hatte Samuel sie einfach ohne ein Wort an sich gezogen und umarmt. Alles, was Ella denken konnte, war, dass es sich unglaublich gut anfühlte, einfach nur dazustehen und ihre Wange an den Stoff seiner Jacke zu drücken. Abgesehen davon, dass Samuel sie vielleicht etwas länger als nötig festhielt, war es eine legitime, freundschaftliche Begrüßung, die Ella trotzdem für einen kurzen Augenblick den Atem nahm. Dann schob er sie ein Stück von sich, ohne sie jedoch loszulassen, und studierte ihr Gesicht. Bisher hatte keiner von beiden ein Wort gesprochen. Mit den Fingern seiner rechten Hand strich er eine verirrte Haarsträhne von ihrer Wange, und bei dieser Berührung schloss Ella für einen Moment die Augen. In Samuels Geste lag eine sanfte Fürsorglichkeit, und als er endlich zu ihr sprach, spürte sie, dass jedes Wort genau so gemeint war: »Ich bin sehr glücklich, dich zu sehen, Ella.«

»Ich freue mich auch, Samuel.« Ellas Wangen glühten.

»Du strahlst. … Das steht dir gut.« Mit diesen Worten griff er nach ihrem Koffer, und gemeinsam bahnten sie sich einen Weg hinaus – wo London auf sie wartete.

Eine Begegnung im Chat …

… und plötzlich ist alles anders.

Lesen Sie mehr über Begegnungen im Quizduell-Chat.

Anna S. Bastian

Neues Spiel starten

Roman
301 Seiten
ISBN 978-1499167146

Hätte sie tatsächlich das leuchtend grüne Feld mit der Aufschrift »Neues Spiel starten« berührt, wenn sie gewusst hätte, was danach alles geschieht?
Malibel ist Mitte 30 und eigentlich war sie bisher mit ihrem wohlgeordneten Leben ganz zufrieden. Aber die virtuellen Chat-Begegnungen in einem Quiz-Spiel bringen sie zunehmend durcheinander. Denn hier lernt sie Menschen kennen, denen sie im realen Leben niemals begegnet wäre. Und dann ist da dieser interessante Typ, der offensichtlich Gefallen an ihr gefunden hat. Wie soll es ihr gelingen, sich seinem Charme zu entziehen? Wird dieses Spiel ihr Leben verändern?

14622493R00171

Printed in Poland
by Amazon Fulfillment
Poland Sp. z o.o., Wrocław